Traute Petersen

Julia

Glanz und Tragik einer Kaisertochter

Traute Petersen

Julia
Glanz und Tragik einer Kaisertochter

Roman

VERLAG PHILIPP VON ZABERN

Der größte Teil der wirklichen Geschichte des Prinzipats ist Geheimgeschichte.

Ronald Syme

184 Seiten

Umschlagabbildung:
Wandmalerei „Mädchen mit Kranz", Museo Archeologico Nazionale Napoli,
Soprintendenza per i Beni Archeologici di Napoli e Caserta
Foto: Luciano Pedicini

Bibliografische Information der Deutschen Nationalbibliothek

Die Deutsche Nationalbibliothek verzeichnet diese Publikation in der Deutschen Nationalbibliografie; detaillierte bibliografische Daten sind im Internet über *http://dnb.d-nb.de* abrufbar.

Weitere Publikationen aus unserem Programm finden Sie unter:
www.zabern.de

ISBN: 978-3-8053-4237-7
Gestaltung: Bild1Druck GmbH, Berlin
Lektorat: Dr. Cornelius Hartz, Hamburg
Umschlaggestaltung: Katja v. Ruville, Frankfurt a. M.
Druck: CPI – Ebner & Spiegel, Ulm

Printed on fade resistant and archival quality paper (pH 7 neutral) · tcf

Teil I

Pandateria

(2 v. Chr. bis 5 n. Chr.)

Kapitel I

Verbannt

Erst als die immer schmalere und dunstigere Küstenlinie endgültig im spiegelglatten Meer versunken war, verließ ich das Schiffsdeck, ließ mich irgendwo auf eine Kline fallen. Die Schiffsplanken – die letzte Verbindung zum Festland! – verließ ich mit halbgeschlossenen Augen. Seither habe ich die Lippen nicht mehr geöffnet. Nahrung brauche ich nicht. Die besorgten Fragen meiner Mutter Scribonia erreichen mich nicht. Nichts ist in mir als das dumpfe Gefühl eines ungeheuren Verlusts.

*

Um Federkiel und Wachstafel zu ergreifen, habe ich mich endlich von dem Bett erhoben, auf das ich mich nach der Ankunft vor drei Tagen schweigend zurückgezogen hatte. Um genügend Licht zu bekommen, stellte ich mich an das kleine Fenster des Schlafraums. Aber nachdem ich dort stehend die ersten Sätze niedergeschrieben hatte, legte ich mich nicht wieder hin, sondern verließ das Zimmer, um zu sehen, wo ich mich hier eigentlich befinde. Zögernd durchquerte ich einige Räume einer größeren Villa, geriet auf eine halbrunde Exedra und blickte plötzlich auf das Meer, das tief unter mir mit gewaltigen Brechern gegen die steil abfallenden Klippen donnerte. Die schäumende Brandung zerriss den Schleier von Betäubung und Benommenheit, der mich bisher gelähmt hatte. Ein schneidender Schmerz um alles Verlorene durchfuhr mich. Fast gleichzeitig aber auch ungläubige Empörung: Wo bin ich hier? Warum bin ich hier? Was mache ich hier – ich, Julia, die Tochter des Augustus, des allmächtigen Kaisers und Herrn der Welt – auf dieser menschenleeren, gottverlassenen Insel?

Nein! Diese Insel ist kein Verbannungsort. Dies hier ist ein Gefängnis. Zwar nicht der Mamertinische Kerker mit seinen dunklen Verliesen, in denen die Feinde Roms auf ihre Erdrosselung warten. Für mich, die Kaisertochter, musste ein anderes Refugium gefunden werden, eines, das mir, der „schamlosen Ehebrecherin" angemessen ist – eine kleine Insel mitten im Meer, in reinigender Seeluft. Statt mich wie die Staatsfeinde Roms kurzerhand erwürgen zu lassen, lässt der gnädige Herr Vater und Kaiser mir zwar das Leben. Aber was nützt mir das auf dieser erbärmlichen Insel? Lieber tot als hierhin verbannt!

Wiederholt ertappe ich mich bei dem Gedanken, dass ich nur noch die Hände von der Brüstung der Exedra zu lösen brauche, um ein Ende zu machen. Aber für einen klaren Entschluss bin ich zu benommen. Hofft mein Vater vielleicht, der unablässige Sturm, der hier durch Türen, Fenster, Innenhöfe und Säulengänge heult, werde mir die aufrührerischen Gedanken aus dem Gehirn blasen? Das Gegenteil ist der Fall. Die kritischen Fragen und Zweifel der Jahre in Rom steigern sich hier zu purem Hass auf ihn, diesen Tyrannen in der Maske des Friedensfürsten. In blindem Altersstarrsinn ist er dabei, nicht nur sein Lebenswerk zu zerstören, sondern auch das Leben derjenigen, die dieses Lebenswerk zu retten versuchen.

*

Nach zwei Wochen auf dieser entsetzlichen Insel fühle ich mich wie einer der gefangenen Löwen, die in den unterirdischen Käfigen der Amphitheater fauchend ihre allzu engen Kreise drehen, während sie auf ihren Auftritt warten.

Auf meinen Reisen als Vertreterin des Kaiserhauses besuchte ich Rhodos, Kreta und Lesbos – begehrte Verbannungsinseln römischer Aristokraten mit vielfältigen Reizen. Dort kreuzen sich Handelswege und Schicksale, dort pulsiert das Leben in Städten und Häfen im Austausch von Handelsgütern, Ideen und Erfahrungen. Aber dieses Inselchen hier – nichts als eine winzige menschenleere Erhebung im endlosen Meer.

Die kaiserliche Villa, eine zweckmäßige Ansammlung von Räumlichkeiten, wurde offenbar bereits als Kerker konzipiert und wird, wie ich fürchte, auch künftig für solche Zwecke dienen. Mein Vater jedenfalls hat niemals auch nur vorübergehend hier gewohnt. Was sollte er auch hier, wenn er auf dem nahen Capri in seinen herrlichen Villen alles findet, was er wünscht und braucht?

Vor einigen Tagen habe ich erstmals die Villa verlassen und die Insel erkundet, nicht zuletzt im Hinblick auf Philetus' Plan und eventuelle Fluchtmöglichkeiten. In einer knappen Stunde hat man die Länge dieses Fleckchens Erde durchmessen. Für die Umrundung reicht das Vierfache der Zeit. Rötlich braune Erde, schwarzer Sand, an den Küsten senkrecht abfallende Tuffsteinklippen und graue Basaltkuppen. Außer einigen windschiefen Feigenkakteen hält nichts dem unermüdlich an- und abschwellenden Sturm stand. Als einzige Geräusche das Brausen und Rollen der Brandung und das hässliche Gekreisch ewig hungriger Möwen.

In dieser Öde bleibt die Zeit stehen.

Was sollten mir hier die zweihundert Sklaven meiner römischen Villa? Auf Andronikos, dessen melodiöse Stimme regelmäßig die Tageszeiten ausrief, kann ich hier noch am ehesten verzichten; Sturm und Brandung würden seine Rufe ohnehin verschlucken.

Beim Anblick der mageren Sträucher und grauen Wasserwüste gelingt es mir immer weniger, die schmerzenden Erinnerungsbilder zu verscheuchen, Bilder von schattenspendenden Pinien, ausladenden Platanen und schlanken, dunklen Zypressen, von sanft plätschernden Springbrunnen, im Sommerwind zerstäubenden, in allen Regenbogenfarben schimmernden Fontänen und bläulichen Wasserbecken, dazwischen Akanthusstauden und Lotusbäume, umduftet von Violen, Rosen und Lilien. Und schließlich, am Ende der unvergleichlichen Sichtachsen, unter weinumrankten Bögen oder in halbrunden Lorbeernischen meine geliebten Marmorstatuen – im Garten meiner Villa in Rom, wo Natur und Kunst, Schönheit und Stille miteinander verschmelzen.

Und dann wieder der Trubel, die strahlende Julia, Mittelpunkt der römischen Gesellschaft, raffinierter Feste und Gastmahle. Die bewunderte Teilnehmerin an Dichterlesungen und philosophischen Disputen. Oder die elegante Julia, deren bunte Seidengewänder und perlenbestickte Sandalen, deren kostbarer Schmuck und kunstvoll geschlungener Nackenknoten tonangebend waren für die modebewussten Damen der römischen Aristokratie und die Jugend Roms.

Und diese Julia umkreist nun auf Befehl ihres Vaters ein niederschmetternd langweiliges Eiland auf plumpen Sandalen, gehüllt in stets dieselbe grobe Leinentunika – ebenfalls auf Befehl ihres Vaters. Ich bin sicher, es ist einer jener unmodernen Lappen, die meine Stiefmutter Livia zum Entzücken ihres Gatten als Ausweis ihrer häuslichen Tugenden zu weben pflegt.

Statt von geistvollen Verehrern umschwärmt, werde ich auf meinen Gängen beäugt von hässlichen, argwöhnischen Wächtern. Mit einer knappen Kopfbewegung und dem in Rom so gefürchteten eisigen Hochmutsblick konnte ich meine Bewacher gleich zu Beginn meiner ersten Wanderung veranlassen, den Kreis aufzulösen, den sie um mich bilden wollten. Nun folgen sie mir, zumal mein Tempo ihnen einiges abverlangt, eher wie hechelnde Hunde als wie bestallte Aufseher – immer mit dem typischen Leibwächterblick aus unermüdlich schweifenden, rollenden Augäpfeln – über eine völlig menschenleere Insel. Was soll man auch von Eunuchen anderes erwarten?

*

Betäubt von Wind- und Brandungsdonnern, die Augen zeitweise voll Sand, kämpfte ich mich heute gegen den Sturm voran und konnte schließlich im Windschatten des kleinen Hafens und der benachbarten Bucht unauffällig den Strand, die Mole und die Fischzuchtbecken in Augenschein nehmen. Alles entspricht aufs Genaueste den Beschreibungen und dem von Philetus entworfenen Plan. Die verwöhnte, extravagante Kaisertochter – beglückt beim Anblick ordinärer Fischzuchtanlagen! An solch lächerliche Orte klammert sich nun all meine Hoffnung!

Meine Gedanken kreisen um Jullus und Sempronius. Was geschah, was geschieht mit Jullus?

In unseren leidenschaftlichen Umarmungen umarmten wir auch unsere Träume von Macht und Herrschaft. Jullus, der Gefährte und Geliebte, der Kopf unserer Verschwörung, Jullus, das Idol der römischen Massen und der aristokratischen Gesellschaft – mein Vater kann ihn nicht einfach zum Schweigen gebracht haben. Die aufgebrachte Öffentlichkeit würde den Palatin stürmen. Aber wo und wie lebt Jullus jetzt? Ist er vielleicht als scheinbar braver Ehemann bei seiner biederen Frau in Deckung gegangen? Wie lebt er ohne mich und unsere hochfliegenden Pläne?

Und Sempronius? Mit seiner demagogischen Begabung wird er Wege gefunden haben, das römische Volk in unserem Sinne weiterhin zu bestimmen.

Was vermag die kaiserliche Gewalt meines Vaters gegen diese beiden Wortführer einer immer offeneren Kritik an ihm und seiner

Gewaltherrschaft? Er wird, nein, er *kann* es nicht riskieren, diese Kritik durch weitere Gewalt noch weiter zu provozieren.

Jullus und Sempronius – wo seid ihr? Wie lebt ihr? Warum schweigt ihr?

*

Letzte Nacht träumte mir, dies alles sei ein Albtraum. Ich war wieder in meiner Villa am Tiberufer. Ich schritt durch das Atrium mit den Wandpfeilern aus violett geflecktem Marmor und betrat das Peristyl, das ich wegen seiner Farben so liebe: weiße Marmorbalken, die Agrippa während unseres umjubelten Aufenthaltes in Athen vom Berg Hymettos herbringen ließ, ruhen auf gelben, grünen und rötlich geäderten Säulen. Von hier aus wanderte ich durch die inneren Räume mit den vergoldeten Kassettendecken: die Bibliothek, die Statuen- und Gemäldesammlung und den Ballspielsaal mit der vielbewunderten Fußbodenheizung. Schließlich trat ich hinaus in den Garten und beugte mich über das große Marmorbecken. Die kunstvoll verschlungenen geometrischen Figuren des Bodenmosaiks schimmerten durch das klare, unbewegte Wasser, während das gegen die Sonne aufgezogene Purpursegel alles in weiche, rote Schatten tauchte. In diesem Moment wusste ich, dass ich träumte, und wachte von meinen eigenen Tränen auf.

*

Unentwegt kreuzen und verwirren sich in meinem Kopf Erinnerungen, Sorgen und Hoffnungen. Die Insel – die Bewacher – die fehlende Gesellschaft ... sinnvolle Tätigkeit ist hier unmöglich.

Einsame Gänge über die Insel verschaffen mir lediglich äußere Bewegung.

Ich habe mich deshalb entschlossen, diese bisher eher zufällig entstandenen Aufzeichnungen fortzusetzen, um auf diese Weise meine Gedanken besser ordnen und klären zu können. Noch immer fühle ich mich zu benommen, um zu verstehen, was geschehen ist. Bisher habe ich es nicht gewagt, meinen Blick zurückzulenken auf die Katastrophe, die meine Verbannung bewirkte – auf den langen Weg, der mich auf diese Insel führte. Ich muss erst die Gegenwart begreifen, ehe ich – hoffentlich – nach Auswegen suchen kann.

Dafür, dass diese Aufzeichnungen nicht in unbefugte Hände fallen, habe ich nun auch gesorgt. Im Falle eines Unglücks oder meines Todes wird mein Sklave Philetus sie an sich nehmen. Ihm gestatten meine Aufseher jederzeit Zutritt zu meinen Privatgemächern.

Das einsame Schreiben hier in der Verbannung erscheint mir in manchem aber auch wie ein Ersatz für die Rolle, die ich in Rom spielte – und für den verlorenen politischen Einfluss und gesellschaftlichen Glanz. Der Dichter Horaz in der Idylle seines Landguts in den Sabiner Bergen zog freiwillig das Schreiben dem politischen Ränkespiel in Rom vor und verfasste im selbst gewählten Exil poetische Gedichte im Dienst der Musen. Was ich dagegen schriftlich festhalten werde, ist alles andere als Poesie: Intrigen, Mord und Verschwörung am kaiserlichen Hof, Einblicke in die Inszenierung politischer Macht und den dafür gezahlten Preis – kurz: in das perfekte politisch-private Räderwerk, dessen Teil ich seit meiner Kindheit bin.

Schreiben erscheint mir hier auf Pandateria aber auch sinnvoller als das einförmige Spinnen und Weben, mit dem Scribonia mich zu beschäftigen und zu beruhigen hofft. Ich konnte es schon als Kind, unter Livias Anleitung, nicht leiden. Dafür, dass meine Mutter mich freiwillig in die Verbannung begleitet hat, liebe ich sie umso mehr. Sie weiß, was mich bewegt. Aber Gespräche, wie ich sie in Rom führte, sind mit ihr nicht möglich. Die zur Bewachung abkommandierten Soldaten (wozu eigentlich in dieser verlassenen Öde?), der Verwalter und seine Sklaven (lauter Greise und Eunuchen, wohl damit ich niemandem hier gefährlich werden kann ...) begegnen mir zwar mit Respekt. Aber Anordnungen, die ich laut mitteile und die sie schweigend befolgen, sind ebenfalls kein Gesprächsstoff. Und meine Sklavinnen halten sich beflissen und lautlos im Hintergrund.

Allein der kluge Philetus, den ich aus Rom mitnehmen konnte, weil niemand seine Verbindungen nach Baiae und zu meinem Freund Vinicius vermutet, ist mein Rettungsanker. Er wird die Kontakte zur Außenwelt herstellen, die mein Vater verbietet, weil er sie fürchtet. Denn die angeblichen Gründe meiner Verbannung, Sittenlosigkeit und Ehebruch, sollen ja den entscheidenden Kern des Skandals verschleiern, der mich hier nach Pandateria gebracht hat. Deshalb die Nachrichtensperre und das strikte Besuchsverbot. Denn was sollen mir Zeitgenossen, deren Besuchsantrag der Kaiser zuvor höchstpersönlich geprüft, kontrolliert und – vielleicht – genehmigt hat? Alle potentiellen Besucher müssen zuvor Alter, Größe, Haarfarbe, Narben registrieren lassen, was jeden Versuch von Verkleidung oder Maske zum Scheitern verurteilt.

Doch diese perfekte Kontrolle werden wir dank Philetus' Plan unterlaufen. Wenn mein Vater unversöhnliche Härte zeigt, greifen wir zu Täuschung und List. Griechische Schläue gegen römische Gesetzesgewalt, der listenreiche Sklave gegen den allmächtigen Kaiser.

*

Immer wieder versuche ich vergeblich, mich zu jener Konzentration zu zwingen, die ich für einen ruhigen Rückblick brauche. Vier Wochen sind bereits verflossen mit immer ungeduldigerem Warten. Sind die Kontrollinstrumente meines Vaters doch stärker als unsere Versuche, sie zu umgehen? Wann kommt Phylax? Wann endlich bringt mir Philetus Nachrichten aus Baiae? Ich muss wissen, was in Rom vor sich geht und was über mein weiteres Schicksal entscheidet.

Während ich mit wachsender Nervosität warte, taucht immer häufiger jene überraschende Szene aus meiner Erinnerung auf, die meine jetzige Hoffnung begründet. Ich lehne auf der rotgoldenen Kline neben Lucius Vinicius in dessen prächtiger Villa in Baiae. Wir haben gerade eine köstliche Fischplatte verzehrt, und Lucius beschreibt stolz die aufwendigen Wege, auf denen sein Koch diese Fische höchstpersönlich ganz frisch aus den Fischzuchtbecken von Pandateria holt. Nun lässt er den Koch herbeirufen, um ihn auch vor den Gästen zu belobigen. Kaum aber tritt dieser durch die Säulen in das Speisezimmer, als mein Philetus auf diesen zustürzt: „Mein Bruder, mein Phylax!" und ihn unter Freudentränen umarmt und küsst. Philetus und Phylax hatten sich, seit ihrem Verkauf in die Sklaverei auf einer griechischen Insel, über zehn Jahre zuvor aus den Augen verloren. Nun fanden sie sich hier in Lucius' Villa wieder.

Seither nutzen wir die beiden Brüder wegen ihrer Ergebenheit und Bildung als erfindungsreiche und verschwiegene Boten.

Ich gehe davon aus, dass es Vinicius gelungen ist, das politische Erdbeben der letzten Wochen unbeschadet zu überstehen. Er hat es immer verstanden, unbehelligt seine eigenen Wege zu gehen –

selbst im wildesten und dekadentesten Trubel des Badeorts Baiae. Das war es vor allem, was mich als junges Mädchen neben der kultivierten Eleganz seines Auftretens faszinierte. Als großzügiger und gebildeter Schöngeist betrachtet er einerseits das Leben in Baiae, diese Welt des Klatsches und der theatralischen Protzerei, aber auch des verfeinerten Lebensgenusses, der Schönheit und Raffinesse, mit spöttischer Distanz. Andererseits nimmt er an diesem Leben teil, mit jener unvergleichlichen Lässigkeit, die ich so an ihm bewundere und die meinem Vater trotz allen Bemühens so gänzlich fehlt.

Jedenfalls untersagte mein Vater schon zu Beginn meiner Bekanntschaft mit Vinicius diesem in schriftlicher Form weitere „unschickliche" Besuche bei mir. Daraufhin drehte ich einfach den Spieß um und besuchte Vinicius – ich war schließlich bereits dreizehn! – nun meinerseits täglich: Besuche bei *ihm,* die meinem sittenstrengen Vater ja noch unschicklicher erscheinen mussten, hatte dieser ja nicht einmal für erwähnenswert gehalten. Seither ist der Kontakt zu Vinicius nie abgerissen, auch wenn ich inzwischen andere Liebhaber hatte, auch wenn ich die heißen Sommermonate nicht mehr im mondänen Baiae ...

Wieder nichts! Ich hörte Philetus' ungeduldige Stimme, der den wachhabenden Soldaten dringlich aufforderte, ihn durchzulassen. In großer Erregung riss ich die Tür auf. Aber er hatte nur eine überflüssige Frage des Verwalters vorzutragen. In meiner zornigen Enttäuschung hätte ich den Treuen fast geschlagen. Ich muss mich besser beherrschen.

Ich fahre in dem abgebrochenen Satz fort – was ist schon ein abgebrochener Satz gegen ein abgebrochenes Leben?

(Und was nützt Selbstmitleid?)

... auch wenn ich die heißen Sommermonate nicht mehr im mondänen Baiae verbrachte, weil mich mit meinen verschiedenen Ehen neue Aufgaben in Rom erwarteten.

Der Kontakt mit Vinicius bewährt sich auch jetzt. Im Zuge meiner hastigen Vorbereitungen für die Reise in die Verbannung schickte ich im Vertrauen auf seine Zuverlässigkeit meinen Philetus unbemerkt nach Baiae voraus, damit er sich dort mit Phylax und Vinicius verständigte. Phylax wird demnach weiterhin nach Pandateria fahren, offiziell zum Fischkauf, zugleich aber auch als heimlicher Bote. Im Schutz der Nacht – die Schiffe segeln abends in Misenum los, weil der Sternenhimmel die Orientierung erleichtert – wird Phylax zunächst in der dem Hafen benachbarten kleinen Bucht landen, wo ihn Philetus erwartet, um Nachrichten aus Baiae und Rom in Empfang zu nehmen und im Gegenzug meine Briefe zu übergeben.

Ich weiß: Irgendwo liegen und warten an mich adressierte Papiere, Berichte von Vinicius, Briefe von meinen Kindern, Lebenszeichen von meinen Freunden, vor allem von Jullus und Sempronius, vielleicht sogar ein Schreiben meines Vaters?

Wenn ich noch an die alten Götter glaubte, würde ich jetzt zum Götterboten Hermes beten, dem Schutzpatron der Kaufleute, nächtlichen Abenteurer und Diebe: um baldige, glückliche Fahrt von Phylax.

Aber ist nicht der Götterbote auch der Begleiter der gestorbenen Seelen in den Hades?

*

Die Herbststürme haben eingesetzt und toben mit unglaublicher Wucht über die Insel. Wochen sind vergangen mit vergeblichem Warten. Immer öfter überfallen mich Anflüge von Hoffnungslosigkeit und Verzweiflung. Während ich auf der westlichen Exedra von den tosenden Windböen fast umgeworfen werde, bietet sich dem Blick nichts als ein aufgewühltes, leeres Meer. Kein Schiff zieht draußen seine Bahn. Kein Schiff steuert die Insel an. Meine Lage erscheint aussichtslos.

*

Es gibt Zeiten, in denen man die Wahl hat, entweder mit den Wölfen zu heulen – also zu schweigen, wo alle schweigen, und so zu sprechen, wie alle sprechen – oder durch Provokation und Widerspruch auszubrechen. Dies war mein Weg. Hätte ich mich auch für Vinicius' Lebensform entscheiden können? Für verbindliche Distanz und äußerlich geschmeidige Anpassung, während ich unbeirrbar versucht hätte, meine Eigenständigkeit zu wahren? Hätte ich dann mich und meine Kinder besser vor Livias Intrigen schützen können? Hätte ich dann mehr tun können für meine Söhne und ihren Anspruch auf die Nachfolge meines Vaters?

Solche Gedankenspiele sind müßig. Angesichts meiner Herkunft aus dem julischen Geschlecht und meiner Erziehung im kaiserlichen

Haus mag mir vielleicht Vinicius' Lebensstil bewundernswürdig oder sogar erstrebenswert erscheinen. Aber was am Golf von Neapel möglich ist, gilt nicht auf dem Palatin in Rom. Mein Platz war in Rom, ist in Rom – wäre in Rom!

*

Jullus tot, Sempronius verbannt.

Nur vier Worte für das Scheitern so vieler Hoffnungen.

Heute Nacht war Phylax da. Als Philetus mir frühmorgens verstohlen mit einer dicken Schriftrolle winkte, flog ich ihm entgegen, riss ihm die Rolle aus der Hand, las – und blickte in einen Abgrund.

Die Strafaktionen meines Vaters in den vergangenen Monaten zeigen die ganze Heuchelei, mit der er auch sonst Kritik als moralisches Vergehen abstempelt, um seine Gegner zum Schweigen zu bringen oder zu vernichten.

Wenn ich als Ehebrecherin verbannt wurde, warum wurde dann mein Liebhaber Jullus hingerichtet? Sonst wird der Ehebrecher doch bestenfalls verbannt, es sei denn, er wird auf frischer Tat ertappt. Aber hierfür kann mein Vater Beweise nicht einmal erfinden.

Und warum wurde dann auch noch der Sohn des Liebhabers und Ehebrechers bestraft? Jullus' Sohn, der junge Lucius Antonius, musste Rom umgehend verlassen, um, wie Vinicius andeutet, irgendwelche Studien im fernen Massilia zu betreiben. Eine freundliche, aber höchst durchsichtige Form der Verbannung. Wer kann den Vorwurf des Ehebruchs noch ernst nehmen, wenn nun sogar der Sohn für den Ehebruch des Vaters büßen muss?

Aber warum wurde Sempronius, der genauso wie Jullus des Ehebruchs mit mir bezichtigt wird, nicht genauso wie Jullus getötet? Sondern nur verbannt? Und warum begleitet ausgerechnet Sempronius' Ehefrau ihren „ehebrecherischen" Gatten in die Verbannung? Sie tut dies offenbar ebenso freiwillig wie Scribonia in meinem Fall. Beide bezeugen damit die Unhaltbarkeit dieser Vorwürfe.

Die Ungereimtheiten dieser Strafaktionen erscheinen jedoch völlig schlüssig, sobald man den Vorwurf des Ehebruchs ersetzt durch den einer politischen Verschwörung. Einer Verschwörung gegen den Kaiser.

All die Mitwisser und Mitbeteiligten, gegen die mein Vater in so ungewöhnlicher Härte wütet, all die vornehmen Frauen und Männer der römischen Aristokratie – sie alle auf einen Schlag plötzlich entlarvt als Mitschuldige an zügellosen nächtlichen Trinkgelagen und schamlosen Ehebrüchen? Allein schon die Namen und Ämter – Abkömmlinge alter Adelsfamilien, ehemalige Konsuln und amtierende Volkstribunen – müssten selbst dem Ahnungslosesten die Augen dafür öffnen, dass hier nicht eine vom Eros besessene Kaisertochter wilde Orgien gefeiert, sondern ihr Vater eine hochgefährliche Verschwörung aufgedeckt hat.

Der Vorwurf der Majestätsbeleidigung kommt da dem Kern der Sache schon näher. Noch näher derjenige des Religionsfrevels – freilich auf andere Weise, als mein Vater dies behauptet. Denn nicht die römischen Götter sind es, die wir respektlos beleidigt haben, sondern die Majestät des erhabenen Augustus. Wir haben es gewagt, in diesem göttergleichen Staatenlenker denjenigen zu sehen, der er ist. Ein alternder, kränkelnder Mann, dem die Zügel der Herrschaft zu entgleiten drohen. Wir wollten verhindern, dass diese Zügel in Livias machtgierige Hände fielen. Wir, Jullus und ich, wollten sie ergreifen, um die kaiserliche Macht besser und dauerhafter zu befestigen – besser für meinen hinfälligen Vater und die julische Familie, besser für Rom und das Imperium, nur eben nicht besser für Livia. Ihre meist leicht verschleierten Augen blitzen vermutlich seit meiner Verbannung in offenem Triumph.

Kapitel II

Goldener Käfig

Die kalten Monate auf dieser Verbannungsinsel sind nur schwer zu ertragen. Die Villa lässt sich nicht hinreichend heizen, und die ungewohnte Kälte setzt mir zu. Aber es ist nicht nur die äußere Kälte. Trauer um Jullus und das Gefühl eines unermesslichen Verlusts lassen mich auch innerlich frieren. Wärme finde ich nur, wenn ich mich in Gedanken in die Vergangenheit versenke.

Ich versuche, dem schmerzhaften Gedenken an Jullus und der Vorstellung seines gewaltsamen Todes zu entfliehen, indem ich mir die Anfänge unseres gemeinsamen Lebens in die Erinnerung rufe. Sollte es meinem Vater wirklich gelingen, mich durch die Verbannung mundtot zu machen, so gelangen diese Aufzeichnungen doch vielleicht irgendwann einmal in die Hände von Freunden, die dafür sorgen werden, dass der Skandal, der mich nach Pandateria verbannt hat und Jullus das Leben kostete, nicht nur in politisch korrekter Sprache bekannt wird, in der Sprache, die mein Vater und seine beflissenen Hofberichterstatter so perfekt beherrschen.

Meine Erinnerungen an Jullus beginnen mit unseren kindlichen Spielen im kaiserlichen Haus, zunächst unter der liebevollen Obhut meiner Tante Octavia. Octavia ersetzte mir für lange Jahre die Mutter, nachdem sich mein Vater wegen angeblicher Sittenlosigkeit am Tag meiner Geburt von Scribonia hatte scheiden lassen, um Livia zu heiraten: Schon damals diente der moralische Vorwurf dazu, politische Interessen zu verschleiern.

Augustus und Livia bestimmen bis heute das gesamte häuslich-private Leben auf dem Palatin, sofern dies überhaupt einen solchen Charakter haben kann. In ihrem konsequenten Erziehungsprogramm sind sich beide absolut einig. Allein schon deshalb hielten wir Kinder uns, wo immer es ging, an Octavia. Wir – das war eine elfköpfige Kinderschar, in der ich als einziges Kind des Kaisers natürlich eine Sonderstellung einnahm. Aber auch die fünf Kinder Octavias waren sich ihres Ranges und ihrer Herkunft bewusst. Da waren die drei Kinder aus ihrer ersten Ehe mit Gaius Claudius Marcellus: als Ältester Marcus Claudius Marcellus (der später mein erster Mann werden sollte) und die zwei Mädchen namens Marcella (von denen die ältere später zuerst mit Agrippa, meinem zweiten Mann, und dann mit Jullus verheiratet wurde). In seiner zielgerichteten Heiratspolitik verband mein Vater später ja die meisten dieser Kinder miteinander in verschiedenen Ehen oder trennte sie, wie es ihm gerade passte, voneinander – durch Scheidungen. Persönliche Wünsche, Neigungen oder Abneigungen spielten dabei für ihn nie eine Rolle.

Mit uns wuchsen aber auch die beiden Kinder aus Octavias zweiter Ehe mit Marcus Antonius auf: die ältere und die jüngere Antonia.

Neben diesen fünf leiblichen Kindern hatte Octavia nach dem Tod von Antonius und Kleopatra in der ihr eigenen Hochherzigkeit auch deren zwei verwaiste Kinder bei sich aufgenommen. Ihre Liebe zu Antonius war trotz seiner Leidenschaft für Kleopatra (und obwohl er Octavia auf demütigende Weise verlassen hatte) auch nach seinem Tod so stark, dass sie die Kinder, die ihm die ägyptische Königin geboren hatte, wie ihre eigenen aufzog. Helios und Selene zeigten sich zu meinem Erstaunen wenig belastet durch die schrecklichen Vorgänge, die zum Tod ihrer Eltern in Alexandria geführt hatten, und fügten sich gern der Fürsorge Octavias.

Auch einen Sohn des Antonius aus dessen früherer Ehe mit Fulvia hatte Octavia aus Liebe zu Antonius in ihr Haus geholt.

Das war Jullus.

Sie bevorzugte Jullus vor allen anderen Kindern, und wenn er, wie es hieß, seinem Vater wie aus dem Gesicht geschnitten war, kann ich Octavia und Kleopatra nur zu gut verstehen. Aber während Antonius bei allem Ehrgeiz und Machtwillen nur allzu gern den Göttern der Liebe und des Weins huldigte und ihn immer wieder plötzliche Stimmungsschwankungen überkamen, zeigte sein Sohn Jullus bei aller Großzügigkeit eiserne Selbstdisziplin und zielstrebigen Ehrgeiz. Diese Eigenschaften fesselten mich von Anfang an und machten ihn später zum Kopf unserer Verschwörung.

Während ich mich auf besondere Weise zu Jullus hingezogen fühlte, ließen mich die andern, fast gleichaltrigen Jungen völlig gleichgültig. Zu diesen gehörten neben Marcellus auch Tiberius und Drusus, die beiden Söhne aus Livias erster Ehe. Die beiden waren nach dem Tod ihres Vaters auf Geheiß Livias und meines Vaters von

Perusia nach Rom gebracht worden. Tiberius, mein späterer dritter Mann, war damals etwa zehn Jahre alt, im Alter also von Marcellus. Drusus war drei Jahre jünger, in meinem Alter. Während Drusus sich meist freundlich gutmütig unseren Spielen anpasste, zeigte Tiberius schon früh jene eigenbrötlerische Schroffheit und Verschlossenheit, die später den Umgang mit ihm so erschwerten und die ich auch nach unserer Heirat kaum glätten oder mildern konnte. Ich bin eben keine Octavia.

Denn Octavia war, ähnlich wie Julia, die einzige Tochter des großen Julius Caesar, eine der seltenen Frauen unseres julischen Geschlechts, die ohne Feinde leben und selbst dort, wo sie Feindschaften vorfinden, zu vermitteln und zu schlichten versuchen. Deshalb hatte sich Octavia seinerzeit zur Heirat mit Antonius bereit erklärt, um diesen und ihren Bruder miteinander zu versöhnen. Beide waren schon bald nach Caesars Tod zu feindlichen Rivalen geworden: Antonius betrachtete sich als Caesars Erben aufgrund seiner alten kriegserprobten Freundschaft mit ihm, mein Vater aufgrund seiner Adoption durch Caesar.

Aber das mehrfach wiederhergestellte, fragwürdige Freundschaftsbündnis zwischen den beiden Rivalen zerbrach endgültig, als Antonius wie ein „lüsterner Sklave“ in die Netze der „ägyptischen Hure“ geraten war, wie mein Vater sich öffentlichkeitswirksam entrüstete. Er rief damals geradezu einen „Kampf der Kulturen“ zwischen dem „freien Westen“ und dem „despotischen Osten“ aus.

Nach ihrer Scheidung von Antonius verließ Octavia dann das gemeinsame Haus und bezog mit ihren Kindern einen Seitentrakt des kaiserlichen Hauses auf dem Palatin. Hier wuchsen wir Kinder gemeinsam auf.

Da wir alle etwa gleichaltrig waren, lernten wir zunächst weitgehend gemeinsam. An unserer Erziehung waren zahlreiche Personen beteiligt, anfangs natürlich die üblichen Ammen, dann die Lehrer für Grammatik, die uns Lesen und Schreiben sowie die Werke Homers beibrachten. Zusammen mit den heranwachsenden Jungen erlernten dann auch wir Mädchen die Grundzüge der Rhetorik. Mein Vater, der nichts dem Zufall überlässt, hatte zu diesem Zweck den Freigelassenen Verrius Flaccus mit dessen ganzer Schule in ein Haus direkt neben dem Palast geholt, damit wir die denkbar beste Erziehung erhielten. Dieses Ziel hat er zweifellos erreicht, wenngleich auch mit etwas anderen Folgen, als er bezweckt haben dürfte. Denn Flaccus zeichnete sich im Gegensatz zu seinen Kollegen dadurch aus, dass er seine Schüler zu selbstständigem Denken anhielt. Beispielsweise mussten wir, statt die Fabeln des Äsop auswendig zu lernen, eigene Fabeln erfinden, oder statt die vom Lehrer vorgetragene Interpretation einer Homerstelle einfach zu übernehmen, einen eigenen Kommentar verfertigen. Wenn wir dann die unterschiedlichen Ergebnisse verglichen, lernten wir, auf den genauen Wortlaut zu achten, und erkannten, wie abhängig eine Interpretation vom Interpreten ist. Auch in den rhetorischen Übungen angesichts bestimmter Krisen- oder Entscheidungssituationen lehrte uns Flaccus, wie unterschiedlich ein und derselbe Vorgang bewertet werden kann.

Ich erinnere mich, dass die ältere Marcella und ich einmal in Streit gerieten, als wir die Liebesgeschichte von Dido und Aeneas behandelten. Marcella konnte ich am wenigsten leiden. Vielleicht ahnte ich, dass sie jeweils vor *mir* die Frau von Agrippa und Jullus werden sollte – der beiden Männer, die ich, jeden auf seine Weise, am meisten geliebt habe. Marcella also schlug sich ganz auf die Seite der karthagischen Königin Dido und verurteilte den treulosen Aeneas, der sie einfach verlassen habe um eines angeblich göttlichen Auftrags willen. Ich dagegen verteidigte den Ahnherren unseres Geschlechts, weil er zu beidem bereit gewesen sei: zum leidenschaftlichen Liebesgenuss ebenso wie zum Verfolgen eines hohen politischen Ziels. Während Marcella missmutig eiferte, fühlte ich mich beflügelt durch Jullus' zustimmende Blicke und Gesten. Im Nachhinein erscheint mir diese Szene fast wie eine symbolische Vorwegnahme dessen, was später geschah.

Alles, was wir lernten, wurde sorgfältig überwacht von meinem Vater und begleitet von seinen unermüdlichen Forderungen. Er bestand darauf, dass wir Mädchen nach dem Vorbild und unter Anleitung Livias Wolle spinnen und weben lernten. Zur Belohnung oder weil dies tatsächlich seinem Wunsch entsprach, legte er dann die von uns gewebte Kleidung an, so wie er es heute noch mit den von seinen Enkelinnen gewebten Tuniken und Mänteln hält. Wir waren vermutlich die erste Generation, die diese veralteten Vorstellungen nicht mehr teilte. Meine Töchter haben unter dieser Erziehung nach der Vätersitte wohl noch mehr gelitten als ich. Aber vor dem Willen dieses Vaters und Großvaters gab und gibt es kein Entkommen.

Bei allem, was wir sagten oder taten, hatten wir darauf zu achten, dass nichts geschah, was sich nicht zur Veröffentlichung in den

Hofberichten eignete. Selbst Einzelheiten kontrollierte mein Vater. Nicht nur, dass er uns so lange üben ließ, bis unsere Handschrift gut lesbar und sauber wurde, wir mussten dabei die seine imitieren, was unsere kalligraphischen Neigungen natürlich nicht eben beflügelte. Dankbar bin ich ihm dagegen dafür, dass er uns unnachsichtig zu präziser Wortwahl und einer klaren Sprache anhielt. Er ist ja selbst ein Meister der Sprache, sowohl des treffenden als auch des verschleiernden Wortes, und wusste, warum er uns immer wieder ermahnte, verbesserte und anspornte – was bei Jullus allerdings kaum erforderlich war und bei Tiberius wiederum kaum fruchtete, der sich schon damals gern hinter dunklen, vieldeutigen Worten versteckte.

*

Der heutige Gang über die Insel verlief erstmals anders als die anderen. Ich war nicht mehr vorrangig in verworrenen Gedanken gefangen, sondern blickte auf meine Umgebung mit ruhigen, nüchternen Augen. Ich sah die unbeholfene Verlegenheit, mit der mir meine Bewacher zu folgen versuchen, und empfand kurzfristig fast so etwas wie Mitleid mit diesen armseligen Kreaturen. Zum ersten Mal stellte ich auch fest, dass der Villenkomplex größer ist, als ich bisher vermutet hatte. Offenbar wirkt das Schreiben tatsächlich beruhigend und klärend.

Zurückgekehrt, musste ich mich zum ersten Mal nicht überwinden, meine Aufzeichnungen fortzusetzen.

Uns Heranwachsenden war die unausgesetzte Kontrolle natürlich lästig. Wenn mein Vater später nach denselben Prinzipien auch bei seinen Enkeln und Enkelinnen verfuhr, so sehe ich diese Bemühungen inzwischen in einem etwas anderen Licht, wenn ich bedenke, wie viel Zeit und Mühe er angesichts seiner vielfältigen politischen Aufgaben allein auf die Spracherziehung all jener Kinder verwandte, die in seinem Haus aufwuchsen.

Hinter und über allem aber wachte die alterslos schöne, immer beherrschte Livia mit kühlem Blick und unbewegtem Gesicht. Vergeblich versuchten wir Mädchen, gegen sie aufzubegehren, indem wir mitunter geradezu verzweifelt darum baten, uns wie andere Mädchen unseres Alters auch einmal unbeaufsichtigt außerhalb des Palastes bewegen zu dürfen. Während die Jungen, allen voran Jullus, täglich zu ihren sportlichen Übungen und Wettspielen auf das Marsfeld zogen, um anschließend begeistert zu erzählen von den bunten Menschenmassen, exotischen Verkaufsbuden und hübschen Prostituierten, war für uns Mädchen der Palast ein goldener Käfig, außerhalb dessen Unsittlichkeit und Verworfenheit auf uns lauerten. Umso begieriger wurden wir natürlich, diese unbekannte, gefährliche Welt kennen zu lernen. Meine Neigung, nach selbstgesteckten Zielen zu leben, mag auch ein Erbteil meines Vaters sein. Entscheidend gefördert aber wurde dieses Erbteil durch meine überstrenge Erziehung – und durch Jullus.

Von Jullus lernte ich, was außerhalb des Erziehungsprogramms meines Vaters lag: einen realistischen, nüchternen Blick auf das, was der gegenwärtigen Friedensära vorangegangen ist und was sich hinter der Maske des Friedenskaisers verbirgt. Jullus war es, durch dessen Erzählungen ich vom Schicksal Octavias und vom Ende seines glücklosen Vaters Antonius erfuhr. Mit Jullus' Augen begann ich meinen Vater genauer zu beobachten, wobei sich meine bis dahin kindlich stolze und schwärmerische Verehrung zusehends abkühlte. Der Tag, der hierbei den ersten, entscheidenden Einschnitt brachte, steht deutlich vor meinem inneren Auge.

Etwa zehnjährig erlebte ich den Triumphzug, mit dem mein Vater seinen Sieg über Antonius und Kleopatra feierte. Als unter dröhnendem Hörner- und Tubengeschmetter die kostbaren Beutestücke aus Alexandria an uns vorbeigetragen wurden, Schätze von einem Luxus und einer Pracht, wie sie in Rom bis dahin unbekannt gewesen waren, klatschte und schrie ich zunächst, fast berstend vor Stolz und angesteckt von der mitreißenden Begeisterung und dem tobenden Beifall und Jubel, in der Menge mit – vor allem, als ich erfuhr, Kleopatra habe alle diese Schätze, die edelsten, reichsten Weihgeschenke und Prunkstücke, aus ihren Palästen und Tempeln in ihrem Grabmal aufgehäuft, um für den Fall ihrer Niederlage meinen Vater günstiger zu stimmen. Ausgerechnet meinen Vater, den ich dafür bewunderte, dass er sich weder durch Bitten noch durch Gefühlsregungen von einem einmal gefassten Vorhaben abbringen lässt. Da Kleopatra sich dann aber nach dem Scheitern all ihrer Hoffnungen und nach dem Tod des Antonius durch einen Schlangenbiss selbst getötet hatte, konnte mein Vater sie nicht als lebende Beute in seinem Triumphzug mitführen. Deshalb ruhte nun ein ihr ähnliches, wunderschönes Wachsbild auf dem gold- und purpurgeschmückten

Wagen, der den Schätzen folgte. Neben dem Wagen aber schritten langsam mit niedergeschlagenen Augen und erhobenen Köpfen ihre Kinder Helios und Selene. Der Schmerz und die stolze Haltung der beiden beeindruckten mich tief und ließen mich innehalten. Ich fragte den neben mir stehenden Jullus nach den Lebensumständen der beiden Kinder.

Und nun erfuhr ich die Hintergründe dieses Sieges und die Vorgeschichte dieses Triumphzuges. Umgeben von lauter Jubelwütigen, berichtete Jullus mit vorsichtig gedämpfter Stimme, wie mein Vater nach dem Seesieg bei Actium mit den Besiegten verfahren war. Sein erstes Opfer war der Sohn Caesars und Kleopatras, Caesarion. Die Rechte und Ansprüche von Caesars Sohn hätten meinen Vater als Erben Caesars unweigerlich in die zweite Reihe verwiesen. Jullus schloss seinen Bericht mit den knappen Worten: „Und so ließ er Caesarion ermorden." Ich hatte zunächst Verständnisschwierigkeiten: „Der Rächer Caesars ermordet Caesars Sohn?", was Jullus bitter lächelnd kommentierte: „Der adoptierte Sohn ermordet den leiblichen Sohn."

Auch Jullus' älteren Bruder Antyllos, den ältesten Sohn von Antonius und Fulvia, hatte mein Vater umbringen lassen. Antyllos hatte zusammen mit dem jungen Caesarion soeben die Männertoga angelegt. Deshalb galt er meinem Vater wohl als der geborene Rächer des besiegten Antonius. Dass er mich als Zweijährige einst mit Antyllos verlobt hatte, um das zeitweise Bündnis mit Antonius zu beglaubigen, scherte ihn dabei natürlich nicht. Auch mich nicht; ich hatte Antyllos nie gesehen. Aber Octavia – sie hatte ja nicht nur dazu herhalten müssen, das Scheinbündnis der beiden Rivalen durch ihre Ehe mit Antonius zu besiegeln. Sie hatte wiederholt und mit großem persönlichen Einsatz zwischen ihrem Bruder und ihrem Mann zu vermitteln versucht. Für sie bedeuteten der Tod des Antonius und die Ermordung dieser jungen Männer einen nie verwundenen Schmerz. Aber gerade die nächsten Verwandten sind für meinen Vater nur Spielsteine, die er nach Belieben auf einem Brett hin- und herschiebt in einem Spiel, das – jedenfalls bisher – immer in seinem Sinne verläuft.

Kapitel III

Familienpolitik

Meine enge Verbindung mit Jullus bestand so lange, bis wir unsererseits zu entscheidenden Spielsteinen auf diesem Brett aufrückten. In meinem vierzehnten Lebensjahr heiratete ich auf Anordnung meines Vaters und Octavias meinen Vetter Marcellus. Ich ging diese Ehe ohne eigenen Wunsch, aber auch ohne Abneigung ein. Seit meiner Heirat mischten sich jedoch in die Freundschaft mit Jullus erste erotische Gefühle. Denn Marcellus, diesen schlaksigen, unfertigen Jüngling, betrachtete ich auch nach unserer Heirat nicht anders als zuvor den Spielgefährten der Kindheit: ohne näheres Interesse, mit freundlichem Gleichmut. Den eisernen Ring jedoch, den ich bei der Verlobung erhalten hatte, trug ich mit leidenschaftlichen Hoffnungen – nicht auf die zu erwartenden ehelichen Freuden, sondern auf die Freiheiten, die mir nach dem abgeschlossenen Leben auf dem Palatin durch diese Heirat winkten. Der eiserne Ring versprach mich hinauszuführen aus dem goldenen Käfig. Als Ehefrau würde ich endlich an abendlichen Gastmahlen und Festen teilnehmen, Wein trinken, im Liegen speisen, das Theater besuchen und mich frei von Kontrollen im Haus, in der Stadt und wo immer ich wollte, bewegen. Ungeduldig erwartete ich den Vermählungstag und genoss die Hochzeitsvorbereitungen mit der aufgeregten Eitelkeit einer Vierzehnjährigen. Als ich schließlich die Brautgewänder anlegte und in die roten Sandalen schlüpfte, ließ ich es sogar stolz lächelnd zu, dass Livia mir das viereckige rotgoldene Kopftuch befestigte. Meine Mutter war bei meiner Hochzeit schließlich nicht anwesend.

Wie selbstverständlich nahm ich an, dass ich nun, so wie ich es aus den Versen der Dichter kannte, aus der väterlichen Gewalt in die des Ehemanns wechseln würde. In diesem Irrtum wurde ich dadurch noch bestärkt, dass mein Vater wieder einmal irgendwo in Gallien oder Spanien Krieg führte und deshalb an der Feier nicht teilnahm. In seinem Auftrag und an seiner Stelle leitete sein alter Freund und Kampfgefährte Agrippa die Zeremonie. Als er nach dem obligaten Widderopfer hinter Marcellus und mich trat und unser goldbandverschlungenes Händepaar unter lautem Beifall emporhob, erfasste mich ein leises Zittern – in diesem Moment öffnete sich für mich das Tor zur Freiheit. Hätte ich damals einen Blick in die Zukunft werfen können, hätte ich vielleicht auch gezittert, aber aus anderen Gründen. Und hätte ich schon damals gewusst, dass Agrippa, dieser narbenübersäte Haudegen, der da den Brautvater spielte, schon wenig später ebenso wie jetzt Marcellus seine Hand mit meiner Hand verschlingen würde, ich hätte ob dieser absurden Konstellation wahrscheinlich nur mühsam ein ungläubiges Lächeln verbergen können.

Ich hatte nicht in Rechnung gestellt, dass mit mir die einzige Tochter des Alleinherrschers verheiratet wurde. Die Tür des goldenen Käfigs schien sich zwar einen Spalt weit geöffnet zu haben. Aber der eiserne Verlobungsring war nicht das Zeichen der Freiheit, sondern einer verstärkten Gefangenschaft im kaiserlichen Haus. Nicht nur bei dieser Heirat mit einem Siebzehnjährigen, auch bei den zwei folgenden Eheschließungen mit kriegserfahrenen, bewährten Mittdreißigern oder -vierzigern entließ mich mein Vater mitnichten aus seiner Hand in die Hand des Ehemanns, wie es so schön heißt. Er hat mich bis heute in seiner Hand.

Ich blieb die Kaisertochter, die durch diese Heirat ihrem Ehemann den ersten Platz in der Reihe der künftigen Nachfolger eröffnete. Als Marcellus mich nach der Vermählungsfeier im Schein der Fackeln und unter lautem Jubel und anzüglichen Gesängen über die Schwelle des Hauses trug, in dem unser gemeinsames Leben beginnen sollte, war dies nicht sein Haus, sondern dasselbe Haus, in dem wir beide seit Kindertagen aufgewachsen waren und wo auch Jullus weiterhin bis zu seiner Heirat mit Marcella wohnte. Wir alle blieben Mitglieder der großen Hausgemeinschaft auf dem Palatin. Marcellus und ich bewohnten einen zwar abgeschiedenen, aber nicht abgeschlossenen Seitenflügel, der von meinem Vater, wenn er in Rom weilte, und von Livia jederzeit unangemeldet besucht werden konnte und besucht wurde. Dass sie diese Möglichkeit im Zusammenhang mit Marcellus' frühem Tod nutzte, scheint mir inzwischen höchst wahrscheinlich.

Auch heute noch frage ich mich, was genau mein Vater mit dieser Ehe bezweckte. Offenbar wollte er vor allem sicherstellen, dass seine einzige Tochter, gewissermaßen der familiäre Schlüssel zur

Macht, in die richtigen Hände gegeben wurde. Im Hinblick auf Marcellus aber hätte es dieser Heirat eigentlich gar nicht bedurft, um ihm den Vorzugsplatz in der geplanten Nachfolgeregelung zu verschaffen.

Mein Vater hatte nämlich Marcellus, den einzigen Sohn seiner Schwester Octavia und einzigen männlichen Nachkommen der julischen Familie, von Anfang an öffentlich ausgezeichnet. Bereits bei jenem unvergesslichen Triumphzug, mit dem er seinen Sieg über Antonius und Kleopatra feierte, hatte er den damals Dreizehnjährigen rechts neben seinem Triumphwagen reiten lassen, während sich der gleichaltrige, ungeliebte Stiefsohn Tiberius mit der linken Seite begnügen musste und Jullus unter den Zuschauern neben mir Platz zu nehmen hatte. Es folgten weitere außergewöhnliche Ehrungen für Marcellus, am erstaunlichsten wohl die Erlaubnis, sich bereits zehn Jahre vor der Zeit um das Konsulat zu bewerben. Das hieß nach der neuen Gesetzgebung, bereits mit dreiundzwanzig Jahren das höchste Staatsamt zu bekleiden, das in den Zeiten der Republik aus guten Gründen nur verdienten Männern anvertraut worden war, die die Vierzig überschritten hatten. Diese demonstrative Auszeichnung des noch nicht einmal Zwanzigjährigen erscheint mir inzwischen doppelt unverständlich, weil mein Vater heute mit seinen Adoptivsöhnen Gaius und Lucius gerade in diesem Punkt sehr zurückhaltend und vorsichtig verfährt. Damals waren diese Ehrungen für Marcellus aber noch auffälliger, weil gleichzeitig auch Tiberius bestimmte Privilegien erhielt, die aber immer deutlichen Abstand zu denjenigen von Marcellus wahrten.

Jullus, der stets an dritter Stelle hinter Marcellus und Tiberius genannt wurde, wenn es um die Nachfolge im Kaiserhaus ging, hielt sich völlig zurück und kommentierte die Vorgänge unter vier Augen mit ironischen Prognosen, die sich im Folgenden auf traurige Weise bestätigen sollten. Tiberius aber reagierte zunehmend mürrisch auf Marcellus' Privilegien, was mich zu halb spöttischen, halb mitleidigen Scherzen veranlasste, die wiederum Tiberius' Empfindlichkeit vertieften und meinen Stolz als Ehefrau des öffentlich bevorzugten Marcellus erhöhten.

Dieser Stolz war, rückschauend betrachtet, die einzig angenehme Erfahrung meiner kurzen Ehe. Marcellus und ich führten diese Ehe pflichtgemäß. Wir hatten beide schon als Kinder zu Verlobungen im Zusammenhang mit irgendwelchen politischen Zweckbündnissen herhalten müssen und fügten uns nun in unsere neuen Rollen. Wir waren beide unerfahren. In der vorgegebenen Hausordnung fehlte der erotische Reiz, der das neue Rollenspiel hätte schmackhaft machen können – der sich aber bei meinen heimlichen Treffen mit Jullus nun umso lebhafter entfaltete. Es war nicht zuletzt das Verbotene, das uns reizte. Jeden unbeobachteten Moment, jede Säule, jede Statue, die uns vor unerwünschten Blicken Schutz bot, nutzten wir für atemlose, gierige Umarmungen und heftige Küsse.

Heute glaube ich, dass ich solche Momente wohl leidenschaftlicher genossen habe als Jullus. Er suchte wohl nicht zuletzt auch die Befriedigung, von der Kaisertochter so deutlich ausgezeichnet zu werden.

Ist es nicht seltsam, dass mir bei diesen Erinnerungen an Jullus sein damaliges Verhalten in einem zunehmend diffusen Licht erscheint? Oder ist es die Verbitterung hier auf Pandateria, die selbst die glücklichen Erinnerungen verdunkelt?

*

Heute konnte ich zum ersten Mal nach langen Regenwochen wieder einen Gang über die Insel wagen. Nichts blüht, aber die Luft ist weich und mild und tut gut. Sofort regen sich neue Hoffnungen und Sehnsüchte: nach Rom, nach meinen Kindern, nach meinen Freunden, nach sinnvoller Tätigkeit. Und mit den Sehnsüchten wachsen unvernünftige Hoffnungen auf ein Ende meiner Verbannung, auf ein Wort meines Vaters, auf die Möglichkeit, mich zu rechtfertigen.

Bei dieser plötzlich glatten See könnte Phylax seine Fahrten ohne Schwierigkeiten wieder aufnehmen. Ich brenne auf Neuigkeiten aus Rom.

Aber kein Schiff zeigt sich auf der sonst so befahrenen Wasserstraße zwischen Insel und Festland.

*

Untätigkeit war mir immer zuwider, aber erzwungene Untätigkeit ist unerträglich. Doch was heißt: „unerträglich“? Auch das schriftliche Festhalten von Erinnerungen bedeutet Tätigkeit.

Marcellus starb gut zwei Jahre nach unserer Hochzeit. Meine Trauer hielt sich nicht nur aus den erwähnten Gründen in Grenzen.

Dafür sorgten auch die dramatischen Ereignisse in seinem Todesjahr.

Mein Vater war nach langer Abwesenheit nach Rom zurückgekehrt, entkräftet von den Strapazen der Kriege in Gallien und Spanien, trotz seiner vierzig Jahre eher einem sechzigjährigen Greis ähnelnd. Nie zuvor hatte ich ihn so matt und müde erlebt. Die Erschöpfung in den harten Kämpfen gegen die kantabrischen Bergvölker hatte ihn bereits in Spanien gezwungen, die Kriegführung seinen Legaten zu überlassen, während er in den warmen Bädern der Pyrenäen Heilung suchte. Vergeblich, wie sich bei seiner Ankunft in Rom zeigte. Es gelang ihm zwar noch, die Verschwörung seines Mitkonsuls Murena zu überstehen, indem er ihn, einen der höchsten Staatsbeamten, zum Entsetzen Roms kurzerhand hinrichten ließ.

Aber diese Verschwörung war nur ein erster Vorbote des Widerstands, der sich inzwischen gegen seinen selbstherrlichen Regierungsstil formiert hatte. Ich beobachtete beunruhigt die bösen Bemerkungen, die auch im Kaiserhaus selbst zunächst verstohlen, schon bald aber (angesichts der Ehrungen, mit denen er Marcellus als künftigen Erben aufbaute) auch ganz offen geäußert wurden. Diese kritischen Stimmen gehörten einer seltsamen Allianz, die Livia, Agrippa, Jullus und Tiberius gebildet hatten. Vor allem Jullus begann damals neben dem immer wieder gedemütigten Tiberius unauffällig seine Chancen wahrzunehmen. Schon kursierte das Gerücht, mein Vater werde Marcellus adoptieren, so wie Gaius Julius Caesar seinerzeit ihn adoptiert hatte, als er so alt gewesen war wie Marcellus jetzt.

Ganz unverhohlen erregte sich Agrippa, der alte Studienfreund und Kampfgefährte meines Vaters. In der ihm eigenen Geradlinigkeit und Direktheit zieh er meinen Vater vor unser aller Ohren der Unverantwortlichkeit: Ein unbedarfter, unerfahrener Jüngling von neunzehn Jahren werde hier in eine Rolle gedrängt, die ihn völlig überfordere.

Mein Vater gab leise zurück: „Muss ich dich daran erinnern, dass nicht nur ich, sondern auch du selbst in eben diesem Alter unsere politischen Karrieren begonnen haben?"

Aber nun brach es erst recht aus Agrippa heraus. Laut schalt er die „unvernünftige Torheit", mit der mein Vater die Fassade der wiederhergestellten Republik, die er bisher so erfolgreich verteidigt habe, nun niederreißen wolle – um der dynastischen Erbfolge willen: „Deine Herrschaft haben Senat und Volk dir, aber nur *dir* verliehen, und zwar aufgrund deiner großen Leistungen und Verdienste. Sie kann nicht vererbt werden. Wenn du aber bereits jetzt nach möglichen Nachfolgern Ausschau halten willst, so richte wenigstens deinen Blick nicht auf diejenigen, die dir blutsmäßig am nächsten stehen, sondern auf diejenigen, die sich durch Leistung empfehlen."

Diese Kampfrede war wohl nicht ganz frei von gekränktem Ehrgefühl. Jedenfalls verließ Agrippa nach diesem Auftritt ohne weitere Worte die Stadt. Einige behaupten: aus enttäuschtem Ehrgeiz. Es hieß aber, er werde sich auf Lesbos geheimen diplomatischen Missionen im Osten widmen.

Auch Livia hatte, was sonst kaum je geschah, an Agrippas Seite Partei gegen meinen Vater ergriffen – aber natürlich aus ganz anderen Gründen. Marcellus' Bevorzugung vor Tiberius war ihr schon lange ein Dorn im Auge. Jullus hatte, scheinbar gleichgültig, geschwiegen, aber unter gesenkten Lidern keinen der Anwesenden aus den Augen gelassen. Ich dagegen fühlte mich hin- und hergerissen. Einerseits lockte der Glanz, der von den Auszeichnungen des jungen Ehemanns auch auf mich fallen würde. Andererseits war mir klar, was diese Auszeichnungen für Jullus' Pläne bedeuten mussten.

Angesichts der immer unverhohleneren Kritik versagten die ohnehin erschöpften Kräfte meines Vaters. Bald erkrankte er so schwer, dass wir alle mit seinem Tod rechneten. Er ließ die wichtigsten Magistrate und Senatoren an sein Bett rufen. Auch Agrippa eilte aus dem Osten herbei. Da mein Vater nicht mehr sprechen konnte, überreichte er seinem Mitkonsul Calpurnius Piso stumm eine Liste der Staatseinkünfte sowie ein Verzeichnis aller in den Provinzen stationierten Truppen. Dann zog er langsam und feierlich mit einem tiefen Atemzug, der einem Seufzer glich, den Sphinx-Ring vom Finger, mit dem er seine Briefe, schriftlichen Befehle und Anordnungen siegelte: das Zeichen seiner Herrschaft. In der atemlosen Stille winkte mein Vater Agrippa mit den Augen heran und reichte ihm den Siegelring. Nicht Marcellus, der jugendliche Neffe, sondern Agrippa, der kriegserprobte und hochgeachtete alte Kampfgefährte sollte nach dem Tod des Prinzeps dessen Aufgaben und Pflichten übernehmen. Agrippa nickte zweimal und trat zurück. In seinem sonst eher trotzig-entschlossenen Gesicht schienen sich Teilnahme,

Respekt, Beruhigung und Befriedigung auf seltsame Weise zu mischen.

Sofort suchten meine Blicke Livia. Was ging hinter dieser glatten Stirn vor? Bedeutete für sie der Auftrag an Agrippa den Sieg über Marcellus und einen Aufschub ihrer Pläne für Tiberius? Blickte sie auf das Ende ihrer fünfzehnjährigen Ehe mit Gefasstheit? Mit Trauer? Empfand sie Schmerz am Sterbebett ihres Mannes? In ihren feinen Gesichtszügen war eine gewisse Bewegung unverkennbar. Aber sie blieb undurchschaubar und rätselhaft.

Mir brachte diese Stunde am Bett meines Vaters die Erkenntnis, dass ich meinen Vater, diesen entkräfteten Mann, der trotz seiner Schwäche dem Tod so besonnen und nüchtern entgegenging, trotz aller Spannungen und Differenzen nach wie vor liebte. Ich war deshalb wohl eine der wenigen, die ihre Freude unverhüllt äußerten, als die eisigen Trinkkuren und Bäder, die der Arzt Antonius Musa schließlich allen Bedenklichkeiten zum Trotz durchgesetzt hatte, den Todkranken unerwartet genesen ließen. Wenige Wochen, nachdem Rom sich bereits auf pompöse Trauerfeierlichkeiten vorbereitet hatte, konnte mein Vater seine gewohnte Arbeit wieder aufnehmen. Aber der sonst so gesunde Marcellus erkrankte um eben diese Zeit, und dieselben Kuren desselben Arztes schlugen bei Marcellus nicht an. Noch bevor das Jahr zu Ende war, wurde ich, gerade sechzehn geworden, Witwe.

Für Jullus stand von Anfang an fest, dass Livia bei diesem unerwarteten Tod ihre Hand im Spiel gehabt hatte. Sie hatte jederzeit unbemerkt an Marcellus' Krankenlager treten und mit wenigen Schritten wieder ihre Privatgemächer erreichen können. Aber da damals eine furchtbare Epidemie in Rom und Italien wütete, die zahlreiche Opfer forderte, wies ich Jullus' Verdächtigungen zunächst entrüstet zurück. Stutzig wurde ich erst Wochen später an einem scheinbar harmlosen Lektüreabend im kaiserlichen Haus.

Mein Vater nahm lebhaften Anteil an der Entstehung von Vergils „Aeneis" (des „Staats-Opus", wie wir spotteten) und liebte es, sich vom Dichter höchstpersönlich die jeweils neu entstandenen Verse vorlesen zu lassen. An jenem Abend bestand der Kreis der Zuhörer nur aus meinem Vater, Livia, Octavia und mir. Die beiden alten Freunde meines Vaters fehlten: Agrippa, der mit der Dichtkunst ohnehin seine Schwierigkeiten hatte, war wieder auf Lesbos, und Maecenas, der Entdecker und Förderer Vergils, hatte sich wegen Krankheit entschuldigen lassen. Zwar kann ich auch heute mit Vergils Pathos wenig anfangen. Aber damals hatte er angekündigt, dass er seinen Helden nunmehr in die Unterwelt hinabsteigen lassen werde, wo dieser Antwort auf die Frage nach Roms künftigem Schicksal erhalten werde. Der bäuerlich-realistische Agrippa hätte solche Visionen als „Phantasterei" abgetan; aber das, was sich dann an jenem Abend abspielte, war alles andere: Hinter der poetisch vergoldeten Fassade der göttlichen Sendung unseres Urahns Aeneas – sprich: dessen Urenkels Augustus – öffneten sich plötzlich Abgründe. Als Vergil schilderte, wie Aeneas unter den Toten im Hades auch den kürzlich verstorbenen Marcellus erblickt, als er in wohltönenden Hexametern die Schönheit des Frühvollendeten pries, brach Octavia zusammen. Erst schluchzte sie kurz und heftig, dann gurgelte sie unverständliche Satzfetzen und abgerissene Anklagen, schließlich verstummte sie und fiel in eine totenähnliche Starre.

Octavia hat von da an in den zwölf Jahren bis zu ihrem Tod nicht mehr gelacht, nur noch Trauergewänder getragen, sich nicht mehr in der Öffentlichkeit gezeigt und den Kontakt zu ihrem Bruder abgebrochen. Octavia hatte manche schweren Verluste erlebt, ihren ersten Mann, den sie schätzte, beerdigt und ihren zweiten Mann, Antonius, den sie liebte, an Kleopatra verloren, ohne sein fernes Grabmal schmücken zu können. Vergeblich hatte sie versucht, ihren Bruder Octavian, den sie bedingungslos unterstützte, mit Antonius, den sie bedingungslos liebte, zu versöhnen – nur um am Ende mitzuerleben, wie ihr Bruder ihren Mann in den Selbstmord trieb. Aber all diese kummervollen Erlebnisse hatten es nicht vermocht, sie in ihrer lebensbejahenden, versöhnlichen Haltung zu beirren. Marcellus' Tod lag nun schon Monate zurück, und sie hatte bis zu diesem Zeitpunkt ihren Schmerz in den üblichen Formen gezügelt.

Als ich Jullus von dieser Szene berichtete, erschrak er mindestens genauso sehr wie ich zuvor. Dann erinnerten wir uns an seinen früher geäußerten Verdacht. Wir einigten uns auf die Vermutung, dass Octavia in jenem Moment eine Ahnung überfallen haben musste, die den plötzlichen Tod ihres Sohnes erklären konnte. Hatte Livia, hingegeben an den Wohlklang der Verse, sich vielleicht eine kleine Pause in ihrer sonst so meisterhaften Beherrschung gegönnt? Hatte sie vielleicht während Vergils Vortrag durch eine unwillkürliche Geste oder Bewegung der Augen etwas erkennen lassen, das Octavia wie eine blitzartige Erkenntnis getroffen hatte?

Natürlich ließen sich die Hintergründe dieser Szene nie klären. Aber der Verdacht, Livia habe im Zusammenhang mit Marcellus' Tod Schicksal gespielt, erhielt mehr als zehn Jahre später neue Nahrung – angesichts der Umstände, die zum Tod des kleinen Nero führten, des einzigen Kindes, das ich mit Tiberius hatte.

Marcellus wurde unter großer Anteilnahme der Bevölkerung und unter höchsten Ehren als Erster unseres Geschlechts in dem gewaltigen Mausoleum beigesetzt, das mein Vater schon früh unweit des Tiberufers hatte errichten lassen. An den leidenschaftlichen öffentlichen Trauerbezeugungen beteiligte ich mich nicht. Dafür war mir Marcellus zu fremd geblieben. Aber ich teilte den Schmerz Octavias über den Verlust ihres einzigen Sohnes. Ich trat mit der Aschenurne in das Dunkel des Mausoleums in dem tröstlichen Bewusstsein: hier werde auch ich einmal meine Ruhe finden.

Das Theater, das dann erbaut wurde, um das Andenken an Marcellus zu wahren, und das seinen Namen trägt, habe ich später immer gern besucht – nicht zuletzt, weil sich dort meist freundliche Erinnerungen an den viel zu früh Verstorbenen einstellten, die die düsteren Bilder seines Todesjahrs vorerst zurückdrängten.

*

Während dieser letzten Wochen, die ich vor allem mit Schreiben verbringe, warte ich mit wachsender Ungeduld auf Nachrichten aus Rom und Baiae. Da ich Vinicius' Zuverlässigkeit kenne, stört die Ungewissheit über die Gründe seines Schweigens die Konzentration, die ich zum Schreiben so dringend brauche. Die Tage vergehen mit Warten, vergeblichem Warten.

Warten – ein Wort der Tätigkeit, das Untätigkeit bedeutet.

Kapitel IV

Das Bild meines Vaters

Heute versinkt die Insel im Schneetreiben. Ich habe den Verwalter aufgefordert, besser zu heizen; er will sein Möglichstes tun. Ich schreibe im Licht mehrerer Öllämpchen, die flackernde Schatten auf die Wände werfen – eine passende Umgebung für meine Gedanken, die immer stärker um meinen Vater kreisen. Seit der Nachricht von Jullus' Tod tritt unter dem Schleier von Zorn und Hass sein Bild immer lebhafter vor mein inneres Auge.

*

Ich hadere mit meinem Vater. Warum verhält er sich so unversöhnlich? Was für ein Mensch ist er eigentlich? Dass er ein Gott ist, wofür ihn viele seiner Untertanen halten, kann er, der kühle Realist mit der Neigung zu zynischem Spott und Schauspielerei, ja nicht ernsthaft glauben. Bei den Versuchen, seiner Persönlichkeit näherzukommen, verfalle ich zunächst immer wieder auf den Vergleich mit Gaius Julius Caesar.

Caesar war zu jeder Zeit und in jeder Lage er selbst. Seine Großzügigkeit war zwar nicht frei von Verachtung für seine Zeitgenossen, vielfach Kreaturen seiner Großmut. Aber nie versteckte er sich wie mein Vater hinter einer Maske. Caesar zeigte freimütig das selbstbewusste Gesicht des Diktators und ging auf dem Höhepunkt seiner Macht in einen plötzlichen, vielleicht nicht unerwarteten, vielleicht nicht einmal ganz unerwünschten Tod.

Mein Vater dagegen sucht hinter einer Maske seine Absichten und Wünsche zu verbergen, sogar vor seiner nächsten Umgebung. Sein Wappentier und Briefsiegel ist die Sphinx – dieses dämonische Wesen, das jeden Wanderer erwürgte, der das von ihr gestellte Rätsel nicht lösen konnte. Das rätselhafte Wesen meines Vaters zeigt sich vor allem in seinem widersprüchlichen Verhalten, aber auch bereits in seiner äußeren Erscheinung. Unter dem leicht gelockten, hellen Haar, dessen Blond inzwischen ins Weiße gewechselt hat, blicken die Augen meist in ruhiger Heiterkeit. Überschattet aber werden diese

Gurke oder einen Becher Wasser. Diese Zurückhaltung mag ihren Sinn haben, und dann könnte ich sie sogar gelten lassen. Aber diese Gesten der Anspruchslosigkeit benützt mein Vater, um sich als zweiter Cato zu stilisieren, und ist im Übrigen Speis und Trank, die er jederzeit zu sich nimmt, sobald er Hunger oder Durst verspürt, keineswegs abgeneigt. Hat er Gäste, so isst und trinkt er während der Mahlzeiten so gut wie nichts, wohl aber vorher oder nachher, wie ich manches Mal peinlich berührt beobachten konnte. Damit will er wohl den Eindruck maßvoller Bescheidenheit erwecken, vor allem aber offenbar sicherstellen, dass ihm während des Essens nichts von den Gesprächen und Reaktionen der Anwesenden entgeht. Selbst bei harmlosen häuslichen Vergnügungen wie dem von ihm geliebten Würfelspiel beobachtet er, während er den aufmerksamen Hausherrn und heiteren Gastgeber mimt, verstohlen die Gesten und das Verhalten der Mitspieler.

Dass er, der kühl kalkulierende Staatsmann, ausgerechnet das Würfelspiel liebt, scheint mir kein Zufall zu sein. Vielleicht verrät diese Spielleidenschaft das Bedürfnis nach Entspannung gegenüber den Anstrengungen einer ständigen Selbstbeherrschung und Selbstinszenierung? Vielleicht aber ist das Würfelspiel auch Teil und Ausdruck dieser Selbstinszenierung? Mein Vater ist ein Schauspieler, der selbst die scheinbar privateste Regung gezielt einsetzt im Spiel um die Macht. Deshalb waren die angeblichen Wutausbrüche über seine sittenlose, nächtlich auf dem Forum herumstreunende Tochter, die zu meiner Verbannung führten, kaum Ausdruck von Betroffenheit, sondern vielmehr Mittel zum politischen Zweck. Deshalb lässt sich auch die friedliche häusliche Szene mit den Würfel spielenden Gästen und dem leutseligen Gastgeber ohne Weiteres auf den öffentlichen Bereich übertragen, wo er auf der politischen Bühne wie ein Schauspieler agiert.

Seine stärkste Leistung in dem Stück „Inszenierung der Macht" habe ich als etwa Dreizehnjährige mehr oder weniger zufällig miterlebt. Mein Weg zu Octavia führte mich immer an dem kleinen Zimmer vorbei, in dem mein Vater ausgewählte, ihm besonders nahestehende Besucher zu empfangen pflegt. An einem winterlichen Spätnachmittag wurde ich Zeuge eines heftigen Wortwechsels, in dem mehrere Besucher lautstark und erregt auf meinen Vater einredeten, während dieser so aufreizend langsam und leise antwortete, dass ich neugierig wurde, diesen sonderbaren Dialog näher zu verfolgen. Es ging um die Vorbereitung einer Senatssitzung am folgenden Tag. Mein Vater hatte seinen Gästen offenbar kurz zuvor eröffnet, er wolle zum Zeichen der Beendigung der Bürgerkriege seine bisherigen außerordentlichen Vollmachten freiwillig zurückgeben. Als ich mich vorsichtig der verschlossenen Tür näherte, waren die Gesprächspartner eben dabei, dieses Vorhaben meines Vaters rundherum abzulehnen. Entsetzt und erschrocken, empört und besorgt beschworen sie ihn, er dürfe die einmal gewonnene Macht um keinen Preis der Welt wieder aus der Hand geben – zu seinem und ihrem Vorteil, aber vor allem natürlich zum Nutzen des Staates, wie sie versicherten, auch wenn die meisten Senatoren möglicherweise anderer Meinung seien.

Mein Vater spielte sein Spiel so geschickt, dass sie ihn schließlich buchstäblich anflehten und ihm verschiedene außergewöhnliche Ehrungen und Versprechungen in Aussicht stellten für den Fall, dass er weitermachen würde. Daraufhin begann mein Vater seinerseits, Forderungen zu stellen. Von dem nun einsetzenden Handel verstand ich wenig und erinnere nur, dass mein Vater unbedingt den Beinamen Romulus wünschte. Als Dank für die von ihm beendeten Bürgerkriege wollte er auf diese Weise als zweiter Gründer Roms geehrt werden. Aber nun gerieten seine Freunde in Bedrängnis: mit diesem Namen sei ein für allemal der in Rom diskreditierte, verhasste Königstitel verbunden. Nach längerem Hin und Her, die Stimmhöhen und das Sprechtempo beider Seiten begannen sich anzunähern, wurde man endlich handelseinig. Statt des Namens „Romulus" sollte mein Vater als offizielles Zeichen seiner Ausnahmestellung den Beinamen „Augustus" erhalten, der gottähnliche Erhabenheit ausdrückt. Schmerzlich seufzend erklärte sich mein Vater schließlich für besiegt und verabschiedete seine Besucher.

Ich zog mich hinter eine Säule des Atriums zurück.

Etwa zehn Senatoren traten aus dem Zimmer, lauter Mittdreißiger, im gleichen Alter wie mein Vater. In der beginnenden Dämmerung leuchteten die roten Purpurstreifen ihrer Togen. Erst nachdem sie bereits den ersten Säulenhof durchschritten hatten, verließ mein Vater das Zimmer. In diesem Moment sah ich ihn, wie mir scheint, zum ersten Mal ohne Maske. In seinem angespannten Gesicht glänzten die Augen selbstbewusst, in seinen herabgezogenen Mundwinkeln aber mischten sich Ärger, Zynismus und Verachtung – ein faszinierender und zugleich abstoßender Anblick.

Dies war offenbar die häusliche Generalprobe für das öffentliche Schauspiel des folgenden Tages, die berühmte Senatssitzung, in der mein Vater erst den Rücktritt von allen Ämtern anbot, nein: geradezu demütig die Erlaubnis erbat, dann zusammen mit seinen Freunden ein so gekonntes Spiel von Zurückweisen, Drängen, Verweigern und Bitten aufführte, dass am Ende die bisher Zögernden gewonnen und die Kritiker überstimmt waren und man punktgenau die abgekartete Lösung des Vortags erreichte. Mein Vater erhielt durch Senatsbeschluss die gewünschten Ämter und Amtsbefugnisse: ein Ermächtigungsgesetz, das in legaler Form den Ausnahmezustand sanktionierte.

Mittlerweile habe ich genügend Einblicke in das Schauspiel mit dem Namen: „Wie gewinne ich politische Macht?“, um zu vermuten, dass wohl in jedem Politiker auch ein Schauspieler steckt und Erfolg nicht zuletzt auf der Einhaltung entsprechender Spielregeln beruht. Aber mein Vater trägt die Maske des Schauspielers wie eine zweite Haut. So drapiert er z. B. oft, bevor er an Senatssitzungen teilnimmt, die Toga dekorativ über einem Panzer, den er zuvor mit zusammengepressten Lippen anlegt und dessen Spangen er stets persönlich schließt. Auch wenn er inzwischen den Senat weitgehend mit Leuten seines Vertrauens besetzt hat, ist sein Misstrauen angesichts einzelner mutiger Köpfe und immer wieder aufgedeckter Verschwörungen begreiflich. Jeder Römer würde es akzeptieren, wenn mein Vater sich in der Öffentlichkeit im Schutz einer Leibwache zeigte. Die Toga über dem Panzer wäre deshalb gar nicht einmal erforderlich. Aber um seine eigentliche Rolle in diesem Stück zu verschleiern, spielt er diejenige des friedlichen Ersten Bürgers und Privatmannes.

Trotzdem ist sein Haus auf dem Palatin niemals ein privates gewesen. Wenn mein Vater dort einmal wirklich ungestört für sich sein will, zieht er sich in sein kleines, mit ausgewählten Kunstschätzen geschmücktes Arbeitszimmer im ersten Stock zurück und ist dann für niemanden zu sprechen, auch für Livia nicht. Früher quartierte er sich auch gern für gewisse Zeiten in der Vorstadtwohnung eines vertrauten Freigelassenen ein oder, wenn er krank war, bei seinem Freund Maecenas auf dem Esquilin. Dort lebte er dann, der Öffentlichkeit verborgen, vielleicht tatsächlich einmal wie ein Privatmann.

Der Öffentlichkeit verborgen – so lebe auch ich hier. Aber mein Leben in der Verbannung ist keine Privatexistenz. Es ist nicht die

Folge persönlicher Betroffenheit eines enttäuschten Vaters. Es ist die Folge einer Verschwörung gegen den Kaiser. Wenn mein Vater öffentlich seine Privatsphäre bemüht, geschieht dies immer aus politischen Gründen.

So dient auch das kaiserliche Haus auf dem Palatin weniger den persönlichen Lebensbedürfnissen seiner Bewohner als der offiziellen Selbstdarstellung des „Ersten Bürgers". In manchem erscheint es mir wie ein Schlüssel zu der schillernden Persönlichkeit seines Erbauers.

Verglichen mit den Villen der Aristokraten und reichen Ritter sind Architektur, Ausmaße und Ausstattung jenes Hauses äußerst maßvoll gehalten. Manche Räume haben bis heute nicht einmal Mosaikfußböden. Die dezenten Wandmalereien zeigen in ihrer vornehmen Zurückhaltung großen Geschmack. Als Kind bewunderte ich die gemalten Szenen und Bildmotive und versuchte, deren offene oder geheime Aussage zu erkennen. Später, nachdem ich das kaiserliche Haus verlassen hatte, merkte ich jedoch, dass vieles dort durchaus dem allgemeinen Zeitgeschmack entspricht: die hingetupften Landschaften, Gärten und Häfen, die Fabelwesen, geflügelten Eroten, Blumen- und Fruchtgirlanden. Dennoch erscheinen mir auch heute noch die seltsam geformten Säulen, die auf phantastischen Tierbasen stehen, die Kandelaber, aus denen sich exotische Blüten winden, oder die aus Blumen emporwachsenden menschlichen Körper sonderbar bizarr – zumal angesichts der offiziellen Lehre, mit der mein Vater unermüdlich für „klassische Einfalt und stille Größe" wirbt.

Ziemlich eindeutig dagegen präsentieren sich die Motive und mythologischen Szenen im privaten Studierzimmer meines Vaters. Da hängen an roten und gelben Wänden gemalte Masken und theatralische Symbole. Dazwischen putzen sich auf schwarzem Grund weiße Schwäne, die Vögel der Venus, der Stammmutter unseres julischen Geschlechts. Geflügelte Siegesgöttinnen mit wild flatternden Haaren und seltsame Sphinxen schweben oder lagern zwischen ägyptischen Lotosblüten. An einer Wand geht der Göttervater Zeus höchst plastisch und drastisch dem göttlichen Geschäft des Ehebruchs nach. Unmittelbar daneben aber lehnt Apollo lässig an seinem Thron und spielt, umringt von nackten Grazien und spärlich verhüllten Musen, die Kithara. Da mein Vater sich gern öffentlich in der Gestalt des Göttervaters Zeus oder Apollos darstellen lässt, kann man sich vor den Bildern seines Arbeitszimmers, die natürlich der

Öffentlichkeit verborgen bleiben, schon fragen, wie ernst er für sich persönlich den Kult seiner „Hausgötter“ nimmt.

Unmittelbar neben seinem Haus ließ er schon früh den überdimensionierten Apollo-Tempel errichten. Als Kind fand ich zunächst die Berufung auf Apollo durchaus überzeugend. Apollo vergleichbar schien mein Vater uns Kindern in unnahbarer Höhe über den menschlichen Kämpfen und Auseinandersetzungen zu stehen, alles überblickend und selbst das Fernste mit leiser, nicht selten todbringender Geste lenkend. Aber nicht erst hier auf Pandateria frage ich mich, wie weit eine solche gottähnliche Selbststilisierung sich eigentlich verträgt mit dem bescheidenen Bild des „Ersten Bürgers“. Diese Frage mag jeder für sich entscheiden, wenn er im Kolonnadenhof des Apollo-Tempels zwischen die bombastischen, buntscheckigen Marmorsäulen tritt und auf die unabsehbare Reihe schwarzer, scheußlicher Basaltstatuen blickt. Alle zeigen ein und dieselbe mörderische Szene: die Töchter des Danaos ermorden auf Geheiß ihres Vaters mit erhobenem Schwert ihre frisch angetrauten Ehemänner. Neunundvierzigmal dieselbe starre Szene, denn Hypermnestra fehlt natürlich – die Einzige, die die Ehe höher stellt als den väterlichen Befehl. Angesichts dieser Verbindung von Gewalt und Tod frage ich mich heute mehr denn je, welches Verständnis von Ehe und väterlicher Gewalt über Töchter wohl aus dieser Auftragsarbeit meines Vaters spricht.

Für mich als Kind war bereits die Errichtung dieses Tempels voller unangenehmer Begleiterscheinungen – Krach, Staubwolken, Dreck und Geschrei. Angesichts des Ergebnisses bezweifelte ich schon damals, dass dieser Bau ausgerechnet Apollo, dem Gott der Klarheit und des Lichts, gefallen könnte. Heute frage ich mich vor allem, wie sich diese protzige Geschmacklosigkeit mit der vornehmen Zurückhaltung und dem eleganten Stil des kaiserlichen Hauses verträgt.

Neben diesem architektonischen Monstrum aber und ebenso angelehnt an die Wände unseres Hauses ließ mein Vater die Bibliothek erbauen, in der er bis heute alle wichtigen literarischen, philosophischen und wissenschaftlichen Werke unserer Zeit zusammentragen lässt, eine ehrfurchtgebietende Fülle griechischer und lateinischer Pergamentrollen, Papyri und Wachstäfelchen. Hier beweist er ein sicheres Gespür für Bedeutendes und Geschmack, wie er ja auch dichterische Talente entdeckt und fördert – unter der Bedingung freilich, dass sie seinen politischen Vorgaben entsprechen.

Seine umfassende Bildung und seinen Wissensdurst habe ich immer bewundert. Täglich liest und schreibt er und kennt sich auch in der griechischen Sprache und Literatur erstaunlich gut aus. Sein kleines Notizbuch wimmelt von historisch-politischen Anekdoten, Sprüchen und Zitaten, die er bei der Lektüre notiert und zu Vorbildern für das öffentliche und private Leben erklärt. Entscheidend für diese Auswahl sind aber niemals künstlerische Aspekte, sprachlicher oder inhaltlicher Witz, sondern ausschließlich der moralische Nutzen.

Dieses Notizbuch hasse ich, seit ich denken kann.

Mein Vater ermunterte mich oft, die nahe Bibliothek aufzusuchen. Sie wurde für mich zu einer wahren Fundgrube – weniger allerdings für die sogenannte „staatstragende" Literatur, die nach dem Geschmack meines Vaters gewesen wäre, für die alle Wege unserer Geschichte wie eine Zypressenallee schnurstracks auf die glorreiche Gegenwart zulaufen und die unser „Goldenes Zeitalter" als Erfüllung und Ziel aller bisherigen Entwicklung preisen. Mögen die Älteren unter den Mitlebenden sich an derlei Geschichtspoesie ergötzen – meine Generation liebt freie, spielerische Formen, ironische oder erotische Gedichte, die, in mythologische Gewänder gehüllt, politische Andeutungen mit hintergründigem Witz und frivolen Anspielungen verbinden. Ovid mit seinen Liebesgedichten, in denen Dichtkunst und Lebensgefühl auf so amüsante und geistreiche Weise zusammenfallen – Ovid ist das Idol, das uns geprägt hat und in dem wir uns wiedererkennen. Seine Dichtung wurde zum Sprachrohr meiner Generation.

Neben der Bibliothek hat mich unter all den anderen prächtigen Bauten im Umfeld des kaiserlichen Hauses nur ein Raum seit meiner Kindheit fasziniert: die an den Apollo-Tempel angrenzende Höhle, in der Romulus und Remus, die Gründer Roms, von der Wölfin gesäugt wurden. Dass ich hier, an den Hängen des Palatin, den Ursprüngen Roms und der Herrschaft unseres julischen Geschlechts so nahe war, erfüllte mich mit immer neuem Stolz. Als mein Vater den Auftrag erteilte, diese Grotte mit Mosaiken, buntem Marmor und vergoldeten Muscheln auszukleiden – die Muscheln eine Anspielung auf unsere Ahnherrin, die dem Meer entstiegene, schaumgeborene Venus –, kam es zum ersten Mal zwischen uns zu einem Streitgespräch. Ich muss damals etwa sechzehn Jahre alt gewesen sein, denn mein Mann Marcellus war gerade gestorben, und da ich all meinen Mut zusammennehmen musste, um meinem Vater zu widersprechen, ist mir der Verlauf dieses Disputs noch ganz lebendig.

Mein Vater zitierte gerade uns Heranwachsenden gegenüber gern die alte „Vätersitte“ als mahnendes Vorbild: Die republikanische Sittenstrenge der Ahnen, ihre selbstlose Hingabe an den Staatsdienst, das waren in seinen Augen entscheidende Gründe für die römische Erfolgsgeschichte. Roms Macht und Größe waren hiernach eine Folge der richtigen Moral.

Mitten in der Grotte von Romulus und Remus wagte ich zum ersten Mal, eine eigene Meinung zu äußern: Hier, in den sagenhaften Anfängen Roms, erschienen die Voraussetzungen künftiger Größe wohl kaum als eine Frage der Moral – eine zur Keuschheit verpflichtete Vestalin wird vom Kriegsgott Mars geschwängert und setzt dann die neugeborenen Zwillinge aus, von denen später der eine Bruder den anderen erschlägt. Wo sei da bitte die Moral? Und welche Vorbilder sollten wir wohl solchen Geschichten entnehmen? Für mich zeigten sie in verschiedenen Formen die Verbindung von Gegensätzen. Als eine solche Verbindung, erklärte ich, stolz auf meine mythologischen Kenntnisse, erscheine zum einen die Konstellation der leiblichen Eltern, Kriegsgott und Vestalin, zum anderen, spiegelverkehrt, diejenige des Ersatzelternpaares, der säugenden Wölfin und des aufziehenden Hirten. Die Vestalin und der Hirt stünden jeweils für friedlichen Schutz und Hege, der Kriegsgott und die Wölfin für angriffsbereite Gewalt, wobei, wie ich einschränkte, Mars in seiner Liebe und die Wölfin mit ihrer Milch gewissermaßen „gezähmt“ seien. Und genau in dieser Weise gehörten zu den Voraussetzungen für Roms Größe einerseits der friedliche Zusammenhalt im Inneren, andererseits das militärische Ausgreifen, ohne die Besiegten von der römischen Kultur und Zivilisation auszuschließen. Wenn diese Fähigkeit, Widersprüche als Ergänzungen zu verstehen, verloren gehe, könnten alle kaiserlichen Moralappelle nichts bewirken.

Mein Vater zeigte auch später, wenn wir die Klingen kreuzten, durchaus Vergnügen an solchen Disputen. Fühlte er sich aber in die Enge getrieben, wich er gern mit einem Scherz, einem Sprichwort oder einer unerwarteten Wendung aus. Auch diesmal eröffnete er nun einen scheinbar neuen Kriegsschauplatz.

Hintergründig lächelnd fragte er einlenkend, ob nicht sein eigener, mühseliger Weg vom blutbefleckten Octavian zum friedliebenden Augustus ebenfalls diese Verbindung von Widersprüchen zeige?

Diese Frage verblüffte mich derartig, dass er unser Gespräch damit beenden konnte. Erst später fiel mir ein, was ich hätte entgegnen können: dass dieser „mühselige" Weg in meinen Augen keine Verbindung einander ergänzender Widersprüche darstellt, sondern ein zeitliches Nacheinander unvereinbarer Gegensätze.

Heute beginne ich zu zweifeln, ob jene Frage meines Vaters wirklich so abwegig und selbstherrlich war, wie sie mir damals erschien. Nach dem jahrzehntelangen wechselseitigen Abschlachten hatten sich die Kräfte Roms erschöpft. Um die verbleibenden Kraftreserven für einen dauerhaften Frieden zu nutzen, bedurfte es möglicherweise der Härte und Willensstärke eines Octavian, bevor derselbe Mann als Friedenskaiser Augustus gefeiert werden konnte.

Warum aber kehrt er heute, nach so vielen Jahren, gerade seiner Tochter gegenüber den gnadenlosen Octavian der Bürgerkriege hervor? Wenn ich die Möglichkeit hätte, ihm die Beweggründe und Ziele unserer Verschwörung zu erklären – vielleicht würde er dann ähnlich einlenkend reagieren wie damals, in der Grotte des Romulus?

Diese Möglichkeit wird es nicht geben, solange Livia an seiner Seite lebt. Wahrscheinlich spielten gar nicht einmal die angeblichen Zornausbrüche meines Vaters, sondern Livias Intrigen die entscheidende Rolle bei meiner Verbannung.

*

In diesen dunklen, kalten Monaten und angesichts der tiefstehenden Sonne ist der Aufenthalt im Haus angenehmer als ein Inselgang. Tagsüber ziehe ich mich in mein Schlafzimmer zurück und denke über die Ehe meines Vaters mit Livia nach. Manchmal erscheint mir meine Stiefmutter Livia wie ein böser Dämon, der unauffällig, geduldig und skrupellos auf das Ende unseres julischen Hauses hinarbeitet, um eines einzigen Zieles willen: Tiberius, den geliebten Sohn aus ihrer ersten Ehe, als Nachfolger meines Vaters zu sehen. Zeitweilig war sie durch meine Ehe mit Tiberius diesem Ziel ziemlich nahe. Aber nach dem Scheitern unserer Ehe und Tiberius' Rückzug aus der Politik bleibt offen, wohin ihre Pläne nun zielen.

Jedem im kaiserlichen Haus ist seit langem klar, dass mein Vater von Anfang an andere Pläne hegte und bisher hartnäckig das Ziel verfolgt, seine Herrschaft nicht seinem Stiefsohn Tiberius aus dem Hause der Claudier, sondern einem Angehörigen seines eigenen, julischen Geschlechts zu übertragen. Da ihm das Schicksal einen Sohn versagt hat, sucht er seit über zwanzig Jahren unter seinen männlichen Verwandten nach geeigneten Nachfolgern. Ich, die einzige Tochter, war nur als Ehefrau oder Mutter der verschiedenen Nachfolgekandidaten von Bedeutung, die mein Vater im Laufe der Zeit ins Auge fasste. In diesem Spiel wurde ich als entscheidender Stein beliebig gesetzt oder verschoben, nicht zuletzt, um Livias Ziele zu durchkreuzen.

Eigentlich hätten diese unvereinbaren Nachfolgepläne meinen Vater und Livia zu unversöhnlichen Gegnern machen müssen. Trotzdem führen die beiden eine mustergültige Ehe. Oder ist dies auch nur wieder ein Rollenspiel vor der Öffentlichkeit? Wenn ja, zu welchem Zweck? Worin liegt das Geheimnis dieser Verbindung?

Gemeinhin heißt es, die beiden habe seinerzeit unwiderstehliche Leidenschaft zueinander getrieben. Dass erotische Anziehung eine Rolle gespielt haben mag, will ich nicht ausschließen; mein Vater war damals ein junger, zwar etwas blässlicher, aber in den Bürgerkriegen gereifter und erfolgreicher Mittzwanziger. Die damals siebzehnjährige Livia galt als eine der drei schönsten Frauen ihrer Zeit und hat sich bis heute ihre unvergleichliche vornehme Anmut bewahrt – dank aristokratischer Tradition und vollendeter Selbstdisziplin, wobei sich das Bewusstsein ihrer makellosen Erscheinung verbindet mit der perfekten Beherrschung der Formen. Nie habe ich erlebt, dass Livia in Unmut, Klagen oder Vorwürfe ausgebrochen wäre. Dass es auch in ihr brodeln kann, verraten dann nur die leise vibrierenden Nasenflügel und die noch schmaleren Lippen.

Ungestüme Leidenschaft wird auch gern ins Feld geführt, wenn es gilt, die Umstände der auffällig schnellen Heirat zu erklären, dank derer die bereits im fünften Monat schwangere Livia umstandslos aus dem Bett des ersten Gemahls in das des zweiten stieg.

Ich habe solchen Erklärungsversuchen nie Glauben geschenkt, weil beide, mein Vater ebenso wie Livia, sich bei ihren Entscheidungen nicht von Gefühlen leiten lassen, sondern von Berechnung. Auf diesem Feld sind sie sich offenbar begegnet, und auf diesem Feld sind sie einander bis heute ebenbürtig.

*

Während ich hier auf Pandateria über die ungewöhnliche Ehe dieser beiden Menschen nachdenke, von denen mein weiteres Schicksal abhängt, frage ich mich, welche Berechnungen wohl die beiden veranlassten, ihre bisherigen Ehen aufzulösen, um diese neue Ehe auf so überstürzte Weise zu schließen.

Grundsätzlich ist eine Heirat in unseren Kreisen natürlich nie das Ergebnis irgendwelcher Gefühle. Fast immer dienen wir Frauen den politischen Zielen unserer Väter, unserer Brüder, unserer Ehemänner. Heiratsverträge besiegeln politische Bündnisse. Selbst die berühmte Affäre zwischen Caesar und Kleopatra war keineswegs frei von Berechnung, auf beiden Seiten. Nur Antonius machte mit seiner blinden Leidenschaft für Kleopatra hier eine Ausnahme – was ihm bezeichnenderweise ja auch zum Verhängnis wurde.

So hat auch mein Vater keine seiner drei Ehen aufgrund irgendwelcher persönlichen Neigungen geschlossen. An jeder Heirat lassen sich vielmehr wie in einem Spiegel die jeweiligen machtpolitischen Konstellationen, Freundschaften und Feindschaften ablesen. Nach Caesars Ermordung sicherte mein Vater seine Dreimännerherrschaft mit Antonius und Lepidus durch die Heirat mit Clodia. Diese Ehe war von Anfang an eine Farce, wurde doch mein Vater damit vorübergehend zum Schwiegersohn von Antonius und Fulvia. Als dann kurz darauf die Differenzen mit Antonius offen ausbrachen, schickte er Clodia kurzerhand zu ihren Eltern zurück mit dem trockenen Kommentar, sie sei noch Jungfrau. Nicht nur Antonius und Fulvia haben damals in dieser Bemerkung eine unverschämte Lüge und Beleidigung gesehen. Damit überschätzten sie aber wohl die Attraktivität ihrer Tochter. Bei allen politischen Berechnungen hatte mein Vater doch stets gewisse ästhetische Mindestansprüche. Ich nehme an, dass er Clodia tatsächlich nicht angerührt hat, nicht nur, weil er dieser politisch arrangierten Hochzeit von vornherein nicht traute, sondern auch, weil Clodia, wie es heißt, in ihrer Jugend mit ihrer Fettleibigkeit und Verehrung des Bacchus einem alten Silen geglichen haben muss.

Den Bruch mit Antonius markiert dann die zweite Ehe meines Vaters mit Scribonia. Mit dieser Heirat wollte er einen Keil zwischen Antonius und dessen damaligen Verbündeten Sextus Pompeius treiben und diesen auf seine Seite ziehen. Nur ein Jahr später aber betrachtete mein Vater nun seinerseits Sextus Pompeius als Rivalen und suchte deshalb erneut das Bündnis mit Antonius – er verließ meine Mutter am Tag meiner Geburt.

Denn nun heiratete er Livia. Auch für diese Heirat brauchte es weniger irgendwelche Liebesaufwallungen als die Beherrschung des politischen Einmaleins: Wer Freund oder wer Feind ist, darüber entscheidet der persönliche Vorteil. Bis zu diesem Zeitpunkt hatte mein Vater als „Rächer Caesars" einen rücksichtslosen Kampf gegen die Caesarmörder und den republikanisch gesonnenen Adel geführt. Als Anführer dieses Adels galten und gelten die Claudier, seit Jahrhunderten eines der vornehmsten Geschlechter Roms. Die Claudier waren es auch, die im blutigen Perusinischen Krieg dem jungen Octavian gegenüber einen so erbitterten Widerstand geleistet hatten, dass er nach seinem Sieg dreihundert führende Adelige abschlachten ließ, angeblich Caesar zu Ehren. Livias Vater hatte zu diesen Gegnern gehört, war aber bereits in den Bürgerkriegen ums Leben gekommen, bevor Octavian seiner habhaft werden konnte.

Nun aber, kurz nach jenem barbarischen Gemetzel, wechselte mein Vater wieder einmal die Fronten. In dieser Phase des Bürgerkriegs gegen Sextus Pompeius, vor allem aber für den heimlich längst geplanten Kampf gegen Antonius, hielt er die Unterstützung der römischen Aristokratie für erfolgversprechender als den Kampf gegen sie. Strategisch geschickt, hatte mein Vater kurz vor der Heirat mit Livia allen seinen bisherigen Gegnern, den Anhängern des Antonius und sogar den Familien und Anhängern der Caesarmörder Amnestie und Aufnahme in seine Partei versprochen. Daraufhin war auch Livias damaliger Ehemann, Tiberius Claudius Nero, der zuvor mit Frau und Sohn vor den blutigen Verfolgungen meines Vaters Zuflucht bei Antonius gesucht hatte, nach Italien zurückgekehrt und hatte Verbindung mit meinem Vater aufgenommen. Konnte es da einen wirksameren Beweis der Versöhnung zwischen meinem Vater und der alten Aristokratie geben als die Vermählung zwischen ihm und einer jungen, attraktiven Angehörigen des claudischen Geschlechts?

Die Ehe mit Livia besiegelte den Friedensschluss zwischen dem Emporkömmling Octavian und den alteingesessenen Patrizierfamilien.

Aber diese Ehe war für meinen Vater mit Sicherheit auch noch aus einem weiteren Grund höchst interessant. Das gesellschaftspolitische Machtgefüge in Rom wird bestimmt durch weitreichende Verästelungen, Verbindungen, Rivalitäten und Gegnerschaften von etwa zwölf führenden Adelsfamilien. Die Aristokratin Livia verfügte schon damals über ein politisch-familiäres Netzwerk und interne

Informationsquellen, die dem Abkömmling einer kleinstädtischen Familie auf seinem Weg zur Macht von unschätzbarem Wert sein mussten. Livias Freundschaften mit den vornehmsten, mächtigsten und einflussreichsten Damen der führenden Gesellschaftsschicht einerseits und der mittlerweile perfekt ausgebaute Spionageapparat meines Vaters andererseits – mit diesen zwei sich aufs Beste ergänzenden Herrschaftsinstrumenten sichern die beiden bis heute ihre unangefochtene Machtstellung.

Diese Heirat entsprach aber auch den Interessen des Adels, dem sich mein Vater nun als rigoroser Verfechter der alten republikanischen Freiheit anbot. Diesen Octavian sah man angesichts seiner militärischen Erfolge lieber für die eigene Sache kämpfen, als die Hoffnung weiter auf den fernen Antonius zu setzen. Vor dem Hintergrund der Perusinischen Gräuel und der von meinem Vater abgeschlachteten Häupter der alten Adelsfamilien bildete diese Ehe gewissermaßen die Lebensversicherung des Adels. Wenn der Pakt zwischen den bisherigen Feinden, dem Erben und Rächer Caesars und der alten römischen Aristokratie (oder was von ihr noch übrig war), die heutige Friedensordnung begründete, dann könnte man mit einem Wortspiel behaupten, dass Livia durch diesen Pakt zur leibhaftigen Verkörperung der Pax Augusta wurde. Nicht zufällig hat mein Vater den Altar zu Ehren der Pax Augusta, die Ara Pacis, an Livias Geburtstag eingeweiht. Nicht zufällig aber war dies auch der Tag, an dem Tiberius und ich Livias Doppelzüngigkeit und kriminelle Energie erfuhren.

Der Tag, an dem unser kleiner Nero starb.

Der Tag, an dem Tiberius' Weg ins freiwillige Exil und mein Weg in die erzwungene Verbannung begannen.

*

Bei meinen Überlegungen zur Ehe meines Vaters und Livias muss ich den Blick aber auch auf Livias mögliche Motive richten. Die kluge und ehrgeizige Livia war und ist nicht jemand, der sich im Interesse von Familienangehörigen oder Ehemännern instrumentalisieren lässt. Worin lag wohl ihr Interesse bei diesem Pakt?

Dass Livia bereits mit dieser Heirat ihre heutige Machtstellung, womöglich sogar diejenige ihres damals erst dreijährigen Lieblings Tiberius im Blick gehabt hätte, wie manche Zeitgenossen behaupten, ist natürlich barer Unsinn. Damals war der Ausgang des Ringens zwischen meinem Vater und Antonius noch völlig offen, im Gegenteil: Antonius verfügte zu jener Zeit sogar über reichere Mittel. Aber dass mein Vater zwischen den ständig wechselnden Fronten der Bürgerkriege dank seiner Skrupellosigkeit und seiner Erfolge eine der entscheidenden Größen darstellte, dass also dieser „kommende Mann“, auch wenn seine leiblichen Ahnen nicht einmal adelig gewesen waren, im politischen Kalkül einer so berechnenden Frau wie Livia durchaus auch als Ehemann eine Rolle spielen konnte, scheint mir ziemlich sicher.

Und so kam es zu jener denkwürdigen Szene, bei der der frisch geschiedene Ehemann an derselben Tafel saß, an welcher seine im fünften Monat schwangere Frau, kurz nach der blutigen Verfolgung ihrer Familie, Hochzeit mit dem Verfolger feierte. Dass dieser Pakt zwischen meinem Vater und der Aristokratie im Interesse beider Seiten lag, beweist schließlich auch, dass Livias erster Ehemann Tiberius Claudius Nero und mein Vater ihre Rollen in diesem Spiel erstaunlich konsequent durchgehalten haben. Mein Vater sandte das kurz nach der Hochzeit mit Livia geborene „Dreimonatskind“ Drusus gleich nach der Geburt zu dessen leiblichem Vater nach Perusia zurück. Umgekehrt bestellte dieser kurz vor seinem Tod meinen Vater zum Vormund von Tiberius und Drusus, woraufhin die beiden dann im kaiserlichen Haus auf dem Palatin erzogen wurden.

Warum aber hat diese Ehe bis heute gehalten?

Bei allen Vorbehalten, die ich gegen Livia hege wegen ihrer Intrigen und kriminellen Machenschaften, ihrer Abneigung und Eifersucht gegen mich (das einzige Kind des Augustus und die Mutter der zwei Prinzen, die mein Vater als seine Nachfolger aufbaut), muss ich neidlos anerkennen: Livia ist eine faszinierende Frau, die kühle Anmut, hohe Intelligenz und Willenskraft in einer Weise vereint, die meinen Vater nach wie vor zu fesseln vermag. Ich verstehe dieses Wort durchaus doppeldeutig. Livia beeindruckt meinen Vater und versteht es, seinen Willen zu lenken. Mein Vater ist sich dieser Macht, die sie über ihn entwickeln kann, offenbar bewusst und versucht sich dagegen zu wappnen. Seine Unterredungen mit ihr bereitet er z. B. stets schriftlich in seinem Notizbuch vor. Livia wiederum setzt diese Macht äußerst geschickt und zum Vorteil meines Vaters ein, weil dieser Vorteil zumeist auch der ihre ist. Der Rat, den sie mir vor meiner Hochzeit mit Tiberius gab – einer der seltenen Fälle, in denen sie mir gegenüber eine gewisse Freundlichkeit zeigte –, spiegelt in vielem ihr eignes Verhalten gegenüber meinem Vater, zumindest das Bild, das sie als Ehefrau von sich erzeugen möchte:

„Gehe ganz auf seine Eigenheiten und Vorlieben ein. Erfülle alle seine Wünsche. Misch dich nicht in seine Angelegenheiten. Tu so, als hörtest und merktest du nichts von seinen Liebschaften. Mach dich für ihn unentbehrlich."

Natürlich mischt sich Livia, wo sie kann, in die Angelegenheiten meines Vaters, in der Nachfolgefrage sogar auf unheilvolle Weise. Natürlich weiß sie nicht nur von seinen Liebschaften – sie fördert sie sogar. Aber der letzte Satz ihres Ratschlags erscheint mir wie der Schlüssel für diese Ehe. Das, womit Livia sich meinem Vater unentbehrlich macht, sind ihre adeligen Verwandtschaften und Verbindungen, die meinen Vater mit jenen brisanten Tipps und Hinweisen versorgen, auf die sein allumfassender Herrschaftsapparat angewiesen ist. Die bei Livia zusammenlaufenden Informationskanäle und die von ihr gepflegten Kontakte sind für meinen Vater nicht nur im Vorfeld seiner Entscheidungen von enormem Wert, sondern beeinflussen diese nicht selten auf subtile oder gar direkte Weise.

Ich habe häufig erfahren, welche Bedeutung der scheinbar private Informationsfluss zwischen den Frauen der führenden adeligen Familien gewinnen kann. Wir sind wegen des Vertrauens unserer Ehemänner oder der Ergebenheit unserer Sklaven und Freigelassenen über manches im Bilde, was sich hinter den Kulissen des öffentlichen und offiziellen Staatsbetriebs an abgekarteten Geschäften, Kungeleien, geheimen Absprachen, Hoffnungen und Plänen, Unzufriedenheit und Täuschungsmanövern abspielt oder zusammenbraut. Auf diesem unübersichtlichen Terrain knüpft Livia mit ihrem unvergleichlichen Machtinstinkt in gewinnender Liebenswürdigkeit die Fäden, in deren Mitte sie sitzt wie die Spinne im Netz.

Höchst seltsam erscheint mir vor allem die Tatsache, dass beide zwar Kinder aus den vorherigen Ehen, aber keine gemeinsamen Kinder haben. In meiner Kindheit gab es wohl einmal ein Gerücht, Livia sei schwanger. Aber davon hätten zumindest wir Hausgenossen etwas mitbekommen, selbst wenn das Kind nicht geboren oder nicht lebensfähig gewesen wäre. Über die Kinderlosigkeit dieser langen, äußerlich so harmonischen Ehe ist viel gerätselt worden: Livias Perfektion und Dominanz hätten bei meinem Vater zu Impotenz geführt. Livia wiederum habe ihm deshalb freiwillig junge Mädchen zugeführt, mit denen sich der sittenstrenge Moralist in wilden Ausschweifungen ergangen habe, um gleichzeitig, dankbar für ihre großzügige Fürsorge, seiner Frau umso unverbrüchlicher anzuhängen – ihr, die ihn ansonsten Tag und Nacht nicht aus den Augen lässt, und das ganz gewiss nicht nur aus Fürsorge.

Aus Livias Verhalten in all den Jahren, auch aus Bemerkungen über ihre zwei Söhne aus erster Ehe, die ihr gelegentlich in Gesprächen mit Octavia entschlüpften, schließe ich, dass die Erklärung für die Kinderlosigkeit ihrer zweiten Ehe nicht in deren Verlauf liegt, sondern in deren Vorgeschichte. Zwar hat Livia diese Ehe aus den erwähnten Gründen offenbar ebenso gewollt wie mein Vater. Aber ihre Familientradition, das adelsstolze Selbstbewusstsein einer Angehörigen des an erster Stelle rangierenden claudischen Geschlechts, ihr Überlegenheitsgefühl gegenüber dem in ihren Augen unebenbürtigen Emporkömmling – all dies wird sie zu dem Entschluss gebracht haben: „Von diesem Mann will ich keine Kinder. Das claudische und das julische Geschlecht mögen sich zwar in einer politischen Ehe verbinden, sollen sich aber nicht blutsmäßig vermischen."

Mein Vater hat wiederholt den brennenden Wunsch geäußert, Livia möge ihm Kinder, möglichst natürlich Söhne gebären. Livia hat darauf stets mit Schweigen geantwortet.

Gewinnen damit nicht manche Gerüchte an Plausibilität, vor allem die Geschichte mit den Bettgespielinnen, die Livia meinem Vater zuführt? Würde er nicht, wenn er sich auf diese Weise abreagiert, Livia umso eher in Ruhe lassen? Mitunter wird ja selbst mein Vater seiner Selbststilisierung und Selbstdisziplin überdrüssig. Dann verlangt er gern auch einmal nach deftiger Kost. Dann kann er sich nicht sattsehen an blutigen Schauspielen und brutalen Faustkämpfen – nicht etwa von Berufsboxern, die nach festen Regeln kämpfen, sondern von Leuten aus dem Pöbel, die sich in engen Straßen und Gassen wild herumprügeln. Warum sollte er auf dem erotischen Feld einen anderen Geschmack entwickelt haben? Denn dass er Frauen gegenüber kein Kostverächter ist – oder vielmehr: war (inzwischen werden Alter und Krankheit ihre Spuren hinterlassen haben) –, ist offensichtlich. Dass er, wo er Wasser predigte, heimlich Wein trank, zeigen seine ungenierten Affären mit vornehmen, verheirateten Frauen wie Terentia, der Frau seines Freundes

Maecenas. Allerdings bildet Terentia in diesem Reigen, wie ich vermute, eine Ausnahme. Mit ihr scheint ihn tatsächlich so etwas wie Zuneigung verbunden zu haben, und Maecenas, der ja ansonsten eher Gefallen an schönen Jünglingen fand, hat dies respektiert, da er trotz allem seinen ehebrecherischen Freund als einzigen Erben seines Vermögens eingesetzt hat. Die meisten Mätressen meines Vaters aber sind wohl eher Gegenstände seiner Berechnung denn Objekte seiner Lust gewesen. Als er einmal von seinen Freunden auf solche Vorgänge und sein schlechtes Vorbild angesprochen wurde, gab er jene bekannte, zynische Antwort: „Ich schlafe nur mit verheirateten Frauen, um hinter die politischen Geheimnisse ihrer Ehemänner zu kommen."

Mein Vater versucht also auch unabhängig von Livia an die Informationen zu gelangen, die ihn interessieren. Wenn er, angeblich besorgt um die Sittenreinheit Roms, den Ehebruch mit immer schärferen Gesetzen bestraft, so hat dies weniger moralische als politische Gründe. Der Ehebruch gilt nun einmal, vor allem in der vornehmen römischen Gesellschaft, als Türöffner für politischen Einfluss. Denn unabhängig von dem genossenen Vergnügen erschließen gezielte Ehebrüche vielfältige inoffizielle Informationsquellen und Einflusschancen – eben dies beweist mein Vater ja höchstpersönlich. Genau diesen unkontrollierbaren Kommunikationswegen und Nestern des Widerstands aber will mein Vater mit seinen rigiden Strafen für Ehebruch einen Riegel vorschieben. Bisher vergeblich, weil gerade seine Sittenpolizei ihn immer unbeliebter macht und den politischen Widerstand, statt zu ersticken, weiter anheizt. Das Schicksal seiner Tochter beweist dies zur Genüge.

Während meiner Überlegungen zur Ehe meines Vaters und Livias erfassen mich bei dem Gedanken an den Tod eines der beiden Partner Hoffnungen und Ängste zugleich. Sollte mein Vater der Überlebende sein (was aufgrund seiner häufigen Krankheiten und zunehmenden Altersschwäche unwahrscheinlich ist), so wird er den Tod Livias einerseits als Befreiung erleben, andererseits aber auch als Verlust einer unersetzlichen Informantin und Beraterin. Könnte das der Moment sein, in dem er mich, die Mutter seiner Prinzen, die zeitweise eine ebenso starke Stellung im Kaiserhaus besaß wie Livia, wieder nach Rom zurückruft?

Livia dagegen wird vermutlich ohne ihren Mann die Rolle der zurückhaltenden, untadeligen Gattin aufgeben und ihrer Herrschsucht die Zügel schießen lassen. Dass Tiberius dann doch noch die ihm zugedachte Rolle spielen wird, die er mit seinem freiwilligen Rückzug nach Rhodos so nachdrücklich zurückweist, erscheint mir bei seinem Pflichtbewusstsein nicht ausgeschlossen.

Aber welches Schicksal würde dann meine Söhne Gaius und Lucius erwarten?

*

Mittlerweile ist es schon Dezember geworden. Philetus' Plan hat sich erneut bewährt, höchst passend zu den Saturnalien, die gerade in Rom gefeiert werden. So, wie dort in diesen Tagen die Sklaven Herren und die Herren Sklaven spielen, erweisen sich die beiden Sklaven Philetus und Phylax als Herren über den Herrscher Roms, eine überaus befriedigende Vorstellung in diesem trostlosen Inselwinter.

Vinicius sendet wichtige Nachrichten über Gaius, meinen Ältesten. Mit Beginn des kommenden Frühjahrs wird Gaius in den Osten aufbrechen. Ausgerechnet bei den Parthern soll er seine ersten politischen und militärischen Gehversuche wagen, diplomatische Erfahrungen sammeln und Legionen in den Kampf führen. Überrascht bin ich nicht, da sich diese Mission in den Osten bereits abzeichnete, als unsere Verschwörung Gestalt annahm, um dann sogar ein entscheidendes Argument bei unseren Überlegungen zu werden. Aber dieselben Sorgen quälen mich heute hier auf dieser Insel noch stärker als seinerzeit in Rom.

Nach wie vor gilt: Für diese Aufgabe ist Gaius mit seinen gerade einmal achtzehn Jahren entschieden zu jung. Und sie ist zu gefährlich! Mich bewegt nicht nur mütterliche Angst um meinen Sohn, sondern vielleicht mehr noch die nüchterne Einschätzung der diplomatischen Verwicklungen und Gefahren, die gerade in den östlichen Reichsprovinzen lauern – bei unzuverlässigen Klientelfürsten, machthungrigen Provinzkönigen und ihren verworrenen Thron- und Familienstreitigkeiten. Auf meinen Reisen mit Agrippa erhielt ich genügend Einblicke in die dubiosen Praktiken der Herrscher im Osten des Reiches, die nicht selten die treuen Klienten Roms spielen und sich dabei als Meister an Doppelzüngigkeit und Heimtücke erweisen. Ihnen gegenüber bedarf es jener diplomatischen Klugheit, die vorsichtshalber erst einmal von der schlechtesten aller denkbaren Möglichkeiten ausgeht.

Aber Gaius ist ebenso wie sein Bruder Lucius arglos, verwöhnt und kennt bisher nur die abgöttische Liebe, mit der die Römer die beiden Prinzen verhätscheln, seit mein Vater sie als Wunschkandidaten für seiner Nachfolge adoptiert hat. Nun hofft er offenbar, dass diese Reise Gaius helfen werde, sich an einer Aufgabe im kaiserlichen Dienst zu bewähren, zu wachsen und erwachsen zu werden. Aber mein Vater hat im Osten dank seines Charismas und gestützt auf tüchtige Helfer wie Agrippa stets Erfolge erlebt. Agrippa wiederum besaß zwar kein Charisma (er kommentierte dies gern lächelnd: dafür reise ja *ich* mit ihm!), aber er hatte Geschick, Mut, einen Stab von fähigen Helfern und strahlte die Autorität des gereiften Mannes und erfolgreichen Feldherrn aus. Und was besitzt Gaius? Weder militärische noch diplomatische Erfahrung. Er hat gerade erst bei den Legionen an der Donau das Kommandieren gelernt.

Mein Sohn hat von der Welt noch nichts gesehen. Was Diplomatie, vor allem in den Außenbeziehungen des Imperiums, heißt, konnte er bei seinen kurzen Reisen an der Seite meines Vaters noch nicht lernen. Mögen Dichter und Höflinge den göttergleichen Spross des julischen Hauses und künftigen Nachfolger des Prinzeps als „Prinzeps der Jugend" feiern, mag das Volk in Begeisterungsstürmen die liebenswürdige Erscheinung des Jünglings als „Prinzeps der Herzen" umjubeln: Die Parther werden bei seinem Anblick nur mit den Achseln zucken und sich umgehend ihre kriegserprobten Bögen und Köcher über die Schultern werfen.

Da hilft es auch nicht, dass mein Vater ihn für diese Reise mit einer Ehefrau ausstaffiert. Gaius soll offenbar in der Rolle des Ehemanns für die dortigen Gesprächspartner etwas gewichtiger auftreten können. Aber diese Ehefrau, Claudia Livilla, ist gerade erst zehn Jahre alt! Sie hat noch nicht einmal das heiratsfähige Alter erreicht! Warum ausgerechnet sie? Natürlich: sie ist eine Enkelin Livias aus deren erster Ehe und zeigt schon jetzt auffälligen Ehrgeiz und Verschlagenheit. Könnte es sein, dass Livia ihr nahegelegt hat, für das Wohl des unerfahrenen Ehemanns durch möglichst häufige Berichte nach Rom zu sorgen? So könnte sie, stets bestens informiert, mit ihrem großmütterlichen Rat auch in die fernsten Vorgänge hineinregieren.

Zwar wird Gaius von einigen älteren, erfahrenen Beratern begleitet, unter ihnen der kluge Marcus Lollius, der etwas beschränkte, aber verlässliche Velleius Paterculus und Censorinus. Aber all diese

Vorsichtsmaßnahmen beantworten nicht die entscheidende Frage: Wie wird sich mein bisher allzu weich gebetteter Sohn verhalten, wenn er erstmals auf die harte Wirklichkeit stößt? Auf militärische Bedrohung, falsches Spiel, Korruption und Intrigen?

Bevor Gaius Rom verlässt, wird Vinicius ihm, wie zwischen uns vereinbart, den Weg beschreiben, auf dem Gaius mir Nachrichten zukommen lassen kann. Der Kontakt zwischen uns ist für ihn, für mich, für Rom von höchster Bedeutung. Ein weiterer Grund, mit Ungeduld auf die nächsten nächtlichen Botengänge von Phylax zu warten.

Kapitel V

Glanz und Glück der Macht

Nach langer Krankheit, wohl weniger ein Tribut an das winterliche Inselklima als an die ungewohnte Einsamkeit und die Zerstörung meines bisherigen Lebens, habe ich heute zum ersten Mal seit Wochen im Schein der steigenden Sonne die Villa für einige Schritte verlassen und greife nun, im Frühjahr, endlich wieder zum Schreibgriffel. Das ohnehin spärliche Schreibmaterial war aufgebraucht, aber Vinicius hat mir einen ganzen Sack voll Wachstäfelchen und Pergamentrollen zukommen lassen. Wann werde ich ihm persönlich danken können für alles, was er für mich tut? Ich bin ungern in der Schuld anderer. Aber solche Großherzigkeit nicht erwidern zu können, schmerzt besonders. Der Aufenthalt auf dieser Insel kann doch nicht ewig dauern!

Während meiner Krankheit habe ich viel an Agrippa und meine Kinder gedacht. Gaius wird inzwischen im Osten seinen verschiedenen Aufgaben nachgehen. Mittlerweile tröstet mich der Gedanke, dass mein Sohn, was immer ihn im Osten erwartet, fürs Erste fern von Rom und außerhalb von Livias Einflussbereich lebt. Aber meine Sorgen hinsichtlich seiner Unerfahrenheit lassen sich dadurch nicht zum Schweigen bringen. Auch wenn der doppelte Nimbus des kaiserlichen Namens und designierten Erben ihm viele Wege ebnen wird – in seinem Charakter und Temperament wirkt nicht zuletzt auch Agrippas Erbe: dieselbe strenge Geradlinigkeit, derselbe Trotz angesichts von Widerstand und dieselbe Entschlossenheit, diesen notfalls mit Gewalt zu brechen. Aber wo sich bei Agrippa Entschlossenheit und Weitblick paarten, neigt Gaius dazu, mit dem Kopf durch die Wand zu rennen. Wo Agrippa Redlichkeit und diplomatische Klugheit vereinte, schafft Gaius mit seiner jugendlichen Unbedingtheit sich selbst und anderen oft Probleme. Auch Agrippa beugte sich nicht – außer vor einem: meinem Vater – und war sich seines Wertes gerade deshalb bewusst. Gaius dagegen zeigt seit einiger Zeit Anflüge von hochfahrendem Stolz und Anspruchsdenken. Gerade bei seinen Aufgaben im Osten kann ihm beides gefährlich werden. Und ich bezweifele, dass die ihn begleitenden Berater, lauter ältere

Beamte und biedere Militärs, zur rechten Zeit ein kritisches Wort zu sagen wagen. Das konnten bisher nur mein Vater, Agrippa und ich.

Mein Vater ist im fernen Rom oder kämpft an noch ferneren Grenzen.

Agrippa ist tot.

Und ich? Welches Gewicht hat meine Stimme, seit ich auf dieser verfluchten Insel zum Schweigen gebracht werden soll?

*

Mir fehlen hier die elementarsten Voraussetzungen für ein angemessenes Leben. Mir fehlen politisch Gleichgesinnte und die geistreiche Geselligkeit von Freunden, Bewunderern, Dichtern und Schauspielern. Ich vermisse weniger den gewohnten Luxus, schon eher anregende Lektüre. Das einzige Buch, das ich hier vorfand, den langweiligen Vergil, kenne ich mittlerweile auswendig. Ich entbehre weniger die kulinarischen Freuden als den Wein (selbst den hat mein Vater verboten!). Aber alle diese Dinge könnte ich vielleicht verschmerzen – oder doch leichter verschmerzen – in den Umarmungen oder zumindest der Gesellschaft eines mich fesselnden oder herausfordernden Mannes. Der Einzige, auf den diese Bezeichnung wenigstens halbwegs zutrifft, ist Philetus, für dessen Schlauheit und Treue ich dankbar bin. Beides aber ist nicht genug, selbst wenn es sich um einen gebildeten Schreibsklaven handelt. Und ein Mensch wie er weckt nun einmal nicht das geringste Begehren. Agrippa war weder vornehmer Herkunft, noch besaß er die glänzende Intelligenz eines Jullus. Aber er war ein faszinierender Mann.

Marcellus, Jullus und Tiberius, die älteren Jungen, mit denen ich auf dem Palatin aufwuchs, hatten in mir zwar Gefühle geweckt: Jullus die ersten erotischen Regungen, Tiberius die Lust an provozierenden Wortgefechten – mehr aber auch nicht. Marcellus war mir letztlich gleichgültig geblieben. Agrippa war der erste wirkliche *Mann*, dem ich begegnete.

Nach Marcellus' Tod blieb mir nicht viel Zeit, um das Witwendasein mit seinen Freuden und Freiheiten kennenzulernen. Inzwischen hatte ich begriffen, dass in meinem Fall die sonst für eine Heirat erforderliche Einwilligung der Braut nur eine Formalität sein würde. Verschiedene ehrgeizige und machtgierige Adelige zogen schon bald schnüffelnd und witternd wie Spürhunde ihre Kreise um den

Palatin, weil sie sich von der Ehe mit der Kaisertochter die Nähe zu dem erhabenen, unzugänglichen Augustus und damit zu den Staatsgeheimnissen erhofften. Deshalb zögerte mein Vater zuerst, mich erneut zu verheiraten, erwog und verwarf einige in seinen Augen unverfängliche Namen und beriet sich schließlich mit seinem alten Studienfreund und Vertrauten Maecenas. Maecenas besaß in allem, was die Sicherung und Inszenierung von Herrschaft betrifft, ein untrügliches Gespür. Nicht umsonst mimte er gern, gehüllt in purpurne Seidenstoffe und in entsprechend theatralischer Pose, den Nachfahren etruskischer Könige. Immerhin: der Hinweis auf den Dritten im Bunde der alten Kampfgefährten, auf Agrippa, als geeigneten Heiratskandidaten, stammte von Maecenas, was allerdings angesichts seiner damaligen Vorliebe für den hübschen Tänzer Bathyllos keine außergewöhnliche Selbstlosigkeit voraussetzte: „Du hast Agrippa so groß gemacht, dass du ihn entweder zum Schwiegersohn nehmen oder durch Mord unschädlich machen musst", soll er meinem Vater geraten haben.

Die Umsetzung dieses Rats stieß jedoch auf einige Schwierigkeiten. Agrippa war bereits verheiratet, und zwar mit Marcella, Octavias Tochter. Nachdem mein Vater und Agrippa sich verständigt hatten, willigte auch Octavia in die Scheidung ihrer Tochter ein. Marcella wurde dafür dann umgehend mit Jullus verheiratet. Jullus' Gleichmut in dieser Frage versetzte mir einen heftigen Stich und ließ mir die neue Heirat mit Agrippa noch weniger erstrebenswert erscheinen. Aber nach Marcellus' Tod war es für mich selbstverständlich, dass ich mich dem väterlichen Wunsch fügte. Ich gab also mein Einverständnis zur Hochzeit, auch wenn ich mir die Ehe mit dem mehr als doppelt so alten väterlichen Freund nicht besonders aufregend ausmalte. Agrippa hatte sich, ebenfalls ziemlich gleichmütig, von Marcella geschieden, was ich in diesem Fall aber mit großer Befriedigung feststellte.

Meine neue Ehe entsprach nicht nur dem Wunsch meines Vaters, sondern fand offenkundig auch Livias Billigung. Denn anders als durch meine erste Ehe mit Marcellus wurde das julische Geschlecht durch meine Ehe mit diesem Aufsteiger plebejischer Herkunft ja keineswegs gestärkt. Tiberius' Chancen blieben auch angesichts des zwanzig Jahre älteren Agrippa vorerst ungeschmälert.

Endlich wurde ich Herrin eines eigenen Hauses – eines Hauses, das wie in einem Brennspiegel die Erinnerungen an die Bürgerkriege bündelte. Es hatte zunächst Pompeius gehört, dem Gegner Caesars. Nach Pompeius' Niederlage und Ermordung war es an dessen Sohn Sextus Pompeius gegangen, und nach dessen Niederwerfung durch meinen Vater und Antonius war es als Beute Antonius zugefallen. Somit hatte in dem Haus (bis zu ihrer Scheidung) zeitweise auch Octavia gewohnt. Nach Antonius' Niederlage bei Actium und seinem Selbstmord aber war es schließlich in die Hände Agrippas gelangt. Diese Vorgeschichte erhöhte in meinen Augen den Wert dieses Hauses, war es doch ein sichtbares Zeichen für den unaufhaltsamen Aufstieg unseres julischen Geschlechts.

Anders als bei meinen anderen Hochzeitszeremonien ergab die Eingeweideschau bei meiner Heirat mit Agrippa günstige Vorzeichen, und sie bewahrheiteten sich in den etwa zehn Jahren unserer Ehe. Unsere Verbindung wurde zwar immer wieder durch Agrippas oder meine Abwesenheit unterbrochenen, aber vielleicht war sie gerade deshalb glücklich. Aus dem Altersunterschied – ich war achtzehn, Agrippa zweiundvierzig – erwuchs ganz unerwartet eine starke gegenseitige Anziehung. Mich faszinierten Agrippas Vitalität und Virilität, seine Ehrenhaftigkeit und Verlässlichkeit. Ich liebte seine ungestümen Umarmungen, aber auch die überlegene Ruhe, mit der er seine kurzen, treffenden Urteile fällte. Mir imponierten seine Entschlossenheit und Tatkraft, sein kaltblütiger Mut in gefährlichen Situationen und sein Einsatz im Dienste Roms und seines kaiserlichen Freundes. Mit seinem schnörkellosen Ehrgeiz und seiner fast bäurischen Geradlinigkeit erinnerte er mich in manchem an den untergegangenen Typ des republikanischen Römers von altem Schrot und Korn. Gleichzeitig aber hatte er, ein Mann der ersten Stunde, mit seinen militärischen Siegen dazu beigetragen, jenen Ansprüchen zum Durchbruch zu verhelfen, mit denen sich mein Vater rücksichtslos über republikanische Traditionen hinweg den Weg zur Alleinherrschaft gebahnt hatte. Insofern verkörperte Agrippa für mich in besonderer Weise das Doppelgesicht der neuen Ära, die über die Beschwörung alter republikanischer Tugenden eine ganz anders geartete Herrschaftsform begründet hat.

Agrippa war nie ein rhetorisch gewandter Schöntuer. Aber er ließ auf seine Weise erkennen, wie sehr er mich als Frau begehrte und liebte, als Ratgeberin schätzte, als Begleiterin auf seinen vielen Reisen bis an die Grenzen des Imperiums brauchte, als Mutter unserer vier Kinder ehrte. Das Fünfte wurde erst nach seinem Tod geboren.

Alle fünf Kinder sind – bisher jedenfalls – ohne nennenswerte Probleme aufgewachsen. Die Verbindung des alten julischen Bluts mit dem seinen hat eine gute Mischung ergeben. In diesem Zusammenhang kommt mir jenes anzügliche Diktum in den Sinn, das in den jüngsten Anschuldigungen gegen mich wieder einmal eine Rolle spielte, weil es meine angeblichen Ehebrüche zu belegen scheint: Nach der Geburt unseres vierten Kindes fragte mich ein stadtbekannter Frauenheld mit maliziösem Lächeln, wie ich es anstellte, dass alle meine Kinder dem Ehemann glichen. Ich antwortete ihm mit einem griechischen Zitat: „Ich nehme nur Passagiere an Bord, wenn das Schiff beladen ist.“ Meine Feinde betrachteten diese Antwort als Beweis meiner Schamlosigkeit. Aber selbst der strenge Agrippa hätte sein Vergnügen gehabt an der Art und Weise, wie ich auf eine freche Unterstellung mit gleicher Münze zahlte. Er konnte sich in den zehn Jahren unserer Ehe stets auf meine Treue verlassen.

Gaius, mein Ältester, der jetzt im Osten kämpft, wurde gleich im ersten Jahr nach unserer Hochzeit geboren. Agrippa konnte seinen Sohn gerade noch auf den Arm heben, bevor er wieder einmal aufbrach, um in den Provinzen für Ordnung zu sorgen und endlich die spanischen Bergvölker zu unterwerfen, gegen die mein Vater vier Jahre zuvor vergeblich gekämpft hatte. Ich kann nur hoffen, dass Gaius auch die militärische Begabung seines Vaters geerbt hat, die er jetzt im Osten beweisen muss.

Am selben Tag, an dem die Nachricht von Agrippas Sieg in Spanien Rom erreichte, wurde unsere erste Tochter Julia geboren. Kurz nachdem Agrippa zurückgekehrt war, verließen wir Rom für einen längeren Aufenthalt im Osten. Dass die Ehefrau ihren Mann begleitete, war keineswegs selbstverständlich. Ich wollte aber an seiner Seite sein. Außerdem war ich neugierig auf die Inseln und Städte, die Rom mit ihrer jeweiligen Kultur – oder soll man sagen: ihren Kulturen – so vielfältig prägen und die in ihrer Verehrung des Kaisers und seines Hauses Formen der Huldigung ersinnen, die ich, anders als mein Vater oder Agrippa, keineswegs mit gerunzelten Brauen oder gespielter Bescheidenheit zurückwies, sondern mit dem Stolz der Kaisertochter entgegennahm.

Agrippas Aufgaben betrafen vornehmlich die Ansiedlung und Versorgung von Veteranen und die Gründung neuer Kolonien, diplomatische Verhandlungen mit Parthern, Syrern und Armeniern sowie militärische Expeditionen in die unruhigen nordöstlichen Grenzgebiete. Meine Aufgaben bestanden vor allem darin, für das Kaiserhaus zu werben, Agrippa zu unterstützen und für sein Wohlergehen zu sorgen. Für ihn wie für mich bedeuteten diese Aufgaben Pflichten, die wir gern erfüllten, weil sie uns herausforderten und unseren Ehrgeiz befriedigten. Uns beiden gelang dies am besten, wenn wir, fern von Rom, im Dienst meines Vaters in eigener Verantwortung handeln konnten.

In einem vertraulichen Gespräch über diese Fragen erläuterte Agrippa mir einmal seine Grundsätze: „Die meisten Machthaber können es nicht ertragen, dass ihnen jemand überlegen ist. Wenn etwas sicheren Erfolg verspricht, erledigen sie das Erforderliche persönlich und ohne Helfer. Schwierige Aufgaben aber übertragen sie gern ihren Mitarbeitern. Sie wünschen dann zwar nicht, dass der Betreffende scheitert, aber auch nicht, dass er allzu erfolgreich ist, weil dann sein Ruhm den ihren verdunkeln könnte. Wer in diesem Spiel heil davonkommen will, muss seinen Herrn von riskanten Unternehmungen fernhalten und die eigenen Erfolge für die seinen ausgeben."

Ich kenne niemanden, der diese Einsicht so konsequent befolgt hat wie Agrippa. Nur wenige, ausdrücklich auf ihn zugeschnittene Ehrungen hat er akzeptiert. Die goldene Schiffskrone etwa, die mein Vater ihm nach den großen Seesiegen über Sextus Pompeius und Antonius verliehen hat, trug er bei öffentlichen Auftritten gern und stolz. Aber alle angebotenen und verdienten Triumphzüge in Rom hat er abgelehnt.

Höhepunkte unserer Reisen waren die begeisterten Empfänge auf Korfu, in Gythion, Sparta, Korinth und Athen. Wir verteilten Privilegien, genehmigten das Schlagen von Ehrenmünzen, die Errichtung von Tempeln, Ehrenstatuen und kolossalen Ehrenmonumenten wie desjenigen vor den Athener Propyläen, das Agrippa als Triumphator auf einer goldenen Quadriga zeigt: hier im Osten ließ er zumindest solch eine Darstellung seiner selbst zu.

Auch künstlerische und religiöse Feste wurden durch unsere Anwesenheit erhöht. Während des Musenfestes im böotischen Thespiae zeigten sich freilich auch die Unterschiede zwischen der pflichtgemäßen, leicht gelangweilten Teilnahme Agrippas, dessen soldatische Natur solchen Veranstaltungen wenig abgewinnen konnte, und meinem Genuss an künstlerischen Darbietungen. Unser

Einvernehmen konnte dadurch aber nicht gestört werden. Bezeichnend hierfür war unser Zwischenaufenthalt am Kap Tainaron, der äußersten Südspitze der Peloponnes. Agrippa wollte erkunden, ob an dieser exponierten Stelle Schiffe ankern könnten. Er hatte sich mit der ihm eigenen Schnelligkeit ein Bild gemacht und ließ eben die Segel hissen, als ich vorschlug, vorher noch den Eingang zur Unterwelt zu suchen, der dort lokalisiert wird. Trotz seiner verständnislosen Blicke segelten wir nicht ab, bevor ich diesen mythischen Ort gefunden hatte.

Aber auch wenn Agrippa keinen wirklichen Sinn für Ästhetik besaß, hatte er doch ein gewisses Gespür für künstlerischen Wert und Kunstwerke und war bestrebt, diese auch anderen zugänglich zu machen. Er schätzte beispielsweise den alten griechischen Bildhauer Myron und kaufte in Lampsakos dessen berühmten Bronzelöwen und den vielbewunderten „Apoxyomenos". Beide Plastiken ließ er in Rom in seinen Thermen aufstellen, die er für das Publikum öffnete. Den Bronzelöwen (dem ich persönlich wenig abgewinnen kann) schätzte er wegen dessen realistischer Gestaltung. Ich dagegen liebe besonders den Apoxyomenos: Die freie, ausgreifende und doch zurückgenommene Haltung des Athleten, der sich nach dem Wettkampf säubert, erinnert mich an Agrippa.

Nur ein einziges Mal kam es auf unseren Reisen zu einem wirklichen Streit. Die Einwohner der Hauptstadt von Lesbos, Mytilene, hatten meinem Vater zu Ehren einen Tempel errichtet, in dem sie ihn als Gott verehren. Nun erklärten sie, sie wollten dort eine Statue aufstellen, die mich in der Gestalt der Venus zeigen sollte. Agrippa reagierte zuerst nur leicht ungehalten. Als er aber bemerkte, mit welcher Bereitwilligkeit ich nicht nur meine Erlaubnis erteilt hatte, sondern auch Besuche bei dem Bildhauer machte, glühte er vor Zorn.

„Dass der Kaiser hier im Osten wie ein Gott verehrt wird, kann ich noch hinnehmen. Das ist hier Tradition. Aber dein Vater würde es wohl ebenso ablehnen wie ich, dass ein weibliches Mitglied der kaiserlichen Familie in geradezu herausfordernder Nacktheit öffentlich präsentiert wird."

Ich konnte da keinen wesentlichen Unterschied erblicken und hielt dagegen: „Wenn der Vater göttliche Ehren erhält, warum dann nicht auch die Tochter? Hat nicht mein Vater seinerzeit den großen Caesar, seinen Adoptivvater, nach dessen Tod zum Gott erklärt, damit dessen göttlicher Glanz auch ihn, den Sohn, umstrahlt? Warum soll damals für den adoptierten Sohn etwas anderes gegolten haben als jetzt für die leibliche Tochter?“

Zugegeben – meine Argumente waren nicht frei von frivolen Untertönen. Sie vertieften deshalb lediglich Agrippas Ablehnung, was mich indessen keineswegs beirrte. Nach einigen Wochen führte ich Agrippa vor die vollendete Statue. Sie *war* vollendet im doppelten Wortsinn. Er zögerte etwas, dann trat er langsam vor das lebensechte, marmorne Abbild seiner Frau und streifte knabenhaft schüchtern mit Zeige- und Mittelfinger über ihren Leib – über den der Göttin natürlich; über den meinen dann später, allerdings nicht nur mit zwei Fingern, auch nicht schüchtern und erst recht nicht wie ein Knabe ...

Von den Personen, die uns auf unseren Reisen begegneten, haben Herodes und Mariamne den stärksten Eindruck bei mir hinterlassen. Herodes, der König von Jerusalem, gilt als einer unserer treuesten Klientelfürsten. Zum Zeichen seiner Ergebenheit lässt er nun sogar seine zwei Söhne im Haus meines Vaters in Rom erziehen. Aber obwohl wir dort aufs Beste empfangen wurden und Agrippa sich erkennbar wohlfühlte, habe ich keine guten Erinnerungen an unseren dortigen Aufenthalt: Herodes' allzu beflissener Ehrgeiz, seine Unbeherrschtheit, wenn es um Frauen und Wein ging, und seine rasende Eifersucht gegenüber Mariamne berührten mich unangenehm – zumal, wenn ich den Vergleich zu meiner eigenen Ehe zog.

Zu meinen unerfreulichen Erinnerungen an Herodes trägt aber auch der dramatische Vorfall bei, der mich beinahe das Leben kostete. Agrippa war kurz nach unserem Besuch in Jerusalem in einem der Wintermonate, die wir in Mytilene verbrachten, zu einem Feldzug an die nordöstlichen Reichsgrenzen aufgebrochen. In den ersten Frühlingswochen hielt es mich nicht länger in unserem Quartier. Ich beschloss, ihm entgegenzureisen und bei dieser Gelegenheit Troja zu besuchen, die Heimat meiner Ahnen, die nach der Zerstörung der Stadt unter Aeneas' Führung ihre neue Heimat an der Mündung des Tiber gefunden hatten.

Nach starken Regenfällen war der Skamandros, den man überqueren muss, um nach Troja zu gelangen, ungewöhnlich angeschwollen. Meine Begleiter erklärten ihn für unpassierbar. Ihre Besorgnis erschien mir als ängstlicher Kleinmut, der bei mir noch nie etwas hat ausrichten können. Unbeeindruckt ließ ich Pferde und

Wagen in das hochgehende Wasser treiben. Ich hatte nicht mit der starken Strömung gerechnet, die uns sogleich fortriss. Mehrere meiner Begleiter versanken in den Strudeln, die Pferde kämpften verzweifelt gegen das reißende Wasser. Als ich bei meinen Hilferufen Wasser schluckte und keuchend nach Luft rang, schoss mir der bekannte Vers Vergils durch den Kopf, mit dem der Dichter seinen Geburtsort rühmt: „Mantua hat mich erzeugt" – als absurder Kommentar zu meinem eigenen Schicksal: „Ich sterbe bei der Rückkehr zu meinen Ursprüngen." Das erstickte Lachen, das mich bei dieser Assoziation schüttelte, befreite meine Atemwege. Zur Hilfe geeilte Hirten zogen mich aufs Trockene. Als Agrippa von dem Unfall hörte, war er außer sich vor Zorn und legte den Bewohnern Trojas eine harte Geldbuße auf – wegen ihrer Nachlässigkeit in der Sorge für sichere Wege und Straßen; eine Strafe, die dann aber durch Herodes' Vermittlung, aus welchem Gründen auch immer, gemildert wurde.

*

Die Reisen mit Agrippa unterbrach ich in regelmäßigen Abständen, um nach Rom zurückzukehren – sei es zur Geburt eines Kindes, sei es anlässlich wichtiger Feiern oder Staatsakte. Unmittelbar nach der Geburt unseres zweiten Sohnes Lucius erlebte die Stadt eine höchst ungewöhnliche Zeremonie. Mein Vater adoptierte seine zwei Enkel, den soeben geborenen Lucius und den damals dreijährigen Gaius – eine Familienfeier, die zum Staatsakt geriet. Ein beispielloser Vorgang schon deshalb, weil Adoptionen normalerweise erst erfolgen, nachdem der Betreffende die Männertoga angelegt hat. Nur bei einem Volljährigen besteht ja Aussicht, dass er bald in die Fußstapfen des neuen Vaters treten kann.

Durch diese Adoption wurden meine Söhne meine Stiefbrüder – eine bizarre Konstellation. Aber die männliche Erbfolge im julischen Haus war nun endlich gesichert.

Vielleicht wollte mein Vater mit dieser Doppeladoption auf die mythischen Bilder der Zwillinge Castor und Pollux oder Romulus und Remus anspielen, vielleicht auch das Unerhörte seines Vorgehens dadurch bemänteln, dass er an die republikanische Tradition anknüpfte, nach der wichtige Staatsämter doppelt besetzt werden. Nur dass es sich hier eben nicht um Staatsämter, sondern um Familienpolitik handelte. Sollte einem der Prinzen etwas zustoßen, stünde immer noch der andere für die Nachfolge bereit. Diese doppelte Versicherung war aber wohl auch seine Antwort auf Livias Bestrebungen, Tiberius die Nachfolge zuzuspielen. Bei den Feierlichkeiten war Tiberius abwesend, Livia ließ sich kaum blicken.

Einige Jahre später wurde dann auf persönliche Anordnung meines Vaters jene Münze geschlagen, die auf der Vorderseite sein Profil, auf der Rückseite das meinige zwischen denen der beiden Söhne, meiner und seiner Söhne, zeigt. Mein Bildnis als Tochter und Mutter garantiert die direkte, blutsmäßige Verbindung zwischen meinem Vater und seinen adoptierten Enkeln, ein für alle buchstäblich greifbarer Beweis für die Herrschaft des julischen Geschlechts.

Nach der Adoption der beiden Prinzen schien es zunächst, als ob Livia sich mit dieser Tatsache abfinden könnte. Vorsichtshalber aber nahm ich die beiden Kinder mit mir, als ich anschließend erneut in den Osten zu Agrippa reiste. Hätte ich dieselbe Vorsicht doch bei dem kleinen Nero walten lassen! Aber dieses Kind aus meiner Ehe mit Tiberius, ihr leibliches Enkelkind, glaubte ich sicher vor ihren mörderischen Intrigen.

*

Die vier Jahre nach der Adoption meiner zwei Söhne durch meinen Vater gehören zu den reichsten, glücklichsten und glänzendsten meines Lebens. Als die Geburt unserer zweiten Tochter Agrippina nahte, reiste ich nicht nach Rom, sondern blieb in Mytilene. Ich wollte diese außergewöhnliche Situation an Agrippas Seite erleben. In Mytilene hat Agrippina ihre ersten kindlichen Eindrücke gewonnen. Vielleicht weckten die frühen Bilder von Manövern der dort stationierten römischen Flotte und von überschwänglichen Ehren unserer kaiserlichen Familie ihren bald schon auffälligen Stolz. Auch ich trage, selbst hier auf Pandateria, meinen Kopf hoch erhoben, aber ich kann dabei doch auf einiges zurückblicken, was meinen Stolz rechtfertigt. Agrippinas Stolz aber kreist ausschließlich um ihre Herkunft aus der julischen Familie.

Offenbar entwickeln meine beiden Töchter jeweils eine bestimmte Seite ihrer Mutter in besonderer Weise. Die anmutige, kokette Julia genießt ihre Attraktivität heute mehr denn je und war schon damals ständig von Verehrern umlagert. Dagegen trägt die herbe Agrippina ihre Keuschheit selbst nach ihrer kürzlichen Heirat mit Germanicus demonstrativ zur Schau und scheint nur auf den Moment zu warten, in dem ihr Ehrgeiz endlich eine dominierende Rolle auf der politischen Bühne spielen kann. In dem familiären Machtkampf auf dem Palatin drohen meinen beiden Töchtern, jeder auf ihre Weise, Gefahren. Die attraktive Julia erregt schon seit einiger Zeit durch ihr freizügiges Verhalten den Ingrimm meines Vaters, und die ehrgeizige Agrippina provoziert durch ihren hochfahrenden Familienstolz vor allem Livias unverhohlenen Hass.

*

Während unseres letzten Winters auf Lesbos wurde Agrippa wieder einmal zu militärischen Aktionen gerufen, nach Pannonien. Schon in den vorherigen Wintern hatten ihm starke Schmerzen in seinem gichtigen linken Fuß zugesetzt. Auch die heißen Essigbäder im Asklepios-Heiligtum von Epidauros hatten keine Heilung gebracht. Nun ließen ihn die Strapazen des winterlichen Feldzugs in Pannonien schwer erkranken. Im folgenden Frühjahr landete er in Misenum, an einen Transport nach Rom war nicht mehr zu denken. Ich fuhr sofort zu ihm. Er starb in meinen Armen, eben fünfzig Jahre alt.

Ich brauchte einige Tage, um mich zu sammeln, und erreichte Rom zu den Trauerfeierlichkeiten nur mit Mühe.

Einen ähnlichen Verlust hat für mich persönlich nur der Tod Octavias bedeutet. Aber Octavia war zum Schluss bereits nur noch eine Halbtote, hatte jeden Kontakt, selbst zu ihrem Bruder, abgebrochen und nur noch ihrem Schmerz gelebt. Agrippas Tod dagegen war ein unersetzlicher Verlust nicht nur für mich und die Kinder, sondern für meinen Vater, für Rom, für das gesamte Imperium.

Agrippas Leichenfeier übertraf denn auch diejenige für Marcellus bei Weitem. Wieder hielt mein Vater die Leichenrede. Aber nun stand nicht der Schmerz um den zu früh verschiedenen Hoffnungsträger im Vordergrund, sondern die rühmende Aufzählung der Taten des Verstorbenen, bei der das Volk in heftige Bewegung geriet. Agrippa war ungewöhnlich beliebt. Erst er hat Rom mit der verschwenderischen Fülle von Brunnen und Bädern ausgestattet, die heute diese Stadt wie keine andere auszeichnen. Alte Wasserleitungen ließ er reparieren, neue Aquädukte bauen, die uralte, verstopfte und stinkende Cloaca Maxima reinigen. Zwar kennen die Römer nach wie vor Hungersnöte, aber an Wassermangel braucht keiner mehr zu leiden. Auch sonst hat Agrippa für das Wohlbefinden des Volks gesorgt: durch kostenlose Verteilung von Öl, Salz und Brot, durch Spiele und öffentliche Bauten wie Thermen, Plätze und Tempel.

Mit all diesen sozialen und kulturellen Wohltaten wollte er natürlich auch Stimmung für die neue Regierung machen. Aber er wollte auch pädagogisch wirken. Beispielweise gab er Berechtigungsscheine für anspruchsvolle Theateraufführungen aus, um auch die ärmsten Teile der Bevölkerung an Kultur und Bildung heranzuführen. Aber schlitzohrige Empfänger tauschten diese Scheine umgehend gegen Geld oder materielle Güter. Dass bei solchen Leuten erst das Fressen und dann noch immer nicht die Moral und erst recht nicht die Kultur kommt, hat Agrippa immer wieder verwundert. Seiner Popularität taten solche missglückten sozialen Akte aber keinen Abbruch. Und als bei seiner Leichenfeier bekannt wurde, dass ab sofort seine Bäder und Gärten dem Volk zur kostenlosen Benutzung offenstünden, und mein Vater dann auch noch in Agrippas Namen jedem Bürger 400 Sesterzen auszahlte, kannte die Begeisterung keine Grenzen mehr.

Wenn mein Vater das Heer und das Volk als die zwei Säulen seiner Herrschaft bezeichnet, dann hat Agrippa diese Säulen durch seine militärischen Erfolge und seine Wohltaten entscheidend gefestigt. Mein Vater ließ ihn deshalb auch nicht in dem von Agrippa selbst vorgesehenen Grabmal, sondern in seinem eigenen Mausoleum bestatten.

Zum zweiten Mal öffneten sich die ehernen Torflügel, als ich nun mit der Urne meines zweiten Mannes dort eintrat. Aber diesmal hatte ich die tröstliche Befriedigung, dass noch vor Ende dieses Trauerjahrs unser fünftes Kind zur Welt kommen würde. Seit Agrippas Tod spürte ich, dass es ein Junge werden würde. Und als ich aus dem Dunkel des Mausoleums in das gleißende römische Licht hinaustrat, wusste ich, wie ich ihn nennen würde: Agrippa Postumus.

Kapitel VI

Gaius und Tiberius

Der erste kalte Septemberwind zieht durch die Ritzen des Hauses; dennoch ist mir heute ein Stein vom Herzen gefallen: Mein Sohn Gaius hat endlich geschrieben.

Der offizielle Teil seines Briefes beruhigt mich. Der Partherkönig und Gaius haben sich, während ihre bewaffneten Heere auf beiden Seiten des Euphrat lagerten, auf einer Insel mitten im Fluss getroffen und friedlich geeinigt. Offenbar ist Gaius diplomatisch bereits erheblich gewandter, als ich bisher annahm.

Der zweite, persönliche Teil des Briefes gibt jedoch Anlass zu erneuter Beunruhigung und verlangt eine wohlüberlegte Antwort.

... Nun aber, liebe Mutter, einige vertrauliche und nur für dich bestimmte Fragen.
Auf meiner Hinreise habe ich, so wie alle höheren Amtsträger, die auf ihren Reisen Rhodos berühren, Tiberius aufgesucht. Es kam zu einer befremdlichen Szene. Tiberius fiel vor mir und meinen Beratern auf die Knie, um öffentlich zu beweisen, dass er mich als Erben des Kaisers anerkennt. Er schien erregt. Ich half, peinlich berührt, meinem über vierzigjährigen Stiefvater auf die Beine und führte ihn in ein Nebenzimmer. Dort sprachen wir lange unter vier Augen.
Ich drückte ihm meine Verwunderung über diese Szene aus, die ihn vor aller Augen unnötig demütigte, weil sie mir nichts gab, was ich nicht bereits besitze: Die Nachfolgefrage ist durch meine Adoption eindeutig geregelt.
Tiberius entgegnete, er habe seinerzeit seinen Rückzug aus Rom damit erklärt, dass er Lucius und mir nicht im Weg stehen wolle. Diese Absicht habe er mit seinem Fußfall erneut allen sichtbar vor Augen führen wollen. Inzwischen sei jedoch sein Widerwille gegen das Machtzentrum in Rom so unüberwindlich geworden, dass ihn die Nachfolgefrage nicht mehr interessiere. Die republikanische Tradition werde in Rom zwar offiziell beschworen, in Wahrheit aber mit Füßen getreten.

Dieses Spiel könne und wolle er nicht mehr mitmachen. Dies sei der eigentliche Grund für sein Leben als Privatmann.
Ich widersprach und verwies auf seine großartigen Leistungen als Feldherr an allen Grenzen des Imperiums. Dort könne er doch, fern von Rom, weiterwirken. Talente wie die seinen seien unersetzlich und würden dringend gebraucht.
Finster lächelnd versetzte Tiberius: „Die Intrigennetze, die in Rom gesponnen werden, erreichen die fernsten Winkel der Erde. Auch du, Gaius, wirst in diesen Netzen untergehen, wenn du dich nicht, wie ich, rechtzeitig aus ihnen befreist."
Als ich ungläubig schwieg, raunte er: „Ein toter Enkel ist genug. Deine Mutter wird dir ..." – er brach ab, weil Lollius mit argwöhnischem Blick ins Zimmer getreten war.
Was ist von diesen Reden zu halten? Wäre es möglich, dass Tiberius sich verstellt? Ist er an einer Position in Rom wirklich nicht mehr interessiert? Vor allem: Was bedeutet der letzte, abgebrochene Satz, mit dem „toten Enkel"? Und was, beim Styx, hat alles dies mit dir zu tun?
Du kennst Tiberius aus einigen Ehejahren und kannst dir und mir vielleicht erklären, was hinter seinen seltsamen Reden steckt. Ich beschwöre dich, teure Mutter, mir möglichst bald zu antworten. Vielleicht öffnen sich hier unerwartete Perspektiven auch für ein Ende deiner Verbannung.
Lebe wohl. Gaius

Trotz Gaius' dringender Bitte habe ich einige Tage lang überlegt, was und wie ich ihm antworten soll. Möglicherweise lässt er sich auf ein hochgefährliches Spiel ein. Tiberius' politische Einstellung glaube ich zu kennen. Wäre es möglich, dass er Gaius auf seine Seite ziehen will? Aber was genau ist „seine Seite"? Steht er vielleicht sogar auf unserer Seite?

Ob aber ausgerechnet er in der gegenwärtigen Lage ein hilfreicher Bundesgenosse sein kann, wage ich zu bezweifeln. Dennoch: nach allem, was inzwischen geschehen ist, kann es in keinem Fall schaden, den abgerissenen Faden zu Tiberius wieder neu zu knüpfen. Nachdem ich den Antwortbrief mehrmals konzipierte und wieder verwarf, schrieb ich Gaius schließlich folgende Zeilen:

Mein Gaius, sei bedankt für deine erfreulichen Nachrichten aus Armenien. Du hältst dich, mit und ohne Berater, offenbar gut und bist dabei, deinen Weg selbst zu bestimmen. Ich wünsche dir hierbei Geschick und Klugheit, die sich von Vorsicht leiten lässt.
Auf deine Fragen antworte ich wie folgt:
Tiberius verstellt sich eigentlich immer, und zwar aus Prinzip. Er versucht sich, ähnlich wie der Kaiser, aber aus ganz anderen Gründen, hinter einer Maske zu verbergen. Sein redlicher Charakter und sein gleichzeitiges tiefes Misstrauen lassen ihn dabei oft rätselhaft erscheinen.
Während unserer ersten Ehejahre hat Tiberius mir gegenüber allerdings manche seiner Ansichten ziemlich offen geäußert. Du wirst fragen: Woran erkennt man Offenheit? Ich antworte: Wenn Worte und Taten eines Menschen sich decken.
Deshalb kann ich deine Fragen nicht mit einem einfachen Ja oder Nein beantworten. Tiberius hält, getreu der offiziellen Devise von der „wiederhergestellten Republik" an diesem politischen Ideal fest. Muss nicht ein pflichtbewusster Römer, der gegenwärtig keine Möglichkeit zu politischer Mitgestaltung sieht, sich auf die Rolle eines Privatmannes zurückziehen? Die er bei veränderter Gesamtlage aber natürlich auch wieder aufgeben kann?
Auf deine letzte Frage nur so viel: Tiberius hat Rom verlassen aus Gründen, die mit den von ihm genannten nichts zu tun haben. Wir kamen damals überein, hierüber Stillschweigen zu bewahren. Ich deute Tiberius' letzten, abgebrochenen Satz dahingehend, dass er dir gegenüber dieses Stillschweigen brechen möchte, sofern ich einverstanden bin. Ich bin es. Sollte es zu einer weiteren Begegnung zwischen euch kommen, so sage ihm dies und frage ihn.
Meine Wünsche begleiten dich. Deine Mutter

*

Und wieder ist ein Brief gekommen, diesmal von Vinicius. Er hat meinem langsam verloren gegangenen Zeitgefühl wieder aufgeholfen. Ich kann endlich mit präzisen Zeitangaben wieder teilnehmen am politischen Leben. Und so kann ich den heutigen Tag, der, wie es scheint, Fortunas Kugel wieder rollen lässt, exakt datieren: Es ist der vierte Tag vor den Nonen des November im Konsulatsjahr von Cossus Cornelius Lentulus und Lucius Calpurnius Piso.

Ich hatte mich heute Vormittag, teils lesend, teils schreibend in das windgeschützte südöstliche Peristyl zurückgezogen, als plötzlich im blendenden Gegenlicht ein Schatten auf mich zustürzte. Es war Philetus, der atemlos stotternd berichtete, ein Schiff nähere sich der Insel, ein Schiff ohne kaiserliche Wimpel und Standarten, aber ein Schiff, das zielgerichtet, ergo nicht ohne kaiserliche Genehmigung den Inselhafen ansteuere. Die Aufregung in der Villa war unbeschreiblich. Nachdem hier monatelang keine Menschenstimme mit halbwegs normaler Lautstärke zu hören gewesen war, hätte mich das nun in allen Tonhöhen ausbrechende hysterische Geschnatter der Sklavinnen und Eunuchen fast zum Lachen reizen können. Aber die ungeheure Erregung schnürte mir den Hals zu, während ich mich schweigend erhob und das Innere des Hauses aufsuchte. Bald darauf setzte schlagartig völlige Stille ein. Ein Mann betrat das Triclinium, der, ohne irgendwelche kaiserlichen Beglaubigungs- oder Genehmigungsschreiben vorzuweisen, sich als einfacher Privatmann gab. Und er *kam* von einem Privatmann, allerdings dem ranghöchsten des Imperiums.

Nach ehrfürchtiger Verneigung – endlich wieder ein Mann, der die Kaiserstochter begrüßt, wie es sich ziemt! – überreichte er mir in Tiberius' Namen eine kleine Truhe, randvoll gefüllt mit dessen Geschenken an mich aus der Zeit unserer Ehe, die ich bei meiner Abreise in Rom hatte zurücklassen müssen. Tiberius könnte diese Schätze dem Gesetz nach behalten, da ich als Ehebrecherin gelte und mein Vater mit meiner Verbannung auch die Scheidung von Tiberius ausgesprochen hat. Aber Tiberius' ungewöhnliche Geste entspricht seinem noblen Charakter. Noch erstaunlicher freilich ist sein Brief, den der Bote mir aushändigte und dessen mir wohlbekanntes Siegel unversehrt war.

Aus diesem Brief blickt mich in manchem das Spiegelbild meines eigenen Elends an. Er enthält aber auch einige kleine Hoffnungslichter, die nun in meiner Phantasie abenteuerliche Kreise drehen.

Tiberius an Julia, Rhodos, an den Kalenden des September im zweiten Jahr deiner Verbannung.
Sei gegrüßt, Julia. Durch Minos, meinen Vertrauten, erhältst du nun zum zweiten Mal die Geschenke, die ich dir in glückli-

cheren Tagen gab. Du weißt, dass ich, als wir uns trennten, deinen Abscheu vor dem, was in Rom geschehen war, teilte. Ich teile ihn auch jetzt. Ich werde meinen Charakter und meine Ansichten nicht ändern, solange ich bei klarem Verstand bleibe.

Meine Geschenke erreichen dich als Zeichen der inneren Verbindung äußerlich Getrennter. Aber sie sollen auch dazu beitragen, dein Leben auf Pandateria, über das mir Gaius kürzlich Schlimmes berichtete, etwas freundlicher zu gestalten. Sind doch für Geld und Gold die meisten Menschen zu allem bereit, sogar zur Missachtung kaiserlicher Verbote. Eine Frau wie du sollte gewisse Annehmlichkeiten des täglichen Lebens nicht entbehren müssen und, wenn sie fehlen, Mittel besitzen, um diesem Mangel abzuhelfen.

Die ungesetzliche Härte deines Vaters nährt meinen Verdacht, dass in deinem Fall weit mehr als ein einfaches Vergehen geahndet wurde. Ich habe ihn deshalb brieflich von meiner Sendung an dich in Kenntnis gesetzt und um deine Begnadigung, zumindest um Milderung der Strafe gebeten.

Diese Bitte wird kaum Erfolg haben. Ich hoffe aber, mit ihr wenigstens den Drahtziehern den Wind aus den Segeln zu nehmen, die meinen Rückzug nach Rhodos mit meinem Widerwillen gegen deine angebliche Sittenlosigkeit erklären wollen. Die Verleumdungen gegen dich haben inzwischen Ausmaße angenommen, denen ich entgegentreten werde – soweit ich es als geschiedener Ehemann vermag.

Von meiner hiesigen Existenz ist wenig zu sagen. Sie entspricht meinen Wünschen bzw. dem, was Illusionslosigkeit und Resignation von ihnen übrig ließen. Ich vertiefe mich in die stoische Philosophie – eine wahrhafte Stärkung für einen Mann, der wider bessere Hoffnungen Abschied von der Politik genommen hat und sich nun im Ausharren auf verlorenem Posten übt, gleichwohl aber ab und an aus sicherer Distanz gern gewisse Steinchen in den römischen Schlangenpfuhl wirft.

Ich lebe hier als Privatmann in einer bescheidenen Wohnung und kleide mich griechisch. Mein Bruch mit dem Kaiserhof soll auch äußerlich für jeden sichtbar sein. Gelegentlich treffe ich Gesandtschaften, die hier auf Rhodos Station machen, so auch kürzlich deinen Sohn Gaius.

Die Vorgänge in Rom verfolge ich mit der gebotenen Vorsicht, da gezielte Falschmeldungen und Intrigen auch aus der Ferne – und in die Ferne! – wirken. So kursiert am Kaiserhof offenbar ein Gerücht über verschwörerische Fäden, die hier von Rhodos aus gesponnen würden oder hier zusammenliefen. Dieses wahrhaft fabelhafte Gerücht teilte mir der Kaiser soeben höchstpersönlich schriftlich mit. Ich habe daraufhin postwendend um einen Aufpasser, wes Standes er auch immer sei, gebeten, der alle meine Schritte, Worte und Taten kontrollieren und dann alles nach Rom berichten könne.

Ein kaiserlicher Maulwurf, einer dieser verächtlichen römischen Zuträger, könnte meine geheimsten Gedanken ohnehin am wenigsten erraten.

Muss man in unserem gepriesenen „Goldenen Zeitalter" Zuflucht auf einer Insel suchen, um sich selbst treu zu bleiben? Muss man sich vielleicht sogar in dieser korrupten und verkommenen Zeit selbst zur Insel machen?

Sei gegrüßt von der einen zur anderen Insel. Sei vorsichtig!

Lebe wohl. Ich bleibe, der ich war. Tiberius

Kapitel VII

Zwielicht der Macht

Seit Tiberius' Bote uns verlassen hat, sind einige Wochen vergangen. Überraschung, Freude und sich überstürzende Hoffnungen haben ruhigerem Nachdenken Platz gemacht und dem Bemühen, die Andeutungen und verhüllten Anspielungen seines Briefes zu entschlüsseln. Gleichzeitig hat mich auch Gaius' Bericht über sein Treffen mit Tiberius beschäftigt.

Im Laufe dieser Wochen sind deshalb die Erscheinung und der Charakter des Tiberius, die ich aus meiner Erinnerung verbannt hatte, wieder vor mein inneres Auge getreten. Tiberius' äußerer und innerer Habitus scheinen dieselben wie an dem schrecklichen Tag vor zehn Jahren, an dem wir unsere Ehe beendeten: dieselbe Mischung von strenger Redlichkeit und gebrochenem politischem Temperament, von Ehrgeiz und Fatalismus. Ich sehe ihn wieder vor mir, wie er, ein hochaufgerichteter, kräftiger Mittdreißiger, mit emporgezogenen Schultern und steif zurückgebogenem Nacken, die geballte Faust halb entschlossen, halb ratlos auf den zwischen uns stehenden Marmortisch schlägt. Dabei wendet er mir mit einer halben Kopfdrehung sein Profil zu. Der weiche Mund mit der leicht eingezogenen Unterlippe und dem fliehenden Kinn bildet einen sonderbaren Kontrast zu der gewölbten Stirn und der scharf vorspringenden Nase – kein schönes, aber ein kluges und vornehmes Gesicht, eine echte Claudier-Physiognomie, auch wenn sich diese bei seinem Bruder Drusus glücklicher ausgeprägt hat. Mir scheint, dass hier die These voll zutrifft: ein jeder trage seine Biographie in seinem Gesicht. Wo hätte auch ein Mensch mit der Kindheit und Jugend eines Tiberius die gewinnende Leichtigkeit und Selbstsicherheit meiner Söhne entwickeln können? Der Genuss von Macht und Erfolg zeichnet eben in manche Gesichter glücklichere Linien.

Bereits die ersten Lebensjahre des kleinen Tiberius standen unter ungünstigen Sternen. Er war erst wenige Monate alt, als seine Eltern vor meinem Vater aus Perusia fliehen mussten. Auf den langen Fluchtwegen bis hin in die Peloponnes hätte der Säugling die Fliehenden mehrfach um ein Haar verraten, weil er verzweifelt und laut zu weinen begann, wenn ihn seine Mutter, um ihn zu schützen, in gefährlichen Momenten in die Arme der Amme warf. Diese starke Bindung an seine Mutter und Verlustängste prägen Tiberius bis heute.

Als ihm dann bei der Rückkehr nach Perusia eine ruhigere Kindheit hätte winken können, verlor der eben Dreijährige seine Mutter durch deren Ehe mit dem unmittelbar zuvor noch gehassten Verfolger. Dann starb sein Vater, und mit neun Jahren kam er nach einigen Umwegen zusammen mit seinem Bruder Drusus in das Haus auf dem Palatin.

Schon früh reizte mich, dass er mit seiner schwerfälligen und verschlossenen Natur, seiner Sturheit, seiner Bereitschaft sich zu fügen und seiner Beflissenheit in allem als mein Gegenteil erschien. Tiberius reagierte auf meine provokanten, zunehmend koketten Herausforderungen verwirrt, unbeholfen, mitunter geradezu tölpelhaft, was mich zu immer neuen Attacken reizte. Als daraufhin das Gerücht entstand, ich stellte Tiberius nach, bereitete mir das so viel Vergnügen, dass ich ihm gegenüber nun bewusst diese Rolle spielte, um mich an seiner wachsenden Verwirrung zu weiden.

Was mich aber von Anfang an wirklich ärgerte und ungeduldig machte, das war seine langsame, umständliche, zögerliche Redeweise. Tiberius liebte schon als Kind verklausulierte Redensarten und ließ einen oft völlig im Unklaren über das, was er eigentlich meinte oder wollte. Tat man das, was er, wie es schien, wünschte, winkte er hochmütig ab. Tat man das Gegenteil, reagierte er empört. Gab man aber zu verstehen, dass man seine Gedanken durchschaute, verstummte er und wandte sich brüsk ab.

Aber er konnte auch anders. Jedes Mal, wenn mein Vater sich und seine Taten mit weihevoller Aura umhüllte und volltönend von seinen „heiligen Geschäften“ sprach, korrigierte Tiberius mit gesenkten Lidern halblaut, aber unüberhörbar: „mühsame Geschäfte“, und das bekannte Wort vom „ehrenvollen Knechtsdienst“, das heute in seinem Siegel auftaucht, kommentierte er damals als: „dümmste Sklaverei“. Und wenn er sich für andere einsetzte, konnte er, der eben noch nach Worten rang, plötzlich frei und fließend sprechen. Aus alledem wurde deutlich, dass Tiberius, solange es um seine Person ging, unsicher, sogar ängstlich reagierte, sobald er sich aber im Dienst einer Aufgabe in die Pflicht nahm, Sicherheit und Kraft entwickeln konnte. Dies ist bis heute so geblieben. Und das gefällt mir auch heute noch.

Im Nachhinein erscheint mir dies alles keineswegs so befremdlich wie damals. Mit seinem pessimistischen Blick hat er früh begriffen, dass die Herrschaft meines Vaters und seiner Mutter hinter einer Fassade von Schein und Täuschung errichtet worden ist. Er durchschaut und missbilligt dieses Spiel. Als echter Claudier hängt er an der alten Republik und möchte sich durch Leistung für den Staat hervortun. Er muss aber mitansehen, wie seine eigene Mutter die verhasste Alleinherrschaft und den verhassten Stiefvater unterstützt, nicht zuletzt, um ihm, ihrem Erstgeborenen, den ersten Platz in diesem Spiel um die Macht zu verschaffen, das er verachtet. Illusionslos verfolgt Tiberius, dass nur auf der politischen Bühne überleben kann, wer an diesem Spiel teilnimmt und seine Ansprüche notfalls gewaltsam durchzusetzen versteht. Dies lehnt er ab und müht sich dabei, meinen Vater nachzuahmen, wenn er seine wahren Gedanken zu verbergen sucht. Nur fehlt ihm eben das, womit mein Vater, allein durch die Wirkung seiner Persönlichkeit, manchmal vielleicht nur durch ein leichtes Heben der Augenbrauen, seinen Willen durchsetzt: Schauspielkunst und Charisma.

Aber wenn Tiberius fern von Rom auf seinen Kriegszügen mit seinen Soldaten zusammen war, entwickelte er Führungskraft und diplomatisches Geschick. Denn hier erlebte er Anerkennung. Zwar spotteten seine Truppen gutmütig über seine Trunksucht, aber sie respektierten ihn und seine Disziplin und schonten sich nicht, wenn es hart auf hart kam, weil auch er sich nicht schonte. Statt im bequemen Zelt schlief er zwischen ihnen auf dem nackten Erdboden und aß immer im Sitzen, um bei Gefahr jederzeit aufspringen zu können. Stünde Tiberius noch bei seinen Truppen in Germanien, die nordöstliche Grenze des Imperiums läge wohl längst an der Elbe.

Als gefeierter Feldherr war er in manchem Agrippa ebenbürtig und wirkte, fast wie dieser, wie ein Römer aus den alten Zeiten der Republik, verglichen mit Agrippa freilich wie eine etwas altertümelnde und eher tragische Inkarnation dieses Typus. Agrippa war der treue Freund und Helfer meines Vaters, aus einfachen Verhältnissen aufgestiegen, ein Vertreter und Verfechter des neuen Herrschaftssystems. Tiberius dagegen, alten Adelskreisen entstammend, die stets die höchsten Ränge besetzt hatten, findet sich in einer Umgebung, die ihn lehrt, dass Macht und Einfluss nur noch zu erreichen sind über den Totengräber der Republik, den zweiten Gatten seiner Mutter und – was für ihn noch verstörender ist – über diese selbst.

Weil ich spürte, wie Tiberius unter den Verhältnissen im Kaiserhaus litt und warum er so zerrissen erschien, begegnete ich ihm, als wir heranwuchsen, mit zunehmender Aufmerksamkeit und zeigte ihm, wenngleich oft auf ironische Weise, eine Anteilnahme, in der sich Mitleid und Achtung mischten. Als Tiberius dann bald heiratete und mit Vipsania eine glückliche Ehe führte, verlor ich ihn für längere Zeit aus den Augen. Erst nach meiner Heirat mit Agrippa, durch die Tiberius offiziell mein eigener Schwiegersohn wurde, nahmen wir dies vorübergehend zum Anlass, einige satirische Bemerkungen über die alles bestimmende Heiratspolitik meines Vaters auszutauschen.

Nach Agrippas Tod stand ich vor der Frage, ob ich als Witwe von Ende Zwanzig mit fünf Kindern von dem Recht Gebrauch machen wollte, das nach den neuen Ehegesetzen bereits ab dem dritten Kind gewährt wird: unverheiratet weiterzuleben. Ich lehnte diese Möglichkeit rundherum ab. Ein solches Dasein hätte dem Leben einer keuschen Vesta-Priesterin geglichen, zu dem ich weder Veranlagung noch Neigung besitze. Ein solches Leben hätte mir jede Teilnahme am öffentlichen und gesellschaftlichen Leben so gut wie unmöglich gemacht. Keiner von uns hatte seinerzeit verstanden, dass die damals bereits doch schon über vierzigjährige Octavia sich nach ihrer Scheidung von Antonius nicht wieder verheiratete. Uns erschien ein solcher Entschluss unnatürlich, unverständlich, schlicht pervers.

Ich bat also meinen Vater darum, mich wieder verheiraten zu dürfen. Als dritten Ehemann schlug ich Jullus vor. Neben meiner persönlichen Neigung sprach auch objektiv vieles für ihn. Jullus genoss hohes öffentliches Ansehen; zwei Jahre später wurde er sogar zum Konsul gewählt. Zudem kam Jullus in der Rangfolge der potenziellen kaiserlichen Nachfolger eine herausragende Position zu. An erster Stelle standen und stehen natürlich meine zwei Söhne Gaius und Lucius. An zweiter Stelle rangierten Livias zwei Söhne, die beiden claudischen Brüder Tiberius, und der damals noch lebende Drusus. An dritter Stelle aber stand Jullus (vermutlich dank der Protektion durch Octavia, die seinen Vater meinem Vater gegenüber immer wieder in ein versöhnliches Licht zu setzen verstand). Ich sah also keinen Grund, warum ich Jullus nicht hätte heiraten können. Seine Scheidung von Marcella wäre genauso leicht durchzuführen gewesen wie bei deren erstem Ehemann Agrippa. Mich hätte es im Übrigen insgeheim mit Genugtuung erfüllt, wenn Marcella mit Jullus auch ihren zweiten Ehemann wiederum an mich verloren hätte.

Vielleicht hätte mein Vater meiner Bitte sogar nachgegeben. Aber jetzt sah Livia ihre Stunde gekommen und brachte Tiberius ins Spiel. Er war nach Agrippas Tod militärisch und diplomatisch die unangefochtene Nummer Zwei im Herrschaftsgefüge. Geschickt verwies Livia nicht nur auf Tiberius' Leistungen als Feldherr, sondern auch auf seine politische Begabung. Er hatte vor einiger Zeit die von den Parthern erbeuteten römischen Feldzeichen zurückgewonnen, in einer vielbewunderten diplomatischen Aktion. Ähnlich wie Maecenas einst Agrippa als meinen zweiten Ehemann vorgeschlagen hatte, weckte Livia jetzt die Sorge meines Vaters, dieser Helfer neben ihm könne zu groß werden, so dass er ihn zum Schwiegersohn machen müsse – wenn schon nicht freiwillig, in Anerkennung von dessen Leistungen, so doch zumindest widerwillig, in kluger Vorsicht.

Endlich bot sich für Livia die Möglichkeit, ihren Sohn durch familiäre Bande in die unmittelbare Nähe des Alleinherrschers zu rücken. Trotz der hartnäckigen Vorbehalte meines Vaters gegen Tiberius, trotz des Sträubens von Tiberius, trotz meiner Proteste – wieder einmal sollte ich das Mittel sein, durch das Livia größeren Einfluss, mein Vater größere Sicherheit gewinnen wollte.

Ich erklärte, wenn die Dinge so lägen, wolle ich von einer Neuverheiratung absehen. Geduldig, wenngleich leicht verstimmt, erläuterte mir mein Vater, dass das ausgeschlossen sei. Mein Lebensstil könne einer unkalkulierbaren Zahl von Verehrern den Zutritt zum innersten Zirkel der Macht eröffnen.

Tiberius wurde also gezwungen, sich von Vipsania zu trennen. Anders als bei den bisherigen von meinem Vater verfügten Scheidungen war dies jedoch kein leichtes Unterfangen. Die beiden führten bis dahin eine glückliche Ehe, sie hatten einen Sohn, und Vipsania war gerade mit dem zweiten Kind schwanger. Aber der pflichtbewusste Tiberius tat (widerwillig, aber ohne Widerrede), was seine Mutter von ihm forderte, ich tat (widerwillig und mit Widerrede), was mein Vater von mir verlangte.

*

Anders als Tiberius bin ich frei von Aberglauben. Aber wenn ich auf die Vorzeichen blicke, die meinen drei Ehen jeweils vorangingen, so frage ich mich, ob das Lächeln der Auguren wirklich nur ein Spiel mit denjenigen treibt, die in die Zukunft blicken wollen. Während vor meiner Hochzeit mit Marcellus der geopferte Widder nur eine halbe Leber hatte und bei meiner Hochzeit mit Agrippa heller, weißer Rauch emporstieg, als der Wein aus der Opferschale sich mit dem Blut des geschlachteten Widders vermischte, häuften sich in dem Jahr zwischen Agrippas Tod und meiner neuen Heirat besorgniserregende Vorfälle – dies waren nicht nur Vorzeichen, dies waren handfeste Tatsachen!

Mein Vater legte eine schärfere Gangart ein, um seine Alleinherrschaft zu sichern. Dass er in diesem Jahr das Amt des Pontifex Maximus übernahm, des obersten Staatspriesters, und damit in seiner Person die höchsten politischen und religiösen Amtsbefugnisse vereinigte, stieß bereits auf beträchtlichen Unmut. Dass er es dann aber wagte, das heilige Herdfeuer der Vesta, das die Vestalinnen seit Menschengedenken in ihrem Tempel auf dem Forum hüteten, kurzerhand in sein Haus auf dem Palatin zu schaffen, bedeutete für jeden Klarsichtigen die ungenierte Vermischung der öffentlichen und privaten Sphäre: Wenn über die heilige Flamme, die das Heil des Staates garantiert, nunmehr irgendwelche Sklaven oder Freigelassenen eines Privathaushaltes wachen, dann gehört offenkundig der Staat dem Hausherrn. Und als sei es damit noch nicht genug, übernahm mein Vater im selben Jahr mit der zensorischen Gewalt die Sittenaufsicht über Rom für weitere fünf Jahre. Das war freilich nur konsequent, denn damit war er nicht nur oberster Herrscher und Priester, sondern auch oberster Sittenrichter. In diesem Jahr nahm die Herrschaft meines Vaters offen diktatorische Züge an.

Wenig später brannte die ehrwürdige Hütte des Romulus nieder, die seit der Gründung der Stadt am Südwesthang des Palatin steht: Raben hatten brennende Fleischstücke von einem Opferaltar geraubt und über der strohgedeckten Hütte fallen lassen. In Erwartung kommenden Unheils suchten die Menschen allenthalben die Götter durch Opfer und Gebete gnädig zu stimmen. Aber, um ein Lieblingswort Tiberius' zu zitieren: „Alles ist vorherbestimmt."

*

Obwohl – nein, vielleicht gerade *weil* ich Tiberius seit langem kannte und seine Art schätzte, sah ich der Eheschließung beklommen entgegen. Ich wusste, wie schwer ihm die Trennung von Vipsania fallen musste, und habe es nach unserer Heirat einmal erlebt, dass er, als er sie zufällig erblickte, ganz aus der Fassung geriet und ihr mit so sehnsuchtsvollen, traurigen Augen nachstarrte, dass ich im Folgenden darauf achtete, solche Zusammenkünfte zu unterbinden; nicht nur, um Vipsania und Tiberius zu schonen, sondern, zugegebenermaßen, auch aus Eigenliebe. Ich liebte Tiberius nicht, wie ich Agrippa und Jullus geliebt habe. Aber seit ich damit rechnen musste, dass er mein dritter Ehemann werden würde, betrachtete ich ihn mit anderen Augen. Ich begann einen gewissen Gefallen an seinem gut proportionierten Körperbau, seinen breiten Schultern und seinen kräftigen Bewegungen zu finden. Sogar das, was manche Spottgedichte bloßstellen, seine Gesichtspickel, die er bis heute nicht losgeworden ist, störten mich kaum, wenn ich in seine melancholischen Augen blickte. Seine bedächtige, zögerliche Redeweise erschien mir nun nicht mehr als Ärgernis, sondern als Folge einer leidvollen Vergangenheit und als Ausdruck von Introvertiertheit. Was ich aber erst im Verlauf meiner Ehe entdeckte, sind seine Linkshändigkeit und seine sonderbare Tagblindheit. Während er tagsüber nur unscharf sieht, erkennt er im Dunkel der Nacht, wenn er die Augen aufschlägt, kurzfristig alles. Inzwischen glaube ich, dass beides, die Linkshändigkeit und die Tagblindheit, nicht nur physische Phänomene sind. Tiberius erkennt selten das, was für andere offen zutage liegt, zeigt aber in Bedrohung und im Dunkel der Gefahr oft erstaunliche Klarsicht. Bei der Bewältigung von Problemen aber verhält er sich mitunter höchst linkisch und ungeschickt.

Der pflichtbewusste Tiberius erwies sich als wahrhaft beeindruckender Ehemann. Mit großer Offenheit – so, wie ich es zuvor nie bei ihm erlebt hatte –, legte er mir unsere Situation dar, appellierte an meine und seine Vernunft und ermöglichte auf diese Weise einen erstaunlich ruhigen Beginn unserer Ehe. Wir begegneten uns mit Respekt, dann langsam mit wachsender Zuneigung. Die gemeinsame schwierige Kindheit im Kaiserhaus, die Vorgeschichten und Umstände unserer Ehen, vor allem aber die gemeinsamen Vorbehalte gegenüber unseren Eltern weckten Verständnis füreinander, schließlich auch Vertrauen.

Anders als Agrippa lehnt Tiberius das Auftreten von Frauen in der Öffentlichkeit entschieden ab. Er war deshalb zuerst wenig erbaut, als ich ihn, statt in Rom weiter die Kaisertochter zu spielen, nach Aquileia begleitete, wo er den Oberbefehl über die Truppen in den pannonischen und illyrischen Grenzgebieten ausübte. Meine Kinder ließ ich diesmal in Rom. Gaius und Lucius zählten bereits etwa acht und sechs Jahre und begleiteten meinen Vater bei allen seinen privaten Tätigkeiten oder öffentlichen Auftritten. Sie waren auf dem Palatin unter der Anleitung von guten Lehrern und unter der Aufsicht ihres Adoptivvaters besser aufgehoben als in einer Grenzstadt. Das Gleiche galt für die beiden Mädchen, von denen die ernste, ehrgeizige Agrippina freilich für die Erziehungsbemühungen meines Vaters empfänglicher war als Julia. Der kleine Agrippa blieb in der Obhut einer zuverlässigen Amme.

Mein Leben mit Tiberius in Aquileia erwies sich schon bald als ein unerwartetes Glück – weniger als das Glück jener selbstverständlichen Harmonie, die wir beide in unseren vorherigen Ehen gefunden hatten, sondern eher als das Glück eines sich ergänzenden und anregenden geistig-politischen Austauschs. Fern von Rom begegneten wir uns nicht mehr in bestimmten Rollen oder Funktionen, sondern fanden Zeit für lange Gespräche. Wir beide kannten die entscheidenden Mechanismen und Elemente des Herrschaftsapparates, den unsere Eltern errichtet hatten. Uns beide bedrückte die geistig politische Enge, die wie Mehltau über dem imperialen Glanz liegt, mit dem sich das zur Marmormetropole emporgewachsene Rom schmückt.

An einem warmen, friedlichen Septemberabend ergab sich ein lebhaftes, offenes Gespräch, dessen Hauptpunkte ich mir anschließend notierte, weil ich wusste, ich würde von ihnen in den Auseinandersetzungen mit meinem Vater Gebrauch machen können.

Ein Bote hatte Nachrichten über die jüngsten Maßnahmen meines Vaters gebracht, die seine Herrschaft mit neuen Eingriffen in das politisch-private Leben der Bürger immer unverblümter sichern sollten. Als der Bote uns verlassen hatte und wir allein waren, ließen Tiberius und ich unserer Empörung freien Lauf.

Knirschend stieß Tiberius hervor: „Was ist aus der römischen Freiheit geworden? Ein Popanz, der nur noch zum Gespött des Kaisers dient! Die „wiederhergestellte Republik“ – eine hässliche Fratze!“

Ich war vor Zorn aufgesprungen: „Gängelung, Zensur, Sittenpolizei – das alles soll nun auch noch den freien Verkehr der Bürger untereinander verhindern!"

Auch wenn Tiberius vor allem die politische, ich die private Freiheit im Auge hatte, waren wir uns einig: In einem freien Staat müssen auch der Geist und die Zunge frei sein.

Während Tiberius, wie es schien, es damit erst einmal bewendet sehen wollte, hakte ich nach: „Und wie ließe sich das unter den gegebenen Umständen erreichen?"

Nach einer kleinen Pause holte Tiberius zögernd aus: die autoritäre Zwischenphase sei nach den blutigen Bürgerkriegen zwar notwendig gewesen, inzwischen aber nicht mehr erforderlich, da Rom und Italien befriedet seien: „Statt eingeschüchtert zu schweigen, muss man den Prinzeps beim Wort nehmen, wenn er die Wiederherstellung der Republik beschwört."

Das schien mir kein ungeschickter Ansatz. Ich ermunterte ihn, konkreter zu werden.

Aber nun verfiel Tiberius in seiner umständlichen Art darauf, lauter Einzelheiten aufzuzählen: „Der Prinzeps muss vor dem Senat aufstehen. Er muss den Senatoren Platz machen. Er muss bei Abstimmungen auf die Seite der schwächeren Partei treten. Er muss Mehrheitsbeschlüsse anerkennen. Er muss jeden Schritt mit dem Senat besprechen. Er muss ..."

Ich unterbrach ihn enttäuscht und ungeduldig: „Lauter formalistische Äußerlichkeiten! Selbst wenn sie befolgt würden, änderte sich nichts an den von uns kritisierten Zuständen. Der Aderlass der Bürgerkriege hat gerade die herausragenden, unabhängigen Köpfe beseitigt. Die immensen Probleme an den Reichsgrenzen erfordern eine starke zentrale Lenkung. Rom ist ein Weltreich geworden, das nicht mehr mit republikanischen Mitteln regiert werden kann, sondern nur durch eine autokratische Herrschaft, die Kontinuität garantiert."

„Aber eben diese Herrschaft erregt den Widerwillen, den auch du teilst", entgegnete Tiberius.

„Und weil das so ist", hielt ich ihm entgegen, „kann es nicht einfach nur darum gehen, meinen Vater mit seinen republikanischen Phrasen beim Wort zu nehmen, wie du meinst, sondern mit seinem immer wieder geäußerten Dienstgedanken. Das starre Gefäß der Alleinherrschaft muss mit freiem Geist gefüllt werden, und im Zentrum der Macht sollten Personen stehen, die ihren Stolz darin finden, dem Gemeinwesen zu dienen – wie Agrippa und du."

Er stimmte mir leise zu.

Und nun beschrieb ich *meine* Vorstellungen: wenn er, Tiberius, auf den Senat setze und ich auf meine Beliebtheit im Volk, könnten wir vielleicht gemeinsam diejenigen Kräfte hinter uns bringen, mit denen eine Zähmung der Alleinherrschaft gelingen könnte. Gestützt auf die Masse der römischen Bürger, stünde ich, die Kaisertochter, für eine erträgliche Form der Alleinherrschaft, für *geistige* Freiheit, Frieden und Sicherheit. Tiberius dagegen stünde, gestützt auf den Senat, für die Einbindung dieser Alleinherrschaft in republikanische Formen – und für die *politische* Freiheit.

Mit beißenden Spott entgegnete Tiberius: „Die Freiheit soll also durch öffentliche Auftritte einer Frau gerettet werden? Und die Alleinherrschaft soll im jugendlichen Gewand deiner zwei Söhne daherkommen? Warum auch nicht? Sie werden durch das prägende Beispiel ihres Großvaters, umgeben von Schmeichlern und Hofschranzen ja geradezu vorbildlich erzogen."

Als ich mit der ironischen Frage konterte, warum dann nicht er zusammen mit seinen aristokratischen Freunden die Zügel ergreifen wolle, murmelte Tiberius, verächtlich an seiner zu kurz geratenen Unterlippe saugend: „Alles auf Erden ist unsicher. Je höher man steigt, desto schlüpfriger wird der Boden. Du weißt nicht, was für ein reißendes Tier die Herrschaft ist. Wohl dem, der diesen Wolf nicht an den Ohren halten muss."

*

Wenige Monate nach diesem Gespräch wurde in Aquileia unser Sohn Nero geboren, ein hübsches, gesundes Kind, das unser eheliches Einvernehmen festigte und uns bald die reinste Freude machte. Dies war auch die Zeit, in der Drusus uns in Aquileia, meist auf der Durchreise nach Germanien oder Pannonien, wiederholt aufsuchte. Tiberius hing mit besonderer Zuneigung an seinem Bruder. Mit ihm besprach er, was ihm wichtig erschien. Mit ihm war er sich in allen politischen Fragen einig. Aus Liebe zu Drusus nahm er es sogar hin, dass mein Vater Drusus immer bevorzugt behandelte. Noch in seiner Leichenrede auf Drusus pries mein Vater diesen als Vorbild für alle Heranwachsenden, erst recht für seine eigenen Adoptiv- und Stiefsöhne.

Da Tiberius mir zunehmend vertraute, wurde ich manchmal Zeuge des Gedankenaustauschs der Brüder. Für diese beiden war ihre aristokratische Herkunft Programm. Ich bin sicher, dass sie in dem unbelauschten Zimmer, in das sie sich ab und an zurückzogen, Pläne schmiedeten, wie man mit oder ohne, wohl eher ohne meinen Vater und Livia die republikanische Freiheit wieder herstellen könne. Als Drusus nach Germanien ging, wechselten die beiden Briefe, die Tiberius auch vor mir immer sorgfältig verschloss.

Dann kam die Nachricht, dass Drusus nach einem Sturz vom Pferde schwerverletzt an der Elbe lag. Tiberius eilte sofort zu ihm, fand aber nur noch einen Sterbenden. Mit ehrenvollem Gepränge begleitete er den Leichnam in einem gewaltigen Trauerzug durch Germanien bis nach Rom. Dort empfingen ihn Gerüchte, die seinen Schmerz in Verzweiflung verwandelt haben müssen.

Man munkelte, Drusus' militärische Erfolge und hohe Beliebtheit, möglicherweise aber auch staatsgefährdende Umtriebe, seien im Kaiserhaus auf Misstrauen gestoßen. Deshalb habe mein Vater Drusus zurückbeordert. Drusus, mitten in erfolgreichen Kriegszügen, habe sich zuerst geweigert, dann aber doch seine Bereitschaft zur Rückkehr erklärt. Aber es seien vielleicht nicht nur die schweren Verletzungen nach dem Sturz, die dies verhindert hätten.

Auch ich hatte kurzfristig die Möglichkeit erwogen, dass bei diesem plötzlichen Tod wieder nicht alles mit rechten Dingen vor sich gegangen war. Aber anders als im Fall von Marcellus hätte Livia hier nicht den geringsten Grund gehabt, tätig zu werden. Drusus war ihr Sohn. Jedenfalls verstärkte der Verlust des Bruders aber Tiberius' Schroffheit und Unverträglichkeit, und er begann sich auch mir gegenüber wieder stärker zu verschließen.

In demselben Jahr, in dem Livia ihren jüngeren Sohn verlor, verloren auch Tiberius und ich unseren kleinen Nero. Es war das Jahr des Absturzes.

Wir waren nach Rom gekommen, um Tiberius' Siege über Pannonien zu feiern. Mein Vater hatte ihm allerdings gegen das Votum des Senats wieder nur die kleine Form des Triumphzugs genehmigt. Den knapp zweijährigen Nero hatten wir bei uns, um ihn bei dieser Gelegenheit in Rom zu präsentieren. Am 30. Januar, an Livias Geburtstag, weihte mein Vater die Ara Pacis, den Friedensaltar ein. Während der Festlichkeiten bewirteten Livia und ich die

Frauen der Senatoren bei einem nächtlichen Festmahl auf dem Kapitol. Zum ersten Mal erlebte ich eine strahlende Livia. Aus jeder ihrer Bewegungen sprach der Stolz auf den erfolgreichen Sohn und ihre herausragende Rolle bei den Einweihungsfeierlichkeiten. Ich saß nicht weniger stolz neben ihr und genoss die lang entbehrte Gesellschaft vornehmer Damen und die Komplimente, die sie mir über mein sechstes Kind machten. Nero wusste ich in guter Obhut bei seiner Amme. Ich war angeregt, glücklich und zufrieden: mein Lebensschiff schien endlich friedlichere Gewässer erreicht zu haben.

Dass Livia um Mitternacht für eine gewisse Zeit nicht an meiner Seite war, wurde mir zwar bewusst. Ich vermutete sie aber irgendwo im Gespräch mit einer ihrer zahlreichen Freundinnen. Als ich im ersten Licht des frühen Morgens in meinem Haus an Neros Bett trat, lag er dort bewegungslos. Die Totenstarre hatte schon eingesetzt. Ich schrie nach der Amme, die schläfrig erschien und auf meine sich verzweifelt überschlagenden Vorwürfe zunächst verwirrt schwieg, dann aber stockend berichtete, sie sei kurz nach Mitternacht von einem unerklärlichen Geräusch in einem der hinteren Räume aufgeschreckt worden und habe dort längere Zeit nach der Ursache gesucht. Sie habe dann, ohne Licht zu machen, einen kurzen Blick auf Neros Bett geworfen, der in seiner üblichen Position ruhig dagelegen habe. Sie weigerte sich, zu glauben, dass das Kind zu diesem Zeitpunkt bereits tot gewesen sein musste und sie Schlaf und Tod verwechselt habe. Ich schüttelte sie vor Zorn und Erregung. Fast weinerlich versicherte sie, das Kind sehe doch auch jetzt noch aus, als schlafe es. In diesem Moment entdeckte ich die winzige Stichwunde an Neros Hals und zeigte stumm auf den rot geschwollenen Punkt. Nun schrie auch die Amme auf: „Gift!" Während sie heulend ihr Haar raufte und ihre Brüste schlug, fragte ich sie fast erstarrt, wie lange sie sich in den hinteren Räumen mit Suchen aufgehalten habe. Ihre Antwort bestätigte meinen Verdacht. Zeitpunkt und Dauer von Livias Abwesenheit auf dem Kapitol fügten sich schlüssig in die Aussage der Amme.

Wortlos entließ ich sie. Ihr Geheul und ihre Selbstanklagen konnte ich nicht länger ertragen.

Ich wartete, bis Tiberius in der Morgendämmerung heimkehrte, und trug ihm, außer mir vor Entsetzen meinen Verdacht in allen Einzelheiten vor. Er reagierte so, wie es sich für einen Anhänger der stoischen Philosophie gehört: ruhig, abwiegelnd und um eine harmlose Erklärung bemüht.

Das verstärkte aber nur meine Erregung.

Ich forderte ihn auf, sofort zu seiner Mutter zu gehen, um ihr den Tod des Enkels mitzuteilen und sie mit meinem Verdacht zu konfrontieren. Er lehnte das ab als „hysterischen Ausbruch" meiner alten Vorbehalte gegen Livia. Ich verließ ihn, außer mir vor Verzweiflung und Zorn. Er blieb regungslos stehen.

Einige Tage vergingen in feindseligem Schweigen. Aber kurz nach den Trauerfeierlichkeiten trat er bei mir ein, nahm umständlich mir gegenüber Platz und begann das Gespräch mit der Frage, die auch mich umtrieb: „Welchen Grund hätte meine Mutter haben sollen, ihr leibliches Enkelkind zu töten?"

Da auch ich über dieser Frage gebrütet hatte, trug ich ihm die Erklärung vor, die mir auch heute noch plausibel erscheint. Das Stichwort hatte Tiberius gegeben: „ihr leibliches Enkelkind". Ich ergänzte: „Nicht nur ihr Enkelkind, vielmehr das Kind des claudischen Vaters und der julischen Mutter, das Kind, das erstmalig claudisches und julisches Blut vereinte."

Damals war mir blitzartig klar geworden, was bis dahin so unverständlich erschienen war: die Kinderlosigkeit der Ehe Livias mit meinem Vater, nicht zuletzt die seltsame Vorgeschichte und überstürzte Art der Eheschließung. Ich erinnerte Tiberius an Livias verächtliche Äußerungen über das julische, an ihren Stolz auf das claudische Geschlecht. Hier fuhr Tiberius auf und wollte mich wohl im Namen seiner Familie zurechtweisen. Aber er hielt plötzlich inne, sank auf seinem Stuhl zusammen, schaute mit verdunkelten Augen ins Leere und nickte dann langsam vor sich hin. Ich glaube, dass er sich in diesem Moment innerlich von seiner Mutter losgesagt hat. Er erhob sich und verließ mich schweigend.

Zurückgekehrt nach Aquileia, überlegten wir, wie wir weiter vorgehen könnten. Wenn mein Verdacht zutraf, würde kein Kind aus unserer Ehe vor Livia sicher sein. Und wenn sie schon bei Marcellus' Tod die Hand im Spiel gehabt hatte, nur um einen männlichen Angehörigen des julischen Hauses zu beseitigen, um wie viel rücksichtsloser musste ihre Energie dann darauf zielen, jede blutsmäßige Verbindung der julischen und claudischen Häuser unmöglich zu machen?

Als Kaisertochter, die mit ihrer Ehe Tiberius dem kaiserlichen Machtzentrum näher brachte als alle militärischen Leistungen, war ich für Livia gut genug gewesen. Aber als Mutter seines Kindes war ich nichts als die verhasste und verachtete Julierin.

Ich habe lange überlegt, ob ich hier nun auch das Ende meiner Ehe festhalten soll. Tiberius und ich haben einander seinerzeit Stillschweigen hierüber gelobt. Aber wenn ich mir in der Einsamkeit Pandaterias über diese schreckliche Zeit klar werden und Rechenschaft ablegen will, darf ich nicht länger zögern und muss auch das Scheitern unserer Ehe berühren – mit Worten, die nur in der Abgeschiedenheit dieser Insel möglich sind, weil ich sie dem stummen Pergament anvertraue.

Wir wollten nach dieser Erfahrung kein weiteres Kind in die Welt setzen. Unsere eheliche Gemeinschaft musste also aufgelöst werden. Fortan schliefen wir getrennt. Unseren Verdacht konnten und durften wir nicht öffentlich äußern. Tiberius schien weiterhin durch eine geradezu verstörende Bindung an seine Mutter gefesselt, von der wegen des Vertrauens, das sie bei meinem Vater genießt, jede Verdächtigung abprallen musste. Trotz des persönlichen Verlusts sah Tiberius keinen Grund, seine Dienste für Rom einzuschränken. Ich aber teilte meinem Vater kommentarlos mit, dass ich als Vertreterin des Kaiserhauses für öffentliche Aufgaben oder Auftritte nicht mehr zur Verfügung stünde.

Auf seine erstaunte Nachfrage antwortete ich ausweichend, was sein Unverständnis und Unbehagen vermehrte. Meine Beliebtheit beim Volk und in den Kreisen junger Aristokraten und Künstler hatte er bisher gern genutzt. Nun fürchtete er wohl mit Recht, dass ich diese möglicherweise gegen ihn verwenden könnte. Zum ersten Mal schieden wir in frostiger Stimmung. Als dann Tiberius im folgenden Jahr zum zweiten Mal Konsul wurde und endlich den längst verdienten Triumphzug feiern durfte, als deshalb erneut die öffentliche Bewirtung der Senatorengattinnen anstand, weigerte ich mich, die Gastgeberin zu spielen. Livia musste die entsprechenden Pflichten allein übernehmen.

Tiberius' äußeres Verhalten blieb zunächst unverändert. Er galt ja ohnehin als undurchschaubar und verschlossen. Mir schien aber, dass er unter den Anspannungen litt, die dadurch entstanden, dass Livia ihn weiterhin als Hoffnungsträger behandelte, während er in ihr die Mörderin seines Sohnes vermuten musste. Livia, die unsere Trennung offenkundig mit Befriedigung sah, war klug genug, ihm wegen seiner Kälte ihr gegenüber keine Vorhaltungen zu machen. Tiberius hat wohl eine Zeitlang versucht, den Riss zu kitten oder wenigstens zu übertünchen. Wenig später weihte er sogar mit Livia zusammen den Tempel der Concordia ein als Zeichen, dass eheliche Eintracht und Einvernehmen im kaiserlichen Hause herrschten, besser: herrschen sollten. Was Livia sich von einer solchen öffentlichen Demonstration versprach, war klar. Aber Tiberius kann seinen Part hierbei nur mit größtem innerem Widerwillen gespielt haben. Im Folgenden griff er dann sogar freiwillig zu Mitteln, die seiner politischen Überzeugung zutiefst widersprechen. Er wollte beweisen, dass er die Vorrangstellung meiner Söhne unbedingt anerkannte. Dabei kam es einmal zu einem regelrechten Eklat.

Tiberius hatte die zwei Prinzen bei einem von ihm organisierten Gladiatorenkampf auf goldenen Sesseln direkt neben dem Kaiser platziert, Gaius auf der rechten, Lucius auf der linken Seite, während ihre Sitze sonst auf den für die Heranwachsenden reservierten Zuschauerreihen waren. Das Volk brach sofort in frenetischen Jubel aus, als die drei erschienen und sich nach kurzem Winken und Grüßen setzten. Unter rhythmischem Händeklatschen formten sich Sprechchöre: „Gaius soll Konsul werden! Gaius soll Konsul werden!"

Ich traute meinen Ohren nicht. Gaius zählte zu diesem Zeitpunkt gerade einmal vierzehn Jahre! Er hatte noch nicht einmal die Männertoga angelegt. Mein Vater winkte nach kurzem Zögern ab: „Beifall ist erst angebracht, wenn die beiden es verdienen. In Rom soll es nie wieder einen minderjährigen Konsul geben."

Damit spielte er darauf an, dass er selbst seinerzeit in den Bürgerkriegen das Konsulat als erst Neunzehnjähriger gewaltsam errungen hatte.

„Konsul kann man erst werden", fuhr er erstaunlich unverblümt fort, „wenn man den wechselhaften Neigungen des Volkes widerstehen kann."

Ob er wirklich so dachte oder von den tatsächlichen Verhältnissen ablenken wollte – jedenfalls reagierte die Menge wie gewünscht. Der Beifall, der eben noch der kaiserlichen Dynastie, dem Anblick von Großvater und Enkeln gegolten hatte, brandete angesichts dieser Worte nun mit doppelter Lautstärke auf: da war sie wieder, die republikanische Pose, das bescheidene Bekenntnis des Ersten Bürgers zum Grundsatz von Leistung und Dienst, das jedes Mal die sattsam bekannten Jubelstürme auslöst.

Tiberius musste sich anschließend harsche Kritik meines Vaters anhören: Er habe durch seine Sitzordnung den Eklat geradezu provoziert. Seither hat sich die Spannung zwischen den beiden vertieft. Mein Vater schätzt zwar Tiberius' militärische Begabung, nicht aber dessen schwierige Wesensart, der er politisches Gespür rundherum abspricht. Tiberius wiederum, der sich schon immer als ewiger Zweiter fühlte, sah sich nun trotz seiner öffentlichen Bemühungen auch noch durch die Prinzen zurückgesetzt, die den so viel Älteren mit vorlauten oder arroganten Bemerkungen reizten.

Mein Vater erkannte das Dilemma und übertrug Tiberius die Amtsbefugnisse des Volkstribunen. Damit wurde dieser nun endlich und tatsächlich zum zweiten Mann neben dem Kaiser, so wie dies schon bei Agrippa der Fall gewesen war. Gleichzeitig beauftragte mein Vater ihn mit einer ehrenvollen, schwierigen Mission im Osten. Tiberius stand auf dem Höhepunkt seiner Macht.

Aber von einem Tag auf den anderen erklärte er seinen Verzicht auf jede weitere politische Tätigkeit in und für Rom. Er werde zwar nach Rhodos gehen, dorthin, wohin er ohnehin hatte gesandt werden sollen, aber dort ein Leben als Privatmann führen. Als Gründe nannte er „Erschöpfung und Amtsmüdigkeit". Rom war geschockt. Er, ein Mittdreißiger im besten Alter, der sich blühender Gesundheit erfreute, der eben noch die schwierigsten Gefechte gewonnen und die glänzendsten Siege auf seine Fahnen geschrieben hatte!

Kein Mensch glaubte ihm. Die Gerüchte schossen ins Kraut. Unter anderem sollten die getrennten Schlafzimmer seinen Widerwillen gegen den schamlosen Lebensstil seiner Ehefrau bezeugen, die den bedauernswerten Ehemann nun in die Fremde treibe. Da sein empfindliches Ehrgefühl bekannt war und mein Vater etwa zur selben Zeit die beiden Prinzen – trotz seiner Appelle an Bescheidenheit und Leistung und unter Missachtung des vorgeschriebenen Mindestalters – zwar nicht zu Konsuln machte, ihnen aber dennoch ungewöhnliche Privilegien verlieh, wurde auch gemutmaßt, Tiberius fühle sich durch diese Auszeichnungen seiner Stiefsöhne erneut verletzt und wolle sich deshalb schmollend zurückziehen.

Weil Tiberius vor allem dieses Gerücht als beleidigend empfand, schob er dann das Argument nach, er habe den beiden Prinzen nicht im Wege stehen wollen und Rom deshalb verlassen. Angesichts der ihm soeben verliehenen höchsten Machtposition wirkte aber auch dieses Motiv wenig überzeugend. In beiden Fällen, dem angeblichen

Widerwillen gegen mich und dem angeblichen Zurücktreten hinter meinen Söhnen, hätte ihm doch gerade die Mission im Osten die Gelegenheit verschafft, Rom für eine Zeit zu verlassen.

Tiberius' wahre Gründe hingen offenbar mit seinem Entschluss zusammen, fern von Rom nur noch als Privatmann zu leben. Dass sein Hinweis auf „Erschöpfung und Amtsmüdigkeit" letztlich gar nicht so unsinnig war, wie es schien, konnte nur ich wissen. Er *war* erschöpft und müde, aber nicht von seinen Pflichten und Ämtern, sondern von den intriganten Machenschaften seiner Mutter, die die Nachfolgepläne meines Vaters nach wie vor hartnäckig und bis an die Grenze offener Aufsässigkeit hintertrieb. Diesen Ränken glaubte er sich nur dadurch entziehen zu können, dass er seinen Verzicht auf alles erklärte, was ihm von ihrer Seite her zugedacht war. Aber warum just zu diesem Zeitpunkt und mit diesem Eklat?

Wir lebten trotz der getrennten Schlafzimmer weiter unter demselben Dach zusammen und tauschten uns auch gelegentlich in kurzen Gesprächen aus, die freilich nie mehr den Tod unseres Kindes berührten. Bis Tiberius an eben jenem Tag, an dem ihm mein Vater die Amtsbefugnisse des Volkstribunen verliehen hatte, spätnachts in mein Schlafzimmer trat. Ich fuhr hoch – auf Tiberius war Verlass. Zu einem solchen Schritt konnten ihn nur außergewöhnliche Gründe veranlassen.

Mit einer kurzen Geste schickte ich die Sklavinnen fort, die im Vorraum wachgeworden waren. Tiberius schloss sorgfältig die Vorhänge, setzte sich dicht neben mich auf das Bett und raunte: „Du hattest recht mit deinem Verdacht."

Als ich ihn fragend anschaute, stieß er fast unhörbar Ausrufe und Satzfetzen hervor, aus denen ich Folgendes entnahm: Er hatte spätabends in Livias Privatgemächern die Glückwünsche seiner Mutter zu seiner Auszeichnung entgegengenommen. Dabei war ihr, offenbar im Stolz auf den Erfolg, eine Formulierung entglitten, deren genauen Wortlaut er mir, aus Scham und Entsetzen über seine Mutter, nicht wiedergeben wollte. Jedenfalls muss Livia von gewissen Menschenleben oder Todesfällen gesprochen haben, mit denen der Preis für Tiberius' verdienten Erfolg bezahlt worden sei. Eine Formulierung, die er nicht anders denn als Eingeständnis von Machenschaften deuten konnte, die ihm mit verbrecherischen Mitteln zu dieser Machtposition verholfen hatten.

Als er geendet hatte, stand er auf und schloss schweigend die Vorhänge hinter sich. Ich habe ihn nicht mehr wiedergesehen.

Die folgenden Tage vergingen mit Unterredungen zwischen Tiberius, dem Kaiser und Livia. Nach übereinstimmenden Aussagen versuchten mein Vater und Livia mit allen Mitteln, Tiberius von seinem Entschluss abzubringen. Er blieb hart, legte den beiden sein Testament vor und trat schließlich sogar in einen viertägigen Hungerstreik, den er erst beendete, als er die kaiserliche Genehmigung zur Abreise erhielt. Sofort verließ er die Stadt, begleitet nur von einigen Freunden, die ihm das Geleit bis Ostia gaben, mit denen er aber kein Wort wechselte. Auf seiner Reise entlang der kampanischen Küste erreichte ihn die Nachricht, dass mein Vater, vielleicht aufgrund der heftigen Auseinandersetzungen mit Tiberius, vermutlich auch mit Livia, wieder einmal schwer erkrankt war. Daraufhin unterbrach Tiberius seine Fahrt. Als er aber von dem Gerücht erfuhr, er warte nur auf den Tod des Kaisers, um dessen Macht zu übernehmen, ließ er sofort die Segel hissen und setzte, ohne weitere Nachrichten aus Rom abzuwarten und trotz widriger Winde die Fahrt nach Rhodos fort. Seine briefliche Beschreibung des Lebens, das er dort führt, entspricht den Berichten derer, die ihn dort besuchten.

Tiberius' Brief an mich stellt zum ersten Mal seit sieben Jahren eine Verbindung zwischen uns her. Mich beunruhigt der Hinweis auf seine „geheimsten Gedanken". Er führt etwas im Schilde, aber was? Wenn ich mir seine Gespräche mit Drusus und die für einen Stoiker ungewöhnliche Trauer bei dessen Tod vergegenwärtige, bin ich sicher, dass die Briefe, die zwischen den beiden wechselten, politischen Sprengstoff enthielten. Nicht umsonst schreibt Tiberius, er bleibe sich treu.

Welche Fäden spinnt er jetzt von Rhodos aus? Das entsprechende Gerücht erwähnt er ja nicht ohne Absicht. Will man vielleicht die allgemeine Entrüstung über meine Verbannung nützen, um die Alleinherrschaft zu erschüttern? Wenn dies meine Rückkehr nach Rom bedeuten könnte, so doch auch den Verlust künftiger Macht für meine Söhne. Ich weiß nicht, was ich wünschen oder hoffen soll. Ich spiele in Gedanken die verschiedensten, aberwitzigsten Möglichkeiten durch. Aber für konkrete Perspektiven fehlen mir hier die nötigen Informationen.

Kapitel VIII

Entfremdung

Seit Tiberius' Sendung und seit Gaius' Brief habe ich nichts mehr von den beiden gehört. Die Ungewissheit, in die sich abwechselnd Gefühle von Hoffnung und Ohnmacht mischen, treibt mich zu immer neuen, ruhelosen Gängen.

Der dritte Winter meiner Verbannung. Ich lebe hier – nicht nur geographisch – entfernt von Rom, abgeschieden vom Getriebe der Metropole, abgeschnitten von der Welt. Meine Tage und Nächte sind bestimmt durch zwei Dinge: Einsamkeit und eisigen Wind. Die täglichen Inselrundwege musste ich aufgeben und durchquere nun die Villa täglich wie ein gefangenes Tier, was nachgerade etwas Lächerliches hat. Ich muss mich im Haus beschäftigen und zwinge mich zum Schreiben.

Zum ersten Mal wage ich es, den Blick auf den düstersten Teil meines bisherigen Lebens zu richten, auf das, was zur Entfremdung und zum Bruch zwischen meinem Vater und mir und schließlich zur Verschwörung führte.

Rückschauend begann der Weg in die Katastrophe in dem Moment, als Tiberius und ich einvernehmlich beschlossen, unsere eheliche Gemeinschaft zu beenden, und ich mich von allen offiziellen Verpflichtungen zurückzog. Während Tiberius unverändert seinen Pflichten nachging und immer wieder zu Feldzügen nach Germanien, Lykien oder Spanien aufbrach, sah ich mich plötzlich auf einer leeren Bühne. Der Verzicht auf öffentliche, umjubelte Auftritte und ehrenvolle Repräsentationsaufgaben als Vertreterin des Kaiserhauses bedeutete für mich den schlagartigen Abschied von jenem Leben im Glanz der Macht, das ich seit meiner Kindheit gewohnt war, das ich vor allem mit Agrippa in vollen Zügen ausgekostet hatte und das zum Teil selbst mit dem zurückhaltenden Tiberius möglich gewesen war.

Ich wurde krank. Aber alle ärztlich verordneten Heilungsmittel, Salben, Bäder und Kräuter halfen mir nicht, bis ich erkannte, dass meine Zurückgezogenheit derjenigen verzweifelt ähnelte, die Octavia nach ihrem Zusammenbruch gewählt hatte. Aber ich bin keine Octavia. Ich wollte mich nicht lebendig begraben. Ich war eine lebensfrohe, umschwärmte Frau von dreißig Jahren, die nun, obschon offiziell weiterhin verheiratet, gewissermaßen zum dritten Mal Witwe geworden war. Allein zu schlafen erschien mir unerträglich.

Ich beschloss, die Scheidung von Tiberius durchzusetzen. Wie aber sollte diese begründet werden?

Wenn ich es war, die sich von Tiberius trennte, musste das die väterliche Autorität verletzen, die diese Ehe angeordnet hatte. Tiberius würde, selbst wenn er in die Scheidung einwilligte, nicht die Kraft aufbringen, sich gegenüber Livia zu behaupten, die diese Heirat ebenfalls gewollt hatte. Unsere einvernehmliche Trennung ins Spiel zu bringen, hätte bedeutet, dass wir beide unseren Eltern gegenüber in einen gefährlichen und aussichtslosen Argumentationszwang geraten wären. Eben dies aber wollten wir ja unbedingt vermeiden.

Es galt also, meinem Vater mit einem Argument beizukommen, das sein eigenes Interesse an dieser Scheidung wecken konnte. Dieses Argument bestand in seinem Stolz auf das julische Geschlecht.

Um der Sache einen möglichst objektiven Anschein zu geben und um nicht in einem mündlichen Gespräch mit meinem Vater von vornherein auf verlorenem Posten zu kämpfen, beschloss ich, meinen Vorstoß schriftlich vorzunehmen. Ich bat meinen Freund Sempronius, dessen rhetorisches Talent ich schätzte, den Brief aufzusetzen, mit dem ich meinen Vater zur Einwilligung in meine Scheidung bewegen wollte.

Die Erklärung, die mir kurz zuvor sowohl den Tod meines Kindes als auch die Kinderlosigkeit meines Vaters und Livias schlagartig in einen schlüssigen Zusammenhang gerückt hatte, diente dabei, meinerseits natürlich unausgesprochen, als Ausgangspunkt der Argumentation: Wenn Livia meinte, mit ihrem claudischen Adelsstolz auf das julische Geschlecht herabblicken zu können, dann ließ sich eine solche Blickrichtung ja auch umdrehen. Dann war das julische Geschlecht, dessen Ursprünge in mythische Vorzeiten hinaufreichen und in dessen Adern seit Anbeginn göttliches Blut fließt, dem republikanischen Hochmut der Claudier allemal überlegen.

Sempronius konzentrierte sich also auf die Rangfrage. Ich, die Kaisertochter, das einzige leibliche Kind des erhabenen Augustus, ich, ein Spross des uralten, göttlich gezeugten, königlichen julischen Geschlechts und somit auch ein Spross des vergöttlichten, zu den Sternen erhobenen Caesar – verbunden mit einem Mann, dessen Ahnen bestenfalls bis in die Anfänge der Republik zurückverfolgt werden könnten, verbunden mit dem Spross einer keineswegs immer untadeligen Familie, deren einer Zweig zwar durchaus große Leistungen für den Staat erbracht haben mochte, deren anderer aber wiederholt durch schmähliches Versagen bekannt geworden war. In dieser Ehe seien weder ebenbürtige Partner noch ebenbürtige Familien verbunden. Aufgrund meiner julischen Herkunft stünde ich hoch über Tiberius. Das bewiesen im Übrigen auch die allseits bekannten Vorbehalte meines Vaters gegen diesen eigenbrötlerischen Querdenker, der zwar ein verdienter Feldherr sei, aber in Rom nur eine peinliche und störende Rolle spiele. Die Ehe sei inzwischen ohne Nachkommen. Weitere seien angesichts der offenkundigen Distanz der Eheleute nicht mehr zu erwarten. Eine Scheidung erscheine demnach als logische Konsequenz dieses ehepolitischen Fehlschlags und sichere die ungetrübte Herrschaft des julischen Geschlechts.

Mir erschien das alles zwar reichlich hochtrabend und durchsichtig. Aber Sempronius erinnerte mich an das Beispiel mancher gestandener Senatoren, die meinem Vater schamlos nach dem Munde reden und dafür auch noch Dank und gnädige Blicke ernten.

Mein Vater ließ mich nach dem Empfang des Briefes sofort zu sich rufen. Ich fand ihn in einem der hinteren Säulengänge, wo er langsam auf und ab ging.

Als Erstes fragte er mich gefährlich leise, ob dieser Brief von mir „stamme". Ich bejahte ruhig, wobei ich dem Wort freilich einen etwas anderen Sinn als mein Vater gab. Er blickte mit zusammengezogenen Brauen schweigend vor sich hin.

„Der Inhalt entspricht dem, was viele denken", setzte ich hinzu.

Er warf mir einen scharfen Blick zu und wandte sich ab. Gedankenversunken riss er eine Feige von seinem Lieblingsbaum und spielte mit ihr, warf sie auf und ab wie einen Ball.

Nach einer kleinen Pause erklärte er trocken: „Du bleibst eine verheiratete Frau."

Ich erinnere mich, dass meine Stimme vor Zorn und Bitterkeit so leise wurde, dass er – wenigstens jetzt! – seinen Kopf in meine Richtung neigte, um zu verstehen, was ich sagte: „Erst zwingst du mich gegen meinen Willen in die Ehe mit Tiberius. Jetzt hinderst du mich gegen meinen Willen, sie zu verlassen. Ich bin der Preis deiner Macht. Aber nicht du zahlst ihn, sondern ich."

Mein Vater sah mich mit seinen unergründlichen Augen an und versuchte eine begütigende Handbewegung. Aber ich wandte mich schroff ab und verließ das Haus.

*

Heftige Frühlingsstürme peitschen das Meer auf.

Schon seit einigen Wochen zieht kein Schiff mehr seine Bahn zwischen der kampanischen Küste und Pandateria. Offenbar ist der Schiffsverkehr eingestellt worden.

Bisher hat mich jedes Mal zornige Verbitterung ergriffen, wenn ich in der Ferne ein Schiff vorüberziehen sah. Jetzt sehne ich den Anblick herbei.

Ich fühle mich lebendiger als in den letzten Wintermonaten und dränge nach sinnvoller Tätigkeit. Aber vorerst bleibt mir nichts als das Schreiben.

*

Bis zum Zeitpunkt meines gescheiterten Scheidungswunsches war die Beziehung zwischen meinem Vater und mir trotz mancher unterschiedlicher Standpunkte von der eigentümlichen Nähe geprägt gewesen, die oft gerade Väter und Töchter verbindet. In kleinen Gesten oder auch mit leicht spöttischen Worten hatte mein Vater immer wieder seine Zuneigung und seinen Stolz auf seine Tochter gezeigt. Er hatte erkennbar seine Freude an meinen spitzen oder anzüglichen Bemerkungen, auch wenn er deren Ursache tadelte oder wenn sie sich gegen Livia richteten. Selbst da, wo er eigentlich dem Gesetz nach hätte einschreiten müssen, ließ er mich oft mehr oder weniger nachsichtig gewähren. Zwar mahnte er mich wiederholt, meinen extravaganten Lebensstil zu mäßigen, aber er tat dies stets taktvoll.

Unter dem Druck seiner Gesetze, die uns anhielten, die bescheidene Lebensführung unserer Vorfahren nachzuahmen, und durch Livias tonangebende Rolle in entsprechenden Modefragen hatte sich bei den Damen der vornehmen Gesellschaft eine aufwendige, aber demonstrativ schlichte Haartracht durchgesetzt. Ich aber wählte meine eigenen Akzente. Ich trug den tiefen Nackenknoten zwar an der vorgeschriebenen Stelle. Er zeigte aber nicht die vorgeschriebene Form, weil ich ihn mit ausgefallenem Schmuck betonte und vor allem darauf achtete, dass nicht wie bei Livia und ihren Freundinnen graue oder weiße Strähnen als Zeichen von „Alterswürde“ den Glanz meiner rotbraunen Haare störten. (Hier auf der Insel, ohne Farbstoffe und geschickte Dienerinnen, ist mein Haar freilich fast weiß geworden; aber umgeben von Eunuchen, kümmert mich das nicht.)

Einmal, es war noch während meiner Ehe mit Agrippa, war mein Vater überraschend bei mir eingetreten, als meine Dienerinnen eben dabei waren, mir einige graue Haare auszureißen, Er betrachtete die Szene halb amüsiert, halb verständnislos und fragte dann, ob ich lieber kahl als grauhaarig sein wolle und was ich zu tun gedächte, wenn ich demnächst auf diese Weise stolze Besitzerin einer Glatze sei. Ich war etwas verärgert, weil er mich in einem Moment der Schwäche gesehen hatte, weshalb mir keine passenden Entgegnung einfiel. Und er war taktvoll genug, sich nachsichtig lächelnd zurückzuziehen.

Kurz darauf zahlte ich es ihm heim. Ich hatte für ein Gastmahl, das Agrippa gab, eines der kostbaren Gewänder von der Insel Kos angelegt, die ich so liebe. Diese hauchdünnen, seidig schimmernden Stoffe sind durchsichtig genug, um ihre Zwecke zu erfüllen. Sie fallen, sobald man sich bewegt, in ständig wechselnden Falten, die im Zusammenspiel mit den schweren, perlenbesetzen Goldborten, auf raffinierte Weise zugleich verhüllen und enthüllen.

Ich stand, wie stets, umringt von Verehrern und Bewunderern, als mein Vater eintrat. Er erblickte mich sofort, und zwar in einem Moment, als sich durch eine lässig-gezielte Bewegung meinerseits den Umstehenden ziemlich aufreizende Perspektiven geboten haben müssen, die sie klatschend und mit anerkennenden Pfiffen honorierten. Das Gesicht meines Vaters wurde weiß vor Zorn. Aber er schwieg, wohl um mich und sich nicht öffentlich bloßzustellen.

Am nächsten Tag warf ich mir eine Stola über – neuerdings (auf Anordnung meines Vaters) das korrekte Gewand der verheirateten Frau: dieses übermäßig weit geschnittene, sackähnliche Gebilde soll möglicherweise immer noch aufreizende weibliche Formen unter einer beruhigenden Faltenfülle verbergen. Ich wählte einen von Livia höchstpersönlich gewebten, bis zum Hals reichenden, unansehnlichen wollenen Lappen.

So erschien ich vor meinem Vater.

Sein Gesicht erhellte sich: „So gefällst du mir schon viel besser als gestern!“

Ich konterte: „Gestern habe ich mich für meinen Mann angezogen, heute für meinen Vater.“

Er lächelte, etwas säuerlich, aber immerhin: er lächelte.

Eine weitere Szene erfüllt mich auch heute noch mit Genugtuung. Es ging um eine jener spätabendlichen Veranstaltungen, an denen neuerdings Frauen nur in männlicher Begleitung teilnehmen dürfen. Ich erschien also im Schutz eines ganzen Schwarms von Verehrern, lauter gutaussehenden, wohlgebauten, attraktiven jungen Männern. Sie umschwirrten mich scherzend und mit Komplimenten wie Bienen ein Glas süßen Weins und verkehrten damit den gesetzlich verordneten Zweck der Begleitung demonstrativ ins Gegenteil.

Livia, die da umgeben von ihren bejahrten, dickbäuchigen Leibwächtern thronte, richtete sich steil auf, eher steif als hoheitsvoll. Was sie bewegte, war wohl weniger der Zorn über diese Provokation als der Neid der Besitzlosen. Laut, so dass jeder es hören konnte, forderte sie meinen Vater auf, derlei würdelosem Treiben Einhalt zu gebieten. Aber ehe er noch etwas erwidern konnte, neigte ich mich zur kaiserlichen Loge hinab, wies auf Livias Leute und erklärte gleichmütig: „Auch meine Begleiter werden schon bald so alt sein wie ihre.“ Alles lachte. Sogar um die Mundwinkel meines Vaters zuckte es, während Livia aus starren Augen geradeaus blickte.

*

Nach dem erfolglosen Wortwechsel mit meinem Vater über die Scheidungsfrage sah ich keinen Grund mehr, die gehorsame Kaisertochter zu spielen. Macht es einen Unterschied, ob eine Dirne ihren Leib für Geld verkauft oder ein Vater seine Tochter als Preis für den Erhalt seiner Macht? In drei Ehen hatte ich mich gefügt. Aber jetzt verließ ich ungeachtet meiner offiziell weiterbestehenden Ehe mit Tiberius den goldenen Käfig.

Zunächst suchte ich nur Zuflucht und Trost in Jullus' Armen. Die Ehe mit der biederen Marcella hatte ihm keineswegs den Blick für weibliche Schönheit getrübt. Unsere alte Neigung flammte sofort mit neuer Heftigkeit auf. Dass wir beide inzwischen verheiratet waren, verstärkte, ähnlich wie früher, den Reiz des Verbotenen. Aber inzwischen waren wir erwachsen, und die neue Leidenschaft wuchs auch aus den Kräften der Erfahrung. Wir suchten jetzt nicht mehr nach unbeobachteten Momenten, sondern genossen unsere Zusammenkünfte, wo immer sie sich anboten, in seinem oder meinem Haus oder in den Nebenräumen der Villen unserer Freunde. Und wir genossen unsere gemeinsamen Auftritte in der Öffentlichkeit. Schon bald bildeten wir den Mittelpunkt jeder Gesellschaft. Ich kümmerte mich nicht um die warnenden Vorhaltungen meines Vaters und die eisigen Blicke Livias. Mein Mann kämpfte irgendwo in Pannonien oder Illyrien, und Jullus' kaum elegant zu nennende Frau hatte ohnehin seit jeher die Öffentlichkeit gemieden.

Dass ich auch an Jullus' Seite die Kaisertochter nicht verleugnen konnte, war zwar unübersehbar. Aber ich tauchte, frei von allen Verpflichtungen, erstmals tief in die römische Gesellschaft ein. In manchem ähnelt diese Gesellschaft derjenigen von Baiae, auch wenn dort die Umgangsformen und Sitten noch freier sind als in Rom. Dieselbe Mischung aus Vitalität und Dekadenz, künstlerischem Geschmack und kitschigem Pomp, dieselben ein- und ungebildeten Emporkömmlinge, Neureichen, Angeber und zudringlichen Karrieristen, zwischen denen dann aber immer wieder ein interessantes Gesicht auftaucht, ein gebildeter Schöngeist wie Vinicius, ein Künstler, Philosoph oder ein ausdrucksvoller politischer Kopf.

Zwischen all den üppigen Banketten, künstlerischen Einlagen, Darbietungen und sonstigen Belustigungen ergaben sich ein ums andere Mal Momente, in denen sich in abgeschiedenen Räumen lohnende Gespräche entwickelten.

Diese Gesellschaft genießt den Frieden mit seinem unermesslichen Luxus, hat aber beim täglichen Genuss dieser Güter die Bedingungen aus den Augen verloren, unter denen dieser Zustand erreicht wurde und aufrechterhalten wird. Meine Generation hat die blutigen Bürgerkriege nicht mehr bewusst miterlebt. Frieden und Wohlstand erscheinen vielen als selbstverständlich, ebenso wie die Alleinherrschaft mit ihrem Tausch von Freiheit gegen Frieden und Sicherheit. Es ist die Generation einer verwöhnten Jugend, die für ihren Tatendrang kein rechtes Betätigungsfeld mehr findet. Ich, die Kaisertochter, die auf die Möglichkeit öffentlicher politischer Betätigung verzichtet hatte, gehörte auf meine Weise auch zu dieser Jugend, die von ihren Wortführern als „goldene", von ihren Kritikern als „verlorene“ Generation bezeichnet wird – verloren vor allem insofern, als mancher begabte und ehrgeizige junge Mann heute sieht, dass Aufstiegschancen und politische Macht jedem verschlossen sind, der nicht zum engsten kaiserlichen Berater- und Freundeszirkel gehört. Wahlbeeinflussung, Kandidatenaufstellung und Ämterhürden sorgen dafür, dass nur dem Kaiser genehme Personen an die Schaltstellen der Macht gelangen. Wichtige Ämter, Provinzkommandos, Priesterstellen werden allein durch meinen Vater verliehen.

Die Kritik an dessen selbstherrlicher Herrschaft kam aber nicht nur aus den Kreisen der aristokratischen Jugend, sondern aus den verschiedensten Ecken.

Da waren die verbitterten Älteren, die teilweise tatsächlich noch am Traum der Republik festhielten.

Da waren die Mit- und Nachläufer, die mit beflissenen Sprechblasen einerseits die „wiederhergestellte Republik“ begrüßten, andererseits als Zeichen ihrer kritischen Unbestechlichkeit ihre kümmerlichen Zähne an unbedeutenden Formalitäten ausbissen.

Da waren die irgendwann von irgendwem oder irgendwas Benachteiligten, die sich natürlich „schon immer“ durch wilde Anklagen gegen das System ausgezeichnet hatten.

Da waren Aristokraten, die in ihrem politischen Ehrgeiz wie edle Pferde vergeblich mit den Hufen scharrten.

Und da waren auch die besserwisserischen Berufsdenker, die mit politischen, philosophischen und historischen Argumenten jedem bewiesen, dass jede Alleinherrschaft in jedem Fall von Übel sei.

Ich versuchte zu vermitteln. Ich warb, ähnlich wie schon bei Tiberius, für eine durch eigene Einsicht oder entsprechende Gesetze und öffentlich bestellte Berater gemäßigte Alleinherrschaft. Natürlich dachte ich dabei an meine Söhne und argumentierte auch ganz offen in diesem Sinne, weil ich wusste, wie sehr alle Welt die beiden Jungen vergötterte.

Jullus erklärte sich genauso, dachte aber dabei wohl eher an den Kreis von „Beratern“, der ihm den Weg ins Zentrum der Macht ebnen würde. Ich unterstützte ihn nach Kräften. Jullus war ehrgeizig, begabt und beliebt.

In diese trübe Atmosphäre von Unzufriedenheit, Kritik, Zukunftsspekulationen und Reformplänen platzte die Nachricht von Tiberius’ Abreise nach Rhodos wie eine Brandfackel in trockenes Reisig.

Das gesamte politische Räderwerk Roms stand plötzlich still. Der Kaiser und Livia hüllten sich in Schweigen. Von mir war nichts Näheres in Erfahrung zu bringen. Die aberwitzigsten Erklärungsversuche kursierten. Mich wurmte lediglich das Gerücht, meine Sittenlosigkeit habe Tiberius in die Fremde getrieben, ein Gerücht, das Tiberius' Freunde, irritiert durch sein Schweigen, in Umlauf gesetzt hatten.

Als den Gerüchteköchen die Phantasie ausging, suchten die Spekulationen sich ein neues Feld. Mein Vater hatte immer mindestens einen zweiten Mann neben sich gehabt. Nach Agrippas Tod war dies Tiberius gewesen. Wen würde er nun wählen? Zudem näherte sich mein Vater den Sechzigern, dem Alter, von dem es heißt: „Die Sechzigjährigen von den Brücken!" Eigentlich fordert ja diese Parole, alle über Sechzigjährigen sollten auf ihr Stimmrecht verzichten, also die hölzernen Brücken nicht mehr betreten, über welche die Bürger zur Stimmabgabe bei Wahlen oder Abstimmungen gehen müssen. Aber neuerdings machte dieser Satz auf anzüglichen, frechen Graffiti die Runde als unmissverständlicher Appell, der alte Kaiser solle endlich die Kommandobrücke des Staatsschiffs verlassen. Dass er dies nicht freiwillig tun werde, war allgemeine Überzeugung. Umso dringlicher wartete man darauf, dass er wenigstens einen politisch erfahrenen Stellvertreter ernennen werde. Neben einigen anderen wurde vor allem Jullus' Name gehandelt. Es gab niemanden, der Jullus seine herausragende Position hätte streitig machen können. Aber Wochen und Monate vergingen, ohne dass mein Vater unsere Erwartungen erfüllte. Er beschäftigte sich unterdessen mit seinen halbwüchsigen Adoptivsöhnen, die er nun, selbst wenn er aß, um sich hatte. Sie mussten dann am Fußende seiner Kline sitzen. Bei dieser Vorstellung erfasst mich noch heute empörte Ratlosigkeit. Merkte mein Vater nicht, dass er damit den beiden Jungen jede Möglichkeit nahm, ihre Persönlichkeit zu entwickeln? Dass er nun auch sie in jenen goldenen Käfig sperrte, aus dem jeder Pubertierende auszubrechen versucht? Aber seit meiner Entfernung vom Kaiserhaus litt der Kontakt zu meinen Söhnen. Ich konnte nur ohnmächtig, mitunter auch schuldbewusst zusehen.

Unter den jungen Aristokraten, deren Hoffnungen langsam zu zerrinnen drohten, wuchs der Unmut, bei allen Klarsichtigen die Sorge angesichts dieses alternden, uneinsichtigen Kaisers, der die Geschicke des Riesenreichs ohne Helfer lenken wollte, und angesichts der zwei kindlichen Prinzen, für die vorerst die Schuhe des Großvaters noch entschieden zu groß waren. Vor allem aber galt die Sorge Livia, die das entstandene Vakuum immer selbstbewusster und anmaßender auszufüllen begann. Sie hatte bereits, als mein Vater wieder einmal unpässlich war, den Senat zu einer Sitzung auf den Palatin einberufen. Das war nicht nur unstatthafte weibliche Einmischung in die Politik, das war die unverhüllte und verfassungswidrige Herrschaft einer Frau – einer Frau zumal, die verhasst war, weil man ihren Einfluss auf den Kaiser verurteilte, manchmal, was noch schwerer wog, sogar verspottete. Nichts ist ja für politischen Ehrgeiz verhängnisvoller als Lächerlichkeit.

Aber die Angst vor Livias Spionen, Agenten und Informanten saß allen im Nacken.

Senatoren, die sich im kleinen Kreis gebrüstet hatten, meinen Vater zur Einsicht bewegen zu können, knickten im Senat allein schon vor den Blicken des Kaisers ein.

Maecenas, der oft zur rechten Zeit das rechte Wort gefunden hatte, war gestorben.

Agrippa war längst tot.

Drusus war gestorben, und Tiberius stand nicht mehr zur Verfügung.

Auf das römische Volk war kein Verlass, weil es, durch kaiserliche Wohltaten bei Laune gehalten, das Kaiserhaus vergötterte.

Wem war es noch möglich, das kaiserliche Ohr mit Appellen oder Vorschlägen zu erreichen? Man bedrängte mich von allen Seiten, bis ich mich schließlich überreden ließ. Auch wenn die Hoffnung auf Erfolg gering war: Versuchen mussten wir es.

Kapitel IX

Zerwürfnis

Heute, an den Iden des März, vor 45 Jahren wurde der Diktator Caesar ermordet. Die Hoffnungen der Attentäter auf die Wiederherstellung der Republik zerschlugen sich durch die Machtübernahme meines Vaters. Was wiegen dagegen meine betrogenen Hoffnungen!

Heute früh weckte mich Philetus mit der Nachricht, ein Schiff halte auf die Insel zu. Es habe seinen Nord-Süd-Kurs verlassen und steuere offensichtlich den Hafen an. Neben ihm stehend und genauso angespannt wie er, beobachtete ich von einer Terrasse aus in dem wütenden Sturm den Kurs des Schiffes. Es war kein Schnellsegler unter kaiserlicher Flagge, wie sie, von Misenum oder Ostia kommend, zwischen der Insel und den Höhen von Cumae sichtbar werden, sondern ein einfaches Handelsschiff. Meine Hoffnungen richteten sich sofort auf Tiberius.

Im Windschatten der Insel begann das Schiff, seine Fahrt zu verlangsamen, um, wie es schien, das Anlegemanöver vorzubereiten. Die Segel wurden eingeholt, die Ruder standen bewegungslos waagerecht. Aber plötzlich wurden mehrere gestikulierende Personen an Deck sichtbar. Die Ruderer hielten nun nicht mehr inne, sondern begannen mit einem Wendemanöver. Langsam drehte das Schiff und zog bald in der üblichen Entfernung an uns vorbei. Hatte es im Inselhafen nur Schutz suchen wollen vor den wilden Brechern? Hatte jemand versucht, die Insel anzusteuern und war dann im letzten Moment daran gehindert worden?

Die Hoffnungen dieses Morgens haben genauso getrogen wie die Hoffnungen, mit denen ich damals das Gespräch mit meinem Vater vorbereitete.

Er empfing mich, gewiss nicht ohne Absicht, in demselben hinteren Peristyl wie zwei Jahre zuvor. Aber diesmal erwartete er mich nicht auf- und abgehend, sondern lehnte bewegungslos an einer Säule. Er schien angespannt und müde. Als ich auf ihn zutrat, löste er sich aus dem Säulenschatten und bestimmte mich mit einer einladenden Geste, langsam neben ihm zu gehen.

Eine Weile herrschte Schweigen. Er machte keine Anstalten, das Gespräch zu eröffnen.

Meine schließlich vorsichtig vorgebrachte Frage nach seinem Befinden beschied er knapp: Er habe mit seinen Enkeln die gewünschten Nachfolger, die julische Dynastie sei gesichert, Tiberius auf Rhodos, ich eine verheiratete Witwe, und Livia unterstütze ihn in allen öffentlichen und privaten Dingen vorbildlich.

Ich zeigte mich verwundert darüber, dass er, der sonst jede politische Betätigung von Frauen ablehnt, nun seine eigene Frau für das lobe, wofür er seine Tochter tadele.

„Allein mein Erscheinen in der Öffentlichkeit kommt ja in deinen Augen einem Skandal gleich! Und währenddessen empfängt Livia jederzeit und unkontrolliert Bittsteller aus dem Volk und vornehme Senatoren."

„Ich weiß", lachte er kurz auf, „meine kluge Livia ein Odysseus im Weiberrock, wie es neuerdings heißt!"

Er beschleunigte seine Schritte ein wenig.

Nach kurzem Schweigen bemerkte er kühl, Livia repräsentiere das Kaiserhaus in geradezu wünschenswerter Zurückhaltung, ich aber schadete dem Ansehen des Hauses mit meinen Extravaganzen, mit denen ich Öffentliches und Privates ungeniert vermischte und ihn als Gesetzgeber und Vater lächerlich machte.

„Aber diese Vermischung von Öffentlichem und Privatem", hielt ich ihm vor, „geht ja auf dich zurück. Indem du das heilige Feuer der Vesta vom Forum auf den Palatin hast bringen lassen, hast du dein Haus zum Zentrum des Staates gemacht, das Alleröffentlichste zu deiner Privatangelegenheit!"

Er blieb stehen und sah mich nicht unfreundlich an: „Caesar hatte recht. Die Republik ist nur noch ein leerer Name. Wer die Alleinherrschaft freiwillig aufgibt, handelt wie ein politischer Analphabet. Nur die Herrschaft des Ersten Bürgers in Rom garantiert die Herrschaft aller römischen Bürger über den Erdkreis. Und diese Herrschaft kann nur gesichert werden durch eine Dynastie, in der Öffentliches und Privates verschmelzen. Du aber, meine liebe Julia, die Mutter meiner Adoptivsöhne", lächelte er geradezu verschwörerisch, „bist ja doch durchaus nicht ungern das tragende Element dieser Dynastie."

Er ließ sich auf die schattige Ruhebank neben seinem Lieblingsfeigenbaum nieder und zog mich neben sich. Wieder spürte ich diese suggestive Kraft, die von ihm ausgeht. Ich versuchte mich dagegen zu wappnen: „Aber die Herrschaft dieser Dynastie ist doch keineswegs gesichert."

Er nickte mir mit einer auffordernden Geste zu. Wir erörterten zunächst die Rolle des Senats. In der Einschätzung dieses Gremiums waren wir uns einig: Den Senat von früher gibt es nicht mehr. Was heute in der Kurie aufmarschiert, sind – abgesehen von einigen kauzigen Unzufriedenen und ganz wenigen unbeugsamen Geistern – angepasste Schmeichler und Geschöpfe von Kaisers Gnaden.

„Die wiederhergestellte Republik erfordert Rücksicht auf den Senat. Das warnende Beispiel Caesars macht diese Rücksicht sogar zu einer Lebensversicherung. Deshalb gestehe ich dem Senat eine begrenzte Beteiligung an den Staatsgeschäften zu. Solche Schattenbilder der Freiheit machen den Leuten das Leben in der Monarchie schmackhaft. Republik bedeutet Krieg, Monarchie Frieden."

Ich fragte ihn etwas spöttisch, warum er dann solchen Wert auf die angebliche Wiederherstellung der Republik lege, warum er in Senatssitzungen ein Panzerhemd trage und die Senatoren vor den Sitzungen sogar durchsuchen lasse? „Und vor allem: Warum werden immer wieder Verschwörungen aufgedeckt?"

Er räumte ein, hier sei noch einiges zu tun, und schien seine Hoffnung auf weitere Begünstigungen, Privilegien und Ehrentitel zu setzen, beispielsweise auf finanzielle Hilfen für verarmte Senatoren oder Senatoren-Anwärter, denen die Millionen fehlen, die neuerdings den Zugang zum Senat eröffnen. Auch das Vorrecht der erst fünfzehnjährigen Senatoren-Söhne, ihre Toga bereits mit dem senatorischen Purpurstreifen zu schmücken und an Senatssitzungen teilzunehmen, hob er mit der für ihn typischen Mischung aus Ironie und Selbstzufriedenheit hervor.

Ich unterbrach ihn ungeduldig: „Lauter Äußerlichkeiten oder freundliche Formen von Bestechung. Was gewinnst du damit? Nur weitere gefügige Kreaturen und beflissene Parteigänger. Wer sich schon als Halbwüchsiger an Senatssitzungen unter dem Vorsitz des Kaisers gewöhnt hat, wird sich umso nahtloser einfügen."

„So ist es", lächelte mein Vater, „wer die Jugend hat, hat die Zukunft."

„Und wo ist dann Raum für Ideen und Talente, für jene begabten und einsatzwilligen jungen Männer, auf die wir nicht verzichten können? Auch du brauchtest bisher Helfer wie Agrippa und Maecenas. Und wenn Jullus und meine Freunde ..."

„Lass deine Liebhaber aus dem Spiel!“, schnitt er mir das Wort ab, nicht schroff, sondern eher warnend; ich war ihm angesichts der voreiligen Nennung von Namen dafür dankbar. „Auch wenn der Senat keine echte politische Kraft mehr darstellt, so ruht die Alleinherrschaft doch fest auf den Schultern des Volkes.“

„Des Volkes oder der Plebs?“

Ruhig sagte mein Vater: „Auch hier stimmen wir überein.“

Und nun beschrieb er detailliert seine Rolle als Patron dieser armseligen, gierigen Menschenmassen, die sich in den verrufenen Vierteln und Elendsquartieren, in den stinkenden Bordellen und Kneipen der Subura zusammenballen und ihm seine Wohltaten mit abgöttischer Anhänglichkeit bezahlen. Sein abschließendes verächtliches Fazit ist mir unvergesslich: „Das Volk – je einfacher, desto einfältiger. Und je einfältiger, desto größer sein Bedürfnis nach fester Lenkung, Versorgung und blinder Verehrung.“

„Mit all diesen Getreidespenden, Geldgeschenken und täglichen Spektakeln aber arbeitest du letztlich gegen dein eigenes Werk.“ Er sah mich überrascht und fragend an. Ich fuhr fort: „Mit Brot und Spielen halten orientalische Könige ihre Untertanen bei Laune. In Rom zerstört man damit die Bürgergesinnung und fördert Antriebslosigkeit und eine Versorgungsmentalität, die im Staat nur noch den Vormund sieht. Rom entwickelt sich zu einem gigantischen Sozialstaat. Und doch hat jeder Mensch, selbst unter einem wärmenden Dach, das Bedürfnis, nach eigenen Vorstellungen zu leben.“

„Jeder römische Bürger ist ein freier Mann“, deklamierte mein Vater. Die Freiheit, das A und O des politischen Lebens, sichere er vor allem durch zweierlei: durch die hohen Strafen, mit denen er den Stimmenkauf bei Wahlen belegt habe, und durch die Gelder, die er aus seiner Privatkasse vor den Wahlen an die Wähler verteile, um damit der Bestechlichkeit zu begegnen. Da wir inzwischen ohne die Erfahrung des Senats auskommen müssten, könne nur die kaiserliche Autorität die politische Freiheit in Rom gewährleisten – das sei immerhin weit weniger anstößig als die außerordentlichen Vollmachten eines Pompeius oder Caesar. „Und“, setzte er leise hinzu, „sehr viel effektiver durch ein gewisses Maß an patriarchalischer Despotie.“

Diese zynische Begründung kaiserlicher Bestechungspraxis trug er in so leichtem und heiterem Ton vor, dass ich mich nur mühsam beherrschen konnte. Denn mit dem letzten Stichwort hatte er selbst den Finger in die Wunde gelegt: die erstickende Kontrolle des öffentlichen und privaten Lebens in Rom durch sein allgegenwärtiges Spitzelsystem.

Diesen heiklen Punkt versuchte ich nun an einem möglichst unverfänglichen Beispiel zu verdeutlichen, der jüngsten, angeblich bürgerfreundlichen Einteilung der Stadt in überschaubare Bezirke. In diesen neugeschaffenen Bezirken und Wohnblöcken wachen nun Feuerwehr, Aufseher und Oberaufseher über der Sicherheit der dort Wohnenden. Ich malte das Bild aus, wie diese staatlich bestallten Blockwarte nun an jeder Straßenecke kontrollieren, wer wann und mit wem kommt und geht, spricht oder nicht spricht, und ob jeder Vorbeikommende der dort aufgestellten Augustus-Statue die vorgeschriebenen Ehrenbezeugungen erweist. „Und dies alles ausgerechnet dort, wo man an den Straßenkreuzungen, an den Brunnen und Eckkneipen einfach nur nach Lust und Laune trinken, Wasser schöpfen, essen, Geschäfte machen, tratschen und plaudern möchte."

Unwillig warf mein Vater ein: „Die Statue zeigt nicht die Person, sondern den Genius des Kaisers!"

„Als ob das für den Garküchenbesucher am Viehmarkt einen Unterschied macht! Überall fühlt er argwöhnische Argusaugen auf sich gerichtet."

„Auf das öffentliche Verhalten der Bürger ein Auge zu haben, dient der öffentlichen Ordnung", suchte mein Vater abzuwiegeln.

Aber ich war die diplomatischen Umwege leid: „Und was ist mit den kaiserlichen Gesetzesfluten, die unaufhörlich auf uns niederregnen und uns bis ins Privatleben verfolgen? Nach den neuesten Ehe- und Sittengesetzen sind ja nicht einmal mehr die Schlafzimmer vor kaiserlichen Maulwürfen sicher. Nicht nur auf dem Forum, auch beim häuslichen Gelage sind wir von Spitzeln und Denunzianten umgeben. Sobald einer sein Haus oder das eines Freundes betritt, verstummt er schlagartig und sucht als Erstes mit Augen und Ohren hinter Säulen und Wänden, unter Zimmerdecken und Tischen nach Spuren von Spionen, Spähern und Lauschern. Frei denken und sprechen darf in Rom nur, wer todessüchtig ist."

Zornglühend war ich aufgesprungen. Mein Vater erhob sich ebenfalls, wenngleich eher zögernd, und wir nahmen unseren Rundgang wieder auf.

Die von mir kritisierten Ehe- und Sittengesetze begründete er zunächst mit der demographischen Schieflage. Die römischen Bürger setzten, anders als die zahllosen Einwanderer und in Rom lebenden Fremden, kaum mehr Kinder in die Welt; Rom laufe Gefahr, sich in absehbarer Zeit in eine Greisenrepublik zu verwandeln. „Wie können Familien und der Staat erhalten bleiben, wenn wir weder heiraten noch Kinder zeugen?“ Stattdessen vergnügten sich Männer und Frauen in und außerhalb der Ehe mit wechselnden Partnern und frönten dabei einem schamlosen Luxus. Bei diesen letzten Worten warf er einen kurzen, bösen Seitenblick auf mich.

Ich erwiderte kalt: „Vielleicht werden ja keine Kinder mehr geboren, weil die Römer diesen Überwachungsstaat leid sind. Rom ist zu einem Forum der Angst geworden. Ohne Kinder ist man weniger verletzlich. Hier helfen keine Gesetze. Im Gegenteil: man erfüllt sie zum Schein und macht sie damit lächerlich.“

Mein Vater war stehengeblieben.

Ich wandte mich zu ihm um.

Die zornigen Augen auf mich gerichtet, erwartete er, dass ich verstummen würde. Aber wir waren hier nicht im Senat, und ich zählte mich auch nicht zu den „Sklavenseelen“.

Ich wusste, dass ich ihn mit den nun folgenden Bemerkungen tief treffen musste: „Du bestrafst den Ehebruch und gestattest den Aufstieg auf der Karriereleiter nur Verlobten, Verheirateten oder Vätern mit Kindern. Gut, dann arrangiert man eben kurzerhand Scheinverlöbnisse, möglichst natürlich mit minderjährigen Mädchen, weil man solche Verlöbnisse gleich wieder lösen kann, oder man schließt Kurzzeitehen, die man beendet, sobald sie ihren Zweck erfüllt haben. Und wenn Kinder fehlen, hilft man sich einfach mit Scheinadoptionen.“

Hier unterbrach mich mein Vater mit bedrohlicher Ruhe: „Dann verteidigst du vielleicht auch noch das ausschweifende Leben vornehmer Frauen, die sich für Geld preisgeben? Ist Keuschheit nichts mehr wert?“

„Viele vornehme Frauen sind heute nicht mehr bereit, ein zurückgezogenes Leben im Haus zu führen. Da es also Hurerei oder Ehebruch sein soll, wenn man sich den Partner selber wählt, der Verkehr mit Prostituierten aber straflos bleibt, zeigen sich eben manche dieser vornehmen Frauen bei den Behörden einfach als Prostituierte an, um nicht wegen Ehebruchs angeklagt zu werden. Keusch sind doch nur die hässlichen Frauen, um die niemand geworben hat!“

„Schändlich und abscheulich!“, stieß mein Vater hervor. „Das wird sich erst ändern, wenn wieder Frömmigkeit und Strenge in den religiösen Sitten einkehren.“

Ich stimmte ihm da grundsätzlich gern zu, fragte ihn aber, wie er das erreichen wolle.

„Indem ich beispielsweise neue Priesterbrüderschaften gründe, bereits bestehende unterstütze und dafür sorge, dass sie ihre religiösen Pflichten ernstnehmen."

„Was du Pflichten nennst, sind lächerliche altertümliche Zeremonien, die keiner mehr versteht. Deine Arvalbrüderschaften verehren eine alte, längst vergessene Fruchtbarkeitsgöttin, besprechen Ähren und Hühnereier und denken dabei mit wässerndem Mund an griechische Leckereien und ihre Ehrenplätze im Theater."

„Und sie beten für das Herrscherhaus."

„Eben!", warf ich höhnisch ein.

„Und sie begleiten", fuhr er unbekümmert fort, „den Wiederaufbau der im Bürgerkrieg zerstörten Tempel."

„Nur derjenigen Tempel, deren Götter du verehrst. Der Isis-Tempel verfällt, und auf dem Aventin liegen verstreut die grasüberwachsenen Trümmer der Tempel von Liber, Libera und Ceres."

„Diese Tempel brannten ab im Jahr der Schlacht von Actium, die meinen Sieg über die ägyptische Königin sah. Ich bete keine Götter in Tiergestalt an wie die Ägypter. Und ich ehre keine Religion, die fordert, tote Körper zu mumifizieren, statt sie zu verbrennen."

„Aber Liber, Libera und Ceres sind keine ägyptischen, sondern alte römische Götter: der Fülle, des Genusses, der Freiheit und des Überflusses."

„Eben!", gab mein Vater sarkastisch zurück.

Ich blickte ihn traurig an: „Du siehst nicht die Welt, wie sie ist. Du willst eine andere nach deinen Vorstellungen erschaffen. Aber die künstliche, angeordnete Wiederbelebung alter Sitten bewirkt nur das Gegenteil: die Utopie von der sittlich gereinigten Gesellschaft schlägt am Ende um in Terror."

Mein Vater hatte sich meine trotzigen Worte mit halbgeschlossenen Augen angehört.

Es entstand eine feindselige Pause.

Nach einer Weile begann er betont ruhig: „Du bist es, die ein neues, anderes Rom will. Seit alters her folgen die Römer den beispielhaften Taten ihrer Ahnen. Die Römer sind konservativ. Jede Neuerung ist ihnen verdächtig. Und in Zeiten des Umbruchs wie den unsrigen gilt erst recht: je tiefer die Verunsicherung, desto stärker die Suche nach Halt und Sicherheit in der Vergangenheit. Jede

Gemeinschaft bedarf der Tradition, weil diese Bestand und Fortdauer garantiert. Deshalb akzeptieren die Römer Veränderungen nur, wenn diese sich durch Bewährtes legitimieren."

„Wenn man aber alles nur am Beispiel und Vorbild der Alten misst, kommt man nie zur Erkenntnis seiner selbst und seiner Gegenwart. In deinen Augen ist die Geschichte ein Kreislauf. Aber das Rad der Geschichte lässt sich nicht zurückdrehen. Es erlaubt ja nicht einmal das Beharren auf dem Status quo."

„Deshalb sind Tradition und Restauration das Bindeglied zwischen Republik und Alleinherrschaft."

Und nun holte er, väterlich bemüht, weit aus, um mit einem einfachen Bild seiner begriffsstutzigen Tochter die Augen zu öffnen.

Er verglich den Staat mit einer Säulenhalle, die in eine gefährliche Schieflage geraten ist und nun wieder aufgerichtet werden soll. Damit der Bau nicht zusammenstürzt, müssen als Erstes die Fundamente verstärkt werden (Rückkehr zur Vätersitte). Hiernach werden alle Bauteile (gesellschaftliche Gruppen) mit schützenden Tüchern eingewickelt (Privilegien, Geschenke, Wohltaten). Gleichzeitig werden die Säulen mit starken Tauen (Gesetzen) zusammengebunden. Für alles dieses braucht man neben Helfern und Arbeitern auch technische Hilfsmittel wie Winden und Kräne (verfassungsmäßige Tricks).

Er schloss: „Was dir vorschwebt, wäre also ein hoch riskantes Spiel. Es würde das mühsam erreichte Gleichgewicht der bisherigen Aufbauarbeiten nur erschüttern. Bei allen wichtigen Unternehmungen aber muss man prüfen, ob die Hoffnung auf Gewinn größer erscheint als die Furcht vor Verlust. Wer das vergisst, gleicht Leuten, die mit einem goldenen Angelhaken fischen. Wenn dieser abreißt, kann der Verlust durch keinen Fang wettgemacht werden."

Mein Vater hatte begonnen, sein linkes Bein nachzuziehen – bei ihm meist ein Zeichen von Anspannung und Ermattung. Seine Äußerungen erschienen mir im Folgenden zunehmend rückwärtsgewandt, teilweise geradezu pedantisch.

Ich hielt ihm die Widersprüche und Zweideutigkeiten vor, die dadurch entstehen, dass er Frieden und Freiheit nicht miteinander verbinden könne oder wolle.

Er wich aus mit den Worten: „Um der Weltordnung Sicherheit und Frieden zu geben, bedarf es einer überlegenen militärischen Macht."

Über die Frage, was Luxus sei, gerieten wir in einen noch schärferen Streit. Mein Vater versteht darunter alles nicht unmittelbar Lebensnotwendige und jede Form von Unmäßigkeit. Seiner Meinung nach haben uns die Siege über feindliche Völker zu einem selbstzerstörerischen Luxus verführt: „Wir sind abhängig geworden von importierten Gütern des täglichen Lebens. Mit dem Schmatzen der Sieger verprassen wir fremde Reichtümer und – nach dem Sieg über unsere Mitbürger – sogar unser eigenes Gut."

Deshalb lehnt er alles ab, was sich nicht mit altrömischer Sparsamkeit verträgt: aufwendige Villen, Tafelluxus, üppige Gelage und Feste, den neuen, „weichlich-lasziven" Flötenklang ebenso wie das „schamlos-rhythmische Dröhnen" der Zimbeln – letztlich die gesamte Musik, Dichtung und Malerei unserer Gegenwart.

Natürlich nötigen auch mir manche der von ihm gegeißelten Exzesse ein abschätziges Achselzucken ab, aber eben nicht jenen eifernden Furor.

Offenbar wusste mein Vater verdächtig gut Bescheid über raffinierte Speisen wie Flamingozungen, Pfauenhirne oder Nachtigallenbrüstchen. Um seine beredte Empörung zu steigern, flocht ich das Beispiel seines verstorbenen Freundes Vedius Pollio ein, der seine Muränen durch Verfütterung fetter Sklaven mästete. Daraufhin richtete mein Vater seinen entrüsteten Blick auf noch viel verruchtere Gegenstände wie goldene Nachttöpfe und erging sich in wollüstiger Empörung über Damen wie Lollia Paullina, die bei Staatsbanketten mit nichts als Perlen bekleidet auftrete – mit immer deutlicheren Anspielungen auf meine eigenen Vorlieben und meinen Kleidungs- und Lebensstil, in dem Perlen allerdings eine wichtige Rolle spielen. Als einziges Bekleidungselement allerdings habe, was sage ich, hatte ich sie freilich nicht nötig.

Als er dann auch noch seine eigenen bescheiden-sparsamen Lebensgewohnheiten dagegenhielt, warf ich lässig ein: „Du vergisst dabei, dass du Kaiser bist. Ich dagegen bin mir bewusst, dass ich die Tochter des Kaisers bin."

Zum ersten Mal sah ich ihn sprachlos.

Den letzten Teil unserer Auseinandersetzung bestimmte seine grämlich-grimmige Ablehnung jeder Verschönerung und Verfeinerung des Daseins, von kultiviertem Lebensgenuss, sinnlicher Freude und „erbärmlichem Behagen". Sein besonderer Unmut richtete sich auf

Feste und Theateraufführungen mit witzigen Umdeutungen und ironischen Verfremdungen ehrwürdiger Mythen. In diesem Zusammenhang erging er, der Staatsschauspieler, sich in heftigen Schmähreden gegen Schauspieler und Schauspiele: „Der Schauspieler Stephanio lässt sich von einer nach Männerart kurzgeschorenen Dame bei Tisch bedienen! Im Zirkus sitzen Männer und Frauen wahllos nebeneinander! Unverheiratete Frauen schauen zu, wenn nackte Athleten ihre schweißglänzenden Körper ineinander verschlingen!"

Ich konnte nur mühsam meine Heiterkeit verbergen, weil ich mich fragte, wie viele unverheiratete Frauen es wohl in Rom gibt, die nicht wissen, wie ein nackter, schweißglänzender Mann aussieht, der seinen Körper mit einem anderen verschlingt.

Er bemerkte meine Heiterkeit und fuhr umso bissiger fort: „Und was sind das für alberne Darbietungen, Zoten und Obszönitäten, die da auf hölzernen Brettern in hölzerner Sprache von ordinären Schauspielern vorgetragen werden, primitive und vulgäre Instinkte erregen und Beifallsstürme hervorkitzeln?"

„Nicht sehr viel andere, lieber Vater, als die von dir arrangierten Spektakel, die das Volk ablenken und mundtot machen sollen, wie das berühmte Nashorn auf dem Forum oder die siebzig Fuß lange Schlange auf dem Marsfeld. Im Übrigen verhehlst du ja keineswegs, wie gern du selbst solchen Schauspielen folgst."

Mein Vater senkte die Stimme: „Wo sonst ließe sich die Volksstimmung mit ihren Wünschen und Beschwerden besser erspüren? Und ist es nicht ein beruhigender Anblick, wenn alle Bürger von frühmorgens bis tief in die Nacht hinein ohne zu denken zur selben Zeit dasselbe betrachten?"

Da war sie wieder, diese zynische Berechnung, die selbst noch Vergnügen und Entspannung den eigenen Zwecken dienstbar macht.

Während er redete, beschäftigte mich der Gedanke: Wie verwirrend sich Rückwärtsgewandtheit und Modernität in seinen Vorstellungen durchdringen! Dass er mit dieser explodierenden Altertümlichkeit auch die gegnerischen Kräfte explodieren lässt, dass er mit seinem altväterlichen Beharren auf staatstragenden Normen nur den politischen Witz, die Satire und respektlose Phantasie provoziert, mag er nicht einsehen.

Ich versuchte, wenigstens ein gewisses Verständnis für das Lebensgefühl der Jüngeren zu wecken: „Warum sollen wir, die Friedensgeneration, denn nicht die griechische Kultur schätzen, die doch auch in dir einen Verehrer findet?"

„Hier geht es nicht um Kunst, sondern um Politik", schnitt er mir das Wort ab.

Aber ich ließ nicht locker und erinnerte ihn daran, dass auch auf den Fresken seiner Villen keineswegs biedere Bauern die Trauben ernten und keltern, sondern tanzende Satyrn und nackte Eroten. Mit Recht, erklärte ich, denn wirkliche Bauern gebe es ja kaum mehr, da das Leben auf dem Land bekanntlich armseliger und mühsamer sei als in der Stadt.

„Die Bauern müssen eben lernen, in ihrem und im staatlichen Interesse dieses Leben freudig zu ertragen", war seine Antwort.

„Sie lernen es aber nicht, sondern ziehen in die Städte, zu tausenden! Und warum sollte nicht auch jeder, dem der Sinn danach steht, in der Weltstadt Rom genießen dürfen, was uns das weltweite Imperium an neuen Erfahrungen und Genüssen bietet? Warum sollen wir, statt Wein aus silbernen Schalen zu trinken, lieber Getreidebrei aus irdenen Töpfen löffeln? Wir, vor denen die Küsten, Meere und Länder des Erdkreises offen daliegen, können und wollen unsere Äcker nicht mehr nach Vätersitte in einem Siebenhügeldorf bestellen. Unser Acker ist der Erdkreis!"

(Welch eine Ironie! Diese hochfliegenden Worte von damals – niedergeschrieben auf einer Gefängnisinsel, auf der man nicht einmal den winzigsten Acker bestellen könnte!)

Mein Vorstoß erwies sich als zwecklos. Die Kluft zwischen uns war größer als je zuvor.

Er: „Erfahrung und Augenmaß, Geduld und Vorsicht sind die besten Ratgeber eines Herrschers, nicht jugendliche Unbedingtheit."

Ich: „Wie kann man für die Zukunft bauen, wenn man die Jugend vor den Kopf stößt?"

Darauf er: „Frieden, Ordnung und Sicherheit sind die Grundlagen der Freiheit. Entfalten kann sie sich nur unter der Herrschaft der Gesetze."

Dagegen wieder ich: „Nur wo der Geist frei ist, ist auch der Staat frei."

Wir schieden eisig, mein Vater mit den Worten: „Mein Weg wird sich auch weiterhin bewähren."

Ich schwieg.

Mein Weg würde von jetzt an in eine andere Richtung führen.

Kapitel X

Verschwörung

Über meine gescheiterte Mission brauchte ich niemandem Rechenschaft abzulegen. Mein Verhalten sprach für sich. Die Gegner meines Vaters verstärkten ihre Netzwerke, in denen sich die zum Handeln Entschlossenen unter der Parole „Freiheit" zusammenfanden. Hierbei bildeten sich zwei Gruppen mit unterschiedlichen Motiven und Zielen – unter „Freiheit" verstand man nämlich durchaus nicht immer dasselbe.

Die jungen Aristokraten, mit denen bereits Tiberius und Drusus Verbindung aufgenommen hatten, vertraten die Interessen der alten, vornehmen Familien. Sie wollten mit der Wiederherstellung der republikanischen Freiheit vor allem die eigene, führende gesellschaftlich-politische Rolle in Rom sichern. Damit stellten sie sich gegen den Kaiser – und gegen dessen Stab, jene neue Schicht kaisertreuer Helfer, jene Funktionselite, der gegenüber die ehrgeizigen, adelsstolzen Aristokraten praktisch chancenlos sind („lauter Emporkömmlinge aus italischen Kleinstädten oder entfernten Provinzen, die in Rom Karriere machen", wie sie verächtlich erklärten). Ihnen ging es also weniger um die alte Republik als um die Teilhabe an der Macht. Einer dieser Aristokraten war Appius Claudius Pulcher, der die aristokratische Opposition anführte, was Livia besonders getroffen haben muss – schließlich war er ein Claudier. Mein Vater ließ ihn nach der Entdeckung der Verschwörung umgehend hinrichten.

Neben diesen Vertretern des patrizischen Adels gab es die Gruppe der enttäuschten Aufsteiger, die sich, aus welchen Gründen auch immer, kein Stück des Kuchens hatten sichern können, der auf dem Palatin verteilt wurde. Unter „Freiheit" verstanden sie den freien Zugang zu allen öffentlichen Ämtern, das Ende aller Wahlmanipulationen und für jeden Bürger, gleich welcher Herkunft, Freiheit bei der Wahrnehmung seines Stimmrechts. Dabei orientierten sie sich an den wortreichen Reden, die der kunstsinnige Grieche Demosthenes bei unseren Zusammenkünften hielt, an griechischen Vorbildern also, an alten Regeln und Verfahren aus dem längst untergegangenen demokratischen Athen, die sie, soweit ich sehe, für ihre Zwecke idealisierten. Auch Demosthenes sollte zu denen gehören, die dann ihre Teilnahme an der Verschwörung mit dem Leben bezahlen mussten.

Alle aber konnten sich darauf einigen, dass „Freiheit" die Achtung vor den verfassungsmäßig tradierten Formen voraussetzt. Und allen war eins gemeinsam: Man wollte diesen alternden Augustus einfach nicht mehr – mit seiner Scheinheiligkeit, seinem Personenkult und seiner kaltblütigen Durchsetzungskraft. Man wollte frei sein von der ewigen Unsicherheit vor seinen Spitzeln und Livias Ränken. Die Anarchie der Bürgerkriege wünschte man nicht zurück, aber die Diktatur der Restauration erschien als noch größeres Übel.

Wir einigten uns auf die Formel: „Herrschaft ohne Willkür – Freiheit ohne Zügellosigkeit."

Als Rahmen für unsere Zusammenkünfte dienten die Feste und Symposien, die wir reihum in unseren Villen auf dem Caelius oder in unseren Landhäusern veranstalteten. Man begegnete und bewegte sich dort in privatem Rahmen. Mit Hilfe sorgfältig aufgestellter Gästelisten hofften wir, Spitzel und Denunzianten auszuschließen. Brisante Gespräche führte man trotzdem nur in abgeschiedenen Winkeln der Gärten oder in kleinen Privaträumen, deren Lage und Funktion größtmögliche Sicherheit versprachen. Die daraufhin kursierenden Gerüchte über erotische Ausschweifungen im Schatten von Bosketten und Zypressen oder in intimen Schlafzimmern waren uns als Alibi nicht unwillkommen. Wir gaben ihnen gern weitere Nahrung, indem wir manches Stelldichein bewusst öffentlichkeitswirksam inszenierten. Was machte es, dass einige Akteure sich dabei vom Spielvergnügen oder der Attraktivität des Gegenübers kurzfristig hinreißen ließen? Müssen politische Komplotte stets mit der finsteren Blässe eines Brutus geschmiedet werden?

Unsere Zusammenkünfte wurden angefeuert durch eine dritte, eher lockere Gruppe – locker im Sinne von „locker gefügt" und „locker gesinnt": Dichter, Freidenker, Musiker, Tänzer, die „Freiheit" weniger politisch als künstlerisch verstanden. Ihr Anführer und leuchtender Stern war Ovid. Viele hatten bis dahin in ihm nur den Dichter frivoler Verse gesehen. Auf unseren Festen aber gingen manchem die Augen auf für die Untertöne einer Dichtung, die in mythologischer Drapierung und in realistischen Alltagsszenen den verordneten Moralismus der Sittengesetze bloßstellt. Mein Vater hatte verkündet, Dichtung müsse dem Staatswohl nützen. Ovid nahm den Ball auf und spielte ihn zurück: In der Tat, Dichtung sollte sich nützlich erweisen – als Lehrmeisterin in Liebesdingen nämlich. Höchst witzig stellte Ovid an einem Abend die Ehegesetze auf den Kopf. Er trug ein Gedicht vor, in welchem der Ehemann beschworen wird, die Sittsamkeit seiner Frau besser zu hüten – beschworen nicht etwa von einem kaiserlichen Sittenpolizisten, sondern von dem Liebhaber selbst. Ehebruch mache einfach keinen Spaß, wenn einem die Beute mühelos zufalle. Ohne ein Mindestmaß an Mühen bei der Überlistung des Ehemanns lohne sich der ganze sportliche Einsatz nicht.

Ähnlich propagierte der Dichter Properz während eines besonders heiteren Gastmahls: „Macht Liebe, nicht Krieg!" Er beschrieb die Liebe als den eigentlichen Kriegsdienst und lehnte jede Heirat ab, um nicht Kinder als Nachschub für die römischen Legionen zu zeugen.

Im Zeichen künstlerischer Freiheit gab es aber natürlich auch gänzlich unpolitische Darbietungen: Gesänge dunkelhäutiger Andalusierinnen, die zu Kastagnetten und Flötenklängen atemberaubend tanzten, Possenreißer, Pantomimen, anzügliche Tanzszenen zwischen Männern, improvisierte Theateraufführungen, bei denen manche vornehme Damen genau das taten, was mein Vater verboten hatte. Sie mischten sich unter die Schauspieler und gestalteten ihre Rollen mit hinreißender Kunst, oder soll ich sagen: Natürlichkeit. Wenn mein Vater den Apollo herauskehren wollte, so opferten wir auf unseren Festen dem Dionysos. Uns blieb nur zu hoffen, dass kein Denunziant hierüber bei Livia oder meinem Vater Meldung erstattete, um den wohlfeilen Lohn einzuheimsen. Jeder, der irgendjemanden wegen Gesetzesverletzung überführt, kann ja neuerdings einen Teil des Besitzes erwarten, der dem Überführten gehörte – ein lohnendes Tummelfeld für Neid, Habgier und Rachsucht, die einzigen spezifisch menschlichen Tugenden, die das kaiserliche Sittenprogramm auf wundersame Weise fördert.

Jullus und ich hielten die verschiedenen Gruppen und Temperamente zusammen. Meine Freigelassene Phoebe diente als verschwiegene Vermittlerin. Der verschlechterte Gesundheitszustand meines Vaters, seine immer häufigeren Krankheiten und wachsende Schwäche, begleitet von Livias wachsendem Einfluss wurden unübersehbar. Mein Vater war jetzt über sechzig und hatte wiederholt die Sorge geäußert, das dreiundsechzigste Lebensjahr nicht mehr vollenden zu können, das nach allgemeiner Überzeugung als natürliches Ende des Lebens gilt. Es war notwendig, für den Fall seines Todes vorzusorgen. Wie oft hatte mein Vater erklärt, er könne und wolle die Regierungsgeschäfte nicht allein schultern und brauche einen Kreis verlässlicher Berater. Jullus sollte, so war unser Plan, bis zur Regierungsfähigkeit meiner Söhne anstelle des ausgeschiedenen Tiberius die Vormundschaft über die beiden Prinzen übernehmen. Mit ihm als Platzhalter sollten die Erbansprüche und die Herrschaft des julischen Geschlechts gesichert werden.

Letztlich wollten wir also den Willen meines Vaters kurzfristig gegen ihn durchsetzen und gleichzeitig damit Livias Position schwächen, die ja um jeden Preis den Nachfolgewünschen meines Vaters entgegenarbeitet. Bei unseren Überlegungen rechneten wir nicht zuletzt mit dem Volk und seiner Unzufriedenheit über all die neuen Gesetze und Vorschriften. Bei den bisherigen Verschwörungen hatte sich gezeigt, dass das Volk für die Aussicht auf größere Freiheiten immer leicht zu gewinnen ist. Zugleich waren meine Popularität und die meiner Söhne ein Pfund, mit dem wir wuchern konnten.

Durch öffentliche Demonstrationen und den Druck der Straße wollten wir meine Scheidung von Tiberius und die Ehe mit Jullus zu einem Dauerthema machen. Schließlich sollten die Rolle des Patrons und das Klientel-Verhältnis, das die Macht des alternden Kaisers über die Plebs begründet, auf die jugendlichen Prinzen übertragen werden. Die Plebs als wichtigstes stadtrömisches Herrschaftsinstrument, „Herrschaft als Sozialfürsorge“ – auch hier bewegten wir uns auf Wegen, die bereits Caesar genutzt und mein Vater systematisch ausgebaut hatte. Die künftige Rolle meiner Söhne als regierende Doppelspitze sollte als zeitgemäße Neuauflage des überkommenen Kollegialitätsprinzips erscheinen und es damit selbst den republikanisch gesinnten Aristokraten ermöglichen, ihren Frieden mit einer Herrschaftsform zu machen, die an diejenige der Konsuln erinnern konnte und die Teilhabe am politischen Entscheidungsprozess sicherte. Denn auch sie setzten wie alle jungen Oppositionellen auf die beiden Prinzen, die eine freie Geisteshaltung und bereitwillige Aufgeschlossenheit gegenüber den verschiedenen Wünschen und Forderungen versprachen. Mit Genugtuung hatte man verfolgt, dass der elfjährige Lucius sich gegen das väterliche Verbot heimlich und ohne Begleitung ins Theater geschlichen hatte und dafür scharf gerügt worden war. Hier hatte sogar im Haus des Kaisers selbst ein designierter Nachfolger ein Erziehungsprogramm unterlaufen, das wachsenden Widerwillen erzeugte: die Ausrichtung auf militärische Übungen, auf Härte und körperliche Stärke schon im Kindesalter und der Zwang, Jugendvereinen beizutreten, die nicht nur auf den Legionsdienst vorbereiten, sondern auch soziale und politische Aufstiegschancen versprechen und die richtige Meinung über die Regierung verbreiten. Nicht zuletzt auf die jugendliche Neigung zum Widerspruch setzten wir unsere Hoffnung. Hier wuchs, wie es schien, ein unterschwelliger Protest, der bereits seitens der Heranwachsenden das Herrschaftssystem meines Vaters in Frage stellte.

Meine Scheidung von Tiberius und die Eheschließung mit Jullus wollten wir jedoch auch in Zusammenarbeit mit den Aristokraten durchsetzen: durch ihre Vorstöße im Senat und entsprechende Aktivitäten ihrer Frauen innerhalb von Livias Netzwerk. Für diesen Bereich war Jullus zuständig, der die alten Kontakte seines Vaters Antonius zur Aristokratie wiederbelebt hatte.

*

Inzwischen regen sich bei mir Zweifel, ob Jullus nicht doch ein Doppelspiel spielte. „Wer die Alleinherrschaft freiwillig wieder aus der Hand gibt, handelt wie ein politischer Analphabet", hatte mein Vater seinen Adoptivvater Caesar zitiert. Hätte Jullus wie Mucius Scaevola seine Hand ins Feuer legen können oder mögen, dass er wirklich nur vorübergehend den Treuhänder meiner Söhne gespielt hätte? Wieweit wollte oder konnte er seine eigenen Ambitionen mit der Rücksicht auf mich und meine Söhne verbinden? Wieweit benutzte er mich, den Schlüssel zur Macht, für seine eigenen Zwecke? Auch ich selbst war ja inzwischen nicht mehr die Julia, für die einst die Ehe mit Jullus die Erfüllung aller Wünsche bedeutet hatte. Spätestens seit meiner Trennung von Tiberius hatte ich gelernt, selbst dem Vertrauenswürdigsten zu misstrauen und hinsichtlich der Verlässlichkeit von Menschen keine Illusionen zu hegen. Der Handelnde muss damit rechnen, sobald es ernst wird, gerade von denen im Stich gelassen zu werden, die kurz zuvor noch emphatisch Treue gelobten. Doch all diesen skeptischen Spekulationen hat Jullus' Tod einen Riegel vorgeschoben.

Aus der Bereitschaft zum Staatsstreich wurde Entschlossenheit, als neue kaiserliche Maßnahmen immer unverhohlenere despotische Züge zeigten. Bezeichnenderweise begann man um diese Zeit, meinen Vater mit dem Titel „Dominus" anzusprechen, und bezeichnenderweise geriet er dann jedes Mal in heftigen Zorn und verbat sich diese Titulatur. Selbst die heißgeliebten Enkel mussten überrascht erleben, dass er auf solche scherzhaften Anreden ungewöhnlich scharf reagierte und dergleichen selbst im Familienkreis verbot. Die beiden Jungen hatten noch nicht die Erfahrung gemacht, dass ein getroffener Hund bellt. Im Gegenzug verfiel mein Vater darauf, wie ein orientalischer Herrscher jeden Besucher zu umarmen und zu küssen. Er wollte damit größere Umgänglichkeit demonstrieren, vermutlich aber in erster Linie seine Besucher unauffällig nach Waffen abtasten.

Da er die wachsende Unzufriedenheit spürte, verbot er den Senatoren, ohne seine Genehmigung Italien zu verlassen. Das Land wurde zum Käfig für jeden, der sich aus ihm befreien wollte. Denn nun griff mein Vater auch immer skrupelloser in die Rechtsprechung ein. In laufende Prozesse mischte er sich gern mit rhetorischen Fragen wie: „Du hast doch sicherlich deinen Vater nicht verraten?" – ein Satz, der in unseren Kreisen zum ironisch geflügelten Wort mit hintergründigem Sinn wurde.

Mein Vater griff aber auch zu offener Manipulation der Stimmtäfelchen mit der Behauptung, nur so könne er der Bestechlichkeit korrupter Richter einen Riegel vorschieben. In Maecenas hatte er noch einen Freund gehabt, dessen Wachsamkeit und Mut ihn mehrfach gezügelt hatten. So hatte Maecenas einmal in einem Tribunal, in dem mein Vater eigenmächtig ein Todesurteil fällte, ihm ein Täfelchen zugeschoben mit den Worten: „Steh endlich auf, du Henker!", woraufhin mein Vater tatsächlich sofort den angemaßten Richterstuhl verließ. Jetzt aber ersetzte kaiserliche Willkür die Rechtsordnung. Wer noch einen gewissen Freiraum in kultischen Vereinen oder berufsständischen Zusammenschlüssen gesucht hatte, wurde eines Besseren belehrt: Alle ungenehmigten Formen von Zusammenkünften wurden verboten.

Mein Vater verschärfte auch die Sitten- und Ehegesetze. Den Ehebruch, bisher ein Vergehen, das innerhalb der Familie durch den Ehemann oder Vater geregelt worden war, erklärte er zu einem Verbrechen, das öffentlich und mit gesetzlich festgelegten Strafen zu ahnden sei. Das passte ins Bild angeblicher Sittenreinheit, zielte aber mindestens so sehr darauf, mit dem privaten, unkontrollierbaren, ergo staatsgefährdenden Austausch der Leiber auch denjenigen der Gedanken zu verhindern.

Zunächst reagierte man mit ungläubigem Entsetzen. Dass mein Vater es mit der eigenen ehelichen Treue nicht so genau nahm, war ja kein Geheimnis. Als einige Senatoren ihm in Anspielung auf seine erotischen Vergnügungen außerhalb der Ehe Unglaubwürdigkeit vorhielten, reagierte er zunächst mit der verlegenen Empfehlung, sie selbst möchten doch bitte ihren Ehefrauen die nötigen Anweisungen geben. Als dann aber jemand lautstark fragte: „So wie du deiner Livia?“, verließ er unter dröhnendem Gelächter den Senat.

Aber dies war nur der unfreiwillig heitere Auftakt unerträglicher Eingriffe in das Privatleben. Vor allem sollte die Geburtenziffer gesteigert werden.

Die Ämterlaufbahn wurde deshalb, statt von Eignung und Verdienst der Bewerber, von deren Kinderzahl abhängig gemacht. Bestimmte Magistraturen stehen seither nur noch Kinderreichen offen, während Kinderlose nun durch Ämterverlust und Abgaben bestraft werden und im Todesfall ihr gesamtes Vermögen dem Kaiser vererben müssen. Das führt dazu, dass dreißigjährige Männer nun plötzlich Sechzigjährige adoptieren. Mütter von mehr als drei Kindern erhalten öffentliche Auszeichnungen und Privilegien. Die bunte Stola, die sie nun tragen dürfen, erinnert an die Blumengirlanden, mit denen man trächtige Kühe zu dekorieren pflegt.

Um die Privatsphäre des Hauses aufzubrechen, erlaubte, nein: zwang ein Gesetz nun auch Sklaven, gegen ihre Herren auszusagen. Viele Sklaven hatten sich bisher als Teil der Familie verstanden und sich auch so verhalten. Aber das neue Gesetz ermöglicht, mit Verhören, Versprechungen und Folter, die gewünschten Eingriffe in das häusliche Leben.

Die Majestätsgesetze, die bisher nur Taten wie Landesverrat oder Amtsmissbrauch geahndet hatten, wurden ausgeweitet auf regierungskritische Reden und Schriften. Und nun verbot mein Vater auch noch die Veröffentlichung der Senatsprotokolle, die bis dahin im Staatsarchiv deponiert wurden und allen zugänglich waren. Die Öffentlichkeit sollte nur noch über die täglich erscheinenden Amtsblätter (die zuvor auf dem Palatin redigiert wurden) von ausgewählten Vorfällen und kaiserlichen Maßnahmen erfahren. Dieses neue Informations- und Meinungsbildungsmonopol erregte einen geradezu heiligen Zorn, der sich in anonymen Inschriften und abgerissenen Papyrusfetzen Luft machte, die man morgens an Wänden, Säulen und Statuen fand.

Empörung, Zorn, missachteter Stolz und Angst – das war der Boden, den wir bearbeiteten. Um unser Vorhaben nun auch der Öffentlichkeit begreifbar zu machen, ohne selbst angreifbar zu werden, suchten wir nach einem wirkungsvollen Zeichen, das die Emotionen in die gewünschte Richtung lenken sollte. Wir fanden es in der Marsyas-Statue, dem uralten Symbol der Freiheit des römischen Volkes. Sie steht an geheiligter Stelle unterhalb von Kapitol und Staatsarchiv auf dem Forum, hinter der Rostra, unweit des alten Comitium, des einstigen Versammlungsplatzes des Volkes, und der Stelle, wo Weinstock, Oliven- und Lorbeerbaum die ewige Dauer Roms bezeugen. Die Marsyas-Statue markiert also in gewissem Sinne das politische Zentrum der Stadt.

Hierhin verlegten wir unsere öffentlichen Zusammenkünfte.

Täglich, nach Einbruch der Dunkelheit, versammelten wir uns an dieser Stelle. Bald hatte sich ein bestimmtes Ritual eingespielt. Zunächst bekränzten wir das Haupt der Statue mit Lorbeer- oder Olivenzweigen und Blumen. Wer rhetorisch gewandt war, Mann oder Frau, hielt dann eine Rede auf Marsyas und gegen all das, was dessen Verehrung inzwischen widersprach: Wer sich in Rom zur Freiheit des römischen Volkes bekennen wolle, könne dies nur noch im Schutze der Nacht. Bald fanden sich Zuschauer und Zuhörer ein, zunächst die Bewohner des Stadtteils, der Marsyas' Namen trägt, dann diejenigen aus dem nach Livia benannten Stadtteil und bald immer mehr, schließlich aus allen Vierteln Roms. Für sie alle beschworen wir nun in dramatischen Bildern die mythologische Überlieferung: wie Marsyas – auf der Flöte ein Meister orgiastisch-dionysischer Musik – Apollo zu einem musikalischen Wettstreit herausfordert, bei dem Apollo mit seiner Kithara nur durch eine Finte siegt: Eigenmächtig erklärt er, im Gegensatz zu ihm fehle Marsyas das Entscheidende, nämlich der Gesang. Wie dann Apollo rachsüchtig und grausam zeigt, wie er es mit jedem halten wird, der seine Überlegenheit anzweifelt. Er hängt Marsyas an einen Baum und zieht dem hilflos Gebundenen bei lebendigem Leib die Haut ab.

Jeder Römer musste sich da an die kaiserliche Selbstinszenierung als Apollo erinnern und in dem gequälten, gehäuteten Marsyas ein Bild seiner selbst erkennen.

Wenn wir uns dann anschließend mit Zweigen und Blumen bekränzten, die silbernen Opferschalen aus den mitgeführten Weinschläuchen füllten und die Statue feierlich besprengten, steigerte sich die Bewegung der Umstehenden zu schmerzhaften oder drohenden Ausrufen, auch wohl zu zornigen Verwünschungen. Immer öfter drängten sich bald die hinten Stehenden erregt nach vorn, griffen gewaltsam nach den Weinschläuchen und leerten diese ohne Umschweife über Haupt und Schultern der Statue. Ich bin sicher, dass damals unter denen, die dann am lautesten klatschten, auch der eine oder andere kaiserliche Zuträger war. Denn die anschließend gezielt gestreuten Berichte über diese Treffen verbanden bestimmte Einzelheiten zu einer monströsen Geschichte von nächtlichen Trunkenheitsorgien, in denen Männer und Frauen, schamlos gemischt, auf offener Straße herumstreunten, Weinschläuche leerten und auf dem Forum unzüchtige Reden auf die freie Liebe hielten, um schließlich auf der Rostra in einer sexuellen Massenorgie zu entsprechender Tat zu schreiten. Als ob wir, wenn wir hätten trinken oder sexuelle Orgien feiern wollen, statt der kalten Steine auf nächtlich verdreckten Straßen und Plätzen nicht lieber die weichen Klinen unserer Luxusvillen gewählt hätten!

Die angebliche Massenorgie auf der Rostra aber hatte sich in Wahrheit folgendermaßen zugetragen: In einer der letzten Nächte vor der Katastrophe, in den ersten Augusttagen des Jahres, in dem mein Vater zum Gegenschlag ausholte, steigerte sich nach der obligaten Rede auf Marsyas, die diesmal Sempronius gehalten hatte, die Erregung der Zuschauer zu rhythmischen Rufen: „Weiter!“ – „Noch mehr!“ – „Julia statt Livia!“

Da ergriff Sempronius plötzlich meine Hand, stürmte die Rednerbühne empor und hielt von dort, mit dem Gesicht zur Marsyas-Statue, eine flammende Rede auf die Freiheit des römischen Hauses – vor allem des Schlafzimmers.

„Wer mit wem schläft, wer mit wem Ehebruch treibt, geht den Kaiser nichts an. Uns interessiert ja auch nicht, mit wem der Kaiser schläft!“

Er hätte hier gar keine berechnende Pause zu machen brauchen, denn tobender Jubel hatte schon vorher eingesetzt. Nach angemessener Zeit gebot er mit weit ausholender Geste Ruhe für die nun vorgetragene Forderung, alle unerträglichen Gesetze, die von dieser Rostra erlassen worden seien, für ungültig zu erklären. Während dieser Worte war er wieder eine Stufe hinabgestiegen und hatte mich mit einer huldigenden Bewegung emporgezogen.

„Hier steht Julia Augusti. In ihren Adern fließt das Blut des Kaisers, aber in ihrem Kopf und Herzen denkt sie wie wir. Fern von uns ruht der kränkelnde alte Kaiser auf dem Palatin. Aber mitten unter uns steht seine Tochter. Immer waren es in Rom die Frauen, die, wenn die Männer ausfielen, in ihren Familien römischen Geist und römische Lebensart weitergaben. Wir alle bilden die große römische Familie. In dieser Familie steht Julia für den neuen Geist und den Lebensstil, der unserer Zeit und der Weltgeltung Roms angemessen ist! Nicht der greise Despot – Julia und ihre Söhne, das ist unsere Zukunft!“

Es waren weniger diese ziemlich simplen Sätze als die Art, wie er seine Stimme einsetzte, Höhe, Lautstärke und Tempo variierte und alles mit einer so suggestiven Körpersprache unterstrich, dass selbst ich in den Bann dieses rhetorischen Feuerwerks geriet. Rauschhafter Beifall belohnte seine Rede. Tausende von Händen und Armen streckten sich mir von unten entgegen. Unbekannte trugen mich im Triumph von der Rostra hinab.

Dies war der Durchbruch. Die Unterstützung des Volkes war uns jetzt sicher. Jetzt galt es, Demonstrationen und Umzüge mit den Parolen zu organisieren, die den mit uns verbündeten Volkstribunen das Stichwort geben sollten, auf welches hin sie die Anordnungen meines Vaters zu Fall bringen und dessen Veto durch ihr Veto aushebeln sollten. Eingeklemmt zwischen dem Druck der Straße, der eigenen Dynastie und der Opposition der Aristokratie, würde ihm, so rechneten wir uns aus, nichts anderes übrig bleiben, als mit seinem so häufig geäußerten Wunsch endlich Ernst zu machen und sich ins Privatleben zurückzuziehen.

Aber wir hatten unsere Rechnung ohne den Wirt gemacht.

*

In diesen Augusttagen beginnt das vierte Jahr meiner Verbannung – ein passender Zeitpunkt, um mich in das Jahr zu vertiefen, das mit so vielen Hoffnungen auch mein Leben zerstörte.

Gleich zu Beginn jenes Jahres war meinem Vater ein Meisterstück politischer Inszenierung gelungen. „Spontan und einvernehmlich“ wurde er von Volk und Senat zum *pater patriae* erklärt, zum Vater eines „Vaterlandes“, das nun alle Bewohner der römischen Welt, ob sie das wollten oder nicht, zu Mitgliedern eines und desselben Vaterlandes erklärte: zu „Kindern des Kaisers“

Seine Vertrauten hatten ganze Arbeit geleistet. Das Volk hatte man hauptsächlich mit der Aussicht auf weitere Getreidespenden gewonnen. Zwar war der Ruf des Volkes beim ersten Anlauf ungehört verhallt, da mein Vater ihn mit eingespielter Bescheidenheitsgeste zurückgewiesen hatte. Eben zu diesem Zweck hatten ja seine Agenten die Delegierten zu seiner fernen Villa nach Antium dirigiert. Aber nun, am Festtag der Göttin Concordia, am 25. Jahrestag der „wiederhergestellten Republik“ (will sagen: des Staatsstreichs, dessen Vorbereitung ich als Dreizehnjährige miterlebt hatte), nutzte mein Vater seinen großen Auftritt im Pompeiustheater und ließ sich von der „spontan und einvernehmlich“ ausbrechenden Wucht öffentlicher Zuneigung erweichen. Er wusste, dass er sich in der anschließenden Senatssitzung demselben „spontan und einvernehmlich“ vorgetragenen Ansinnen ausgesetzt sehen würde – dem er dann nachgab, mit Tränen in den Augen und der Beteuerung, nun seien alle seine Wünsche erfüllt. Er könne die Götter nur noch darum bitten, dieses „Einvernehmen“ bis an sein Lebensende zu erhalten.

Ich frage mich bis heute, was angesichts dieser rührseligen Szene wohl in den Köpfen der Senatoren vorgegangen sein mag. War dieser Schritt ähnlich vorbereitet worden wie derjenige vor 25 Jahren? Aber warum war es ausgerechnet der alte Republikaner Messala Corvinus, der hier als Sprecher des Senats auftrat? Ihn hatte mein Vater doch mit Sicherheit nicht bestechen können. Vielleicht aber hegte der alternde Schöngeist ja dieselbe Illusion wie viele andere: man könne dem Alleinherrscher mit diesem Titel gewisse Zügel anlegen. Nach römischer Tradition obliegen dem *pater familias* ja neben fast unbegrenzten Rechten konkrete Pflichten: So, wie der *pater familias* als unumschränkter Herr für das Wohlergehen seiner Familie sorgt, sollte nun der Vater des Vaterlandes über der imperialen Superfamilie wachen – als ob es nicht genug Beweise dafür gegeben hätte, wie mein Vater mit den Angehörigen seiner engsten Familie umspringt!

In unserem Gespräch hatte er zynisch nur von „patriarchalischer Despotie" gesprochen. Jetzt aber hatte er sogar dem Terror ein patriarchalisches Antlitz verliehen.

*

Vinicius berichtete kürzlich, in Rom munkele man inzwischen im Hinblick auf meinen Anteil an der gescheiterten Verschwörung von einer „vatermörderischen Aktion". Ich konnte ihn beruhigen. Wir wollten die Gewalt des *pater patriae* brechen, nicht seine Person gewaltsam beseitigen. Wir planten den Vatermord als staatspolitischen, nicht als physischen Akt. Niemals hätte ich meine Zustimmung zur Ermordung meines Vaters gegeben! Während ich dies schreibe, regen sich allerdings erneut meine Zweifel an Jullus.

*

Mit der Annahme des Titels „Vater des Vaterlandes" hoffte mein Vater nicht zuletzt, die bedrohlich angeschwollene Kritik zum Schweigen zu bringen. Wir verstärkten unsere öffentlichen Umzüge und unsere Appelle an die Unterstützung des Volkes. In immer häufigeren, nicht selten ungenehmigten Volksversammlungen verlangte man Reformen im Sinne unserer Ziele. Mein Vater hatte zunehmend Mühe, die bei ihm vorstelligen Volkstribunen zu beruhigen und musste schließlich sogar persönlich bei Volksaufläufen erscheinen, um die Massen zu besänftigen.

Der nächtliche Triumph auf der Rostra hatte uns siegessicher gemacht. Hätten wir gewarnt sein können? Am Anfang des Monats, der den Ehrennamen meines Vaters trägt, eröffnete er mit feierlichen Opfern das größte Fest dieses Jahres, die Einweihung des Augustus-Forums und des Tempels, der dem Mars Ultor, dem rächenden Kriegsgott, geweiht ist.

Mit dem Bildprogramm seines neuen, gigantischen Forums stellte sich mein Vater in die Reihe aller herausragenden Männer, die Rom verehrt. Die Statuen unversöhnlicher Gegner wie Marius und Sulla, Pompeius und Caesar, stehen hier „einvernehmlich" nebeneinander. Und jede Heldenreihe mündet und gipfelt in demjenigen, der dieses Forum hat erbauen lassen. Eine grandiose Selbstdarstellung, in welcher Tradition und eigene, herausragende Leistung zusammenklingen in der Ehrerbietung, mit der sich der *eine* unter all jene Großen einreiht. Wer sich in einer derartigen Traditionslinie schon zu Lebzeiten historische Größe zuerkennt, erklärt damit Zweifel oder Kritik für erledigt.

Aber unmittelbar neben diesem Monument historischer Versöhnung steht der Tempel, der die Rache verherrlicht. Wessen Rache und Rache an wem wurde hier mit göttlichem Segen versehen und gefeiert? War es nur, wie mein Vater erklärte, die *vollzogene* Rache an den Gegnern und Mördern des seit 42 Jahre toten Caesar? Oder war es die *geplante* Rache an den Gegnern des lebenden Caesar Augustus?

In den frühen Morgenstunden des darauffolgenden Tages wachte ich von harten Schlägen auf, die gegen das Tor meiner Villa dröhnten. Die zitternde Phoebe meldete mir, draußen stünden Angehörige der kaiserlichen Wache. Mit allerlei weiblichen Hinhaltetricks gelang es mir, den Eintritt dieser Leute so lange hinauszuzögern, bis ich damit rechnen konnte, dass Phoebe durch die kleine Nebentür des hinteren Gartens hatte entweichen können, um die Mitverschwörer zu warnen. Nach angemessener Zeit öffnete Philetus das Tor und konnte, während ich die hereinstampfenden Zenturionen durch einen scheinbar schlaftrunkenen, spärlich verhüllten Auftritt für eine Weile ablenkte, mit meiner Botschaft an Vinicius entkommen.

Im Auftrag des Kaisers teilte man mir mit, dass ich binnen achtundvierzig Stunden Rom zu verlassen hätte und auf die Insel Pandateria gebracht würde. Begründungen gab es nicht. Ich forderte ein klärendes Gespräch mit meinem Vater. Es wurde barsch abgelehnt. Man sagte mir, ich hätte das Nötigste zusammenzupacken, mit dem Hinweis, dass hiermit nicht durchsichtige Gewänder und Luxusgegenstände gemeint seien, sondern wegen des unwirtlichen Inselklimas warme Decken und dicke Wolltücher.

Zwischen diesen konnte ich dann wenigstens meine politischen Papiere unbemerkt verstecken.

Dann begann das Warten. Ich wartete auf Phoebes Rückkehr. Ich wartete auf ein Zeichen meiner Freunde. Ich wartete auf irgendwelche Reaktionen des Volkes, das diesen ungeheuerlichen Schlag gegen sein Idol nicht tatenlos hinnehmen würde. Aber in der plötzlichen Totenstille meines Hauses war außer gelegentlichen Schritten meiner Bewacher nichts zu hören.

Am Abend des folgenden Tages teilte mir einer der Wachhabenden mit, auf Phoebe brauchte ich nicht mehr zu warten. Man habe sie erhängt aufgefunden. Bis heute weiß ich nicht, ob sie den Tod gesucht hat aus Treue und Angst vor möglichen Verhören und Foltern oder aus Verzweiflung und Scham über erzwungene Aussagen – oder ob man sie im Auftrag des Kaisers beseitigte, ehe sie Unerwünschtes über die Verschwörung ausplaudern konnte. Ich hatte mit ihre meine engste und verlässlichste Vertraute verloren. Um mich war nun nichts als gespenstische Stille und Dunkelheit.

Wenn ich an meine letzte Nacht in Rom denke, in der ich alles verließ, was ich liebte und was mir teuer war, steigt mir noch heute das Wasser in die Augen. Mir war, als hätten mich Jupiters Blitz und Donnerkeil getroffen. Fast besinnungslos begrüßte ich im Morgengrauen des Abschiedstages meine Mutter, der man als Einziger das Betreten meines Hauses erlaubt hatte. Dann bestieg ich nach einem gebellten Befehl des Zenturio den geschlossenen Wagen, der, gefolgt von einem zweiten mit weiteren Bewachern, Sklaven und Gepäck, bald das Pomerium, die geheiligte Stadtgrenze Roms, hinter sich gelassen hatte. Niemand von all den vielen tausend Geschäftigen, die in diesen Morgenstunden die Straßen Roms bevölkerten, ahnte, wer hier an ihnen vorbeifuhr.

Meine Hoffnung konzentrierte sich jetzt auf Philetus. Im Hafen von Misenum stieß er zu uns, hielt sich aber zuerst unauffällig in einiger Entfernung. Plötzlich entstand ein unvorhergesehenes Durcheinander, als ich aus der Obhut der kaiserlichen Bewacher in diejenige der Schiffsbesatzung wechseln sollte – bärbeißigen Seeleuten und den für Pandateria bestimmten hochbetagten Aufsehern.

Für diesen Vorgang gab es keinen Präzedenzfall: Wie hatte man mit einer Kaisertochter zu verfahren, die Festlandsstraßen mit Wasserstraßen vertauschte, wenn sie nicht in Vertretung des Kaisers reiste, sondern in die Verbannung?

Welche Chancen für Wichtigtuerei, für wild krakeelende Befehle der einen Seite, die umgehend von der anderen im selben Tonfall beantwortet wurden. Die entstandene Verwirrung heizte ich meinerseits mit hochmütigen Kommentaren an, bis es Philetus in dem Durcheinander gelungen war, sich unter meine Begleiter zu mischen. Als die Göttin Concordia dann schließlich doch noch ein Einsehen hatte und die Streithähne die vorgeschriebene Zahl der Begleiter abzuzählen begannen, schlurfte Philetus als einer der Ersten nach vorn – mit einer so trostlos-widerwilligen Miene, dass einer der Gepanzerten ihn fluchend auf die Schiffsbrücke stieß.

Ich betrat die Planken des Schiffes als Letzte. Bis es dunkelte, stand ich am Heck, mit den Augen versuchte ich die versinkende Uferlinie so lange wie möglich festzuhalten. Und gleichzeitig verfolgte ich mit einer Mischung aus Dumpfheit und Verzweiflung, wie in dem breiten, weißen Gischtstreifen, den das Schiff hinter sich ließ, mein bisheriges Leben versank.

Erst sehr viel später, hier auf Pandateria, erfuhr ich durch Vinicius einige Hintergründe und Begleitumstände meiner Verbannung. Gleich am nächsten Tag nach den Feierlichkeiten zur Einweihung des Augustus-Forums und Mars-Tempels, schickte mein Vater ein Schreiben an den Senat, das er durch einen Prätor verlesen ließ, weil er, wie er erklärte, zu krank war, um in die Kurie zu kommen: zu krank, weil völlig fassungslos und außer sich ob der plötzlichen Entdeckung unserer nächtlichen Ausschweifungen und voller Scham über seine missratene Tochter. Angesichts solcher Fassungslosigkeit ist allerdings die Fülle der präzise mitgeteilten Ungeheuerlichkeiten beachtlich. In diesem Schreiben, so Vinicius, der die verschiedenen Berichte verglichen und geprüft hat, führte mein Vater als Erstes geradezu buchhalterisch alle Formen von Fehlverhalten seiner Tochter auf, um dann detailliert, d. h. in Gestalt der bösartigen Verleumdungen unsere nächtlichen Treffen bei der Marsyas-Statue zu schildern. Dem kaiserlichen Schreiben war eine umfangreiche, undatierte Liste aller Ehebrecher beigefügt, mit denen ich geschlafen haben sollte – an ihrer Spitze die fünf, die zum innersten Zirkel der Verschwörung gehörten: zwei ehemalige Konsuln, Jullus und Quinctius Crispinus, drei Vertreter alter adeliger Familien, darunter mit Cornelius Scipio ein Cornelier mit Konsuln als Vorfahren, ein Claudier, Appius Claudius Pulcher, und mit Sempronius Gracchus ein Mitglied der verdienstvollsten plebejischen Familie.

Die Mär von der Fassungslosigkeit meines Vaters angesichts seiner überraschenden Entdeckung kann kein vernünftig Denkender glauben. Jeder weiß, wie gut das kaiserliche Spitzelsystem funktioniert. Mein Vater hatte mich des Öfteren wegen meiner Extravaganzen kritisiert, aber immer mit einer gewissen Zurückhaltung.

Hat er bewusst gewartet, bis er sich nach den Erfolgen der ersten Jahreshälfte sicher genug fühlte, den Schlag zu führen, den er schon lange plante?

Nutzte Livia die Gelegenheit, die verhasste Stief- und Schwiegertochter, die Mutter der verhassten julischen Caesaren loszuwerden?

Eine Äußerung meines Vaters, die mir zunächst unglaublich erschien, bestärkt mich in der Vermutung, dass Livia in dieser Sache ihre Finger im Spiel hatte. Er soll erklärt haben, lieber wäre er Phoebes Vater als der meine. Wenn mein Vater lieber meinen Tod als meine Verbannung wünschte, muss er sich zu dieser Härte gezwungen gesehen und diese als problematisch betrachtet haben. Meine überstürzte und ungesetzliche Verbannung und seine Rolle als unbarmherziger Vater fügen sich ja auch schlecht in das offizielle Bild einer glücklichen Friedenszeit und harmonischen Familie im Zeichen der Göttin Concordia. Aber den Gefallen, wie Phoebe zu enden, werde ich ihm nicht tun.

In all diesen ungeklärten Fragen steht nur eines fest: Zumindest die pünktlich vorgelegte lange Liste von mehr als hundert Schuldigen lässt auf sorgfältige Vorarbeit schließen.

Mein Vater und Livia zeigten sich einige Tage nicht in der Öffentlichkeit. Sie warteten erst einmal ab.

Ich war wegen Ehebruchs angeklagt. Nach den verschärften Ehegesetzen verlangt Ehebruch – nicht mehr ein privater Vorgang, sondern ein Verbrechen – ein öffentliches Gerichtsverfahren. Ohne Prozess kein Schuldspruch und ohne Schuldspruch keine Strafe. Und selbst dann muss Gelegenheit gegeben werden, an die Volksversammlung zu appellieren und Berufung einzulegen. Dies alles konnte mein Vater nicht riskieren, ohne dass die politische Dimension des Falles offenbar geworden wäre.

Jullus' Ermordung war zwar als Selbstmord dargestellt worden. Aber dieser Tod gab, auch als Selbstmord, mehr als einen Anlass zu Frage: Wenn der Ehebrecher laut Gesetz mit Vermögensverlust und Verbannung bestraft wird, warum dann dieser Tod, sei es durch eigene, sei es durch fremde Hand? Warum der Tod dieses einen, während andere Hauptverschwörer wie Sempronius vorschriftsmäßig mit Verbannung bestraft wurden? Und warum der Tod gerade desjenigen Ehebrechers, dessen politische Ambitionen in der Nachfolge meines Vaters bekannt waren?

Aber der Schlag hatte so gut getroffen, dass sich keine Stimme erhob, um solche Fragen zu stellen. Als mein Vater seiner Sache sicher sein konnte, folgte wenige Tage später der zweite Schlag: Er verkündete meine Scheidung von Tiberius und meine bereits erfolgte Verbannung. Die Begründung gab er in einem einzigen Satz: Für die Scheidung der ehebrecherischen Tochter bedürfe er als Familienoberhaupt, das mich bei meiner Eheschließung nicht aus der väterlichen Gewalt entlassen hatte, keines Senatsbeschlusses. Damit hatte er aus der Verschwörung eine Familienangelegenheit gemacht, die er als *pater familias* regelte. Für die Bestrafung der hochverräterischen Tochter und die Zerschlagung einer staatsgefährdenden Verschwörung brauchte er seine neue Rolle als *pater patriae* nicht einmal mehr zu bemühen.

Kapitel XI

Tödliche Intrigen

Den ganzen November über habe ich vergeblich auf Briefe gewartet. Aber letzte Nacht brachte Phylax endlich neben Vinicius' Bericht das lang ersehnte Lebenszeichen meiner Söhne. Beide Briefsiegel sind unverletzt, die Briefe konnten also an den kaiserlichen Kontrollen vorbeibefördert werden.

Lucius an Julia, Massilia, an den Iden des September im Jahre des Konsulats von Publius Vinicius und Publius Alfenus Varus. Sei gegrüßt, verehrte Mutter.
Da dich die Nachricht von meinem Aufenthalt in Massilia möglicherweise noch nicht erreicht hat, tut sie es hiermit. Ich weiß bis heute nicht, wessen freundlich lenkender Hand ich mein hiesiges Leben verdanke – meinem Vater, damit ich hier und auf Reisen nach Spanien meine philosophischen, rhetorischen und strategischen Studien vervollkommne (was ich mit großer Begeisterung tue), oder Livia, damit ich mein Leben fern von Rom verbringe (was ich mit noch größerer Begeisterung tue). Wahrscheinlich beiden, die hierbei, um gleich mein neu erworbenes Wissen anzuwenden, in schiefer Schlachtordnung gesiegt haben. Was sie dabei allerdings kaum einkalkuliert haben dürften, ist, dass ich in Massilia Antonius, den Sohn deines getöteten Freundes Jullus, wiedergesehen habe. Wir sind unzertrennlich. Von Antonius und seiner Lebenserfahrung kann ich viel lernen. Es ist eben etwas anderes, seinen Weg in die Welt mit gleichaltrigen Freunden zu suchen, als – vom Reisen bis zum Speisen – an den Augen und Lippen eines alten Großvaters hängen zu müssen.
Aber er lässt mich auch hier nicht aus den Augen. Seine Briefe fragen neuerdings auffällig besorgt nach meinen Freunden und warnen mich vor dem Umgang mit gefährlichen Unruhestiftern. Was denkt er sich eigentlich? Bespitzelungen und Verdächtigungen verstärken doch nur die Bereitschaft zum Widerspruch, den ich ja bereits in Rom mehrfach büßen

musste. Aber auch da gilt: Es ist etwas anderes, ob man sich als Kind heimlich ins Theater schleicht oder sich als Siebzehnjähriger seine Freunde selbst aussucht und seine eigenen Gedanken macht.
Einer von diesen gilt dem hoffentlich baldigen Ende deiner Verbannung. Als ich dich vor drei Jahren zum letzten Mal sah, warst du eine stolze Mutter, auf deren Schönheit Gaius und ich stolz sein konnten. Deshalb wünsche ich, mein Abschiedsgruß möge bald mehr sein als eine Formel:
Lebe wohl. Lucius

*

Gaius an Julia, im Wagen zwischen Caesarea und Nicopolis im Oktober des Konsulatsjahres von Publius Vinicius und Publius Varus.
Sei gegrüßt, liebe Mutter.
In den vergangenen Monaten hat sich einiges ereignet, was den Rahmen meiner hiesigen Aufgaben gründlich verändert. Tiberius und ich haben uns erneut getroffen, diesmal auf Chios, in der Mitte zwischen unseren derzeitigen Aufenthaltsorten. Meine Ratgeber, sprich Aufpasser, konnte ich dabei nicht abhängen, aber doch, wie ich meinte, das Gespräch ohne Zeugen führen.
Tiberius hat mich offen über alles informiert, was ihn zu seinem Rückzug aus Rom bewogen hat. Bei dem Wort „offen" folge ich der Definition, die du in deinem letzten Brief gabst. Zu vieles deckt sich mit meinen Kenntnissen und Erfahrungen. Angesichts der Machtverhältnisse auf dem Palatin erörterten wir Konsequenzen, die uns alle betreffen. In diesem Sinne habe ich mich auch mit Lucius in Verbindung gesetzt. Wundere dich deshalb bitte nicht, liebe Mutter, wenn Lucius und ich in Zukunft vielleicht nicht mehr die Rolle spielen werden, in der du uns seit unserer Kindheit stets bestärkt hast.
Ich habe oben mit Absicht die Formulierung „ohne Zeugen" gewählt, nicht das Wort „unbelauscht". Einige Wochen nach dem Treffen auf Chios erhielt ich nämlich sowohl ein befremdetes Schreiben des Kaisers als auch einen überaus freundlichen Brief von Livia, in dem sie mich mit Gratulationen zur

Wiederannäherung an Tiberius zu bezirzen versucht. Beide sind offenbar umgehend über alles Gesprochene informiert worden, allerdings nicht von demselben Informanten. Voller Entrüstung stellte ich meine Berater zur Rede. Erbleichend versicherte jeder seine Unschuld. Ich erklärte, dass ich ab sofort auf die Beraterdienste von Spitzeln verzichtete. Sie könnten nach Rom zurückkehren. Als designierter Nachfolger des Kaisers würde ich jedoch dafür sorgen, dass ihre politische Karriere beendet sei.

Kurz darauf suchte mich der parthische König Phraates auf, mit dem mich seit unserer friedlichen Einigung auf dem Euphrat ein beinahe freundschaftliches Verhältnis verbindet. Er teilte mir vertraulich mit, Lollius und Censorinus hätten ihn in höchster Dringlichkeit um ein Gespräch ersucht und ihm angeboten, ihre internen Kenntnisse der römischen Verhältnisse gegen angemessene Belohnung zur Verfügung zu stellen. Er habe den beiden daraufhin mitteilen lassen, er und der Kaiser hätten keine Geheimnisse voreinander.

Während ich noch überlegte, was zu tun sei, kam die Nachricht, dass Lollius Selbstmord begangen hatte. In ihm, dem alten Tiberiushasser, hatte ich von Anfang an einen Spitzel des Kaisers vermutet. Einen Tag später gab sich auch Censorinus den Tod. Er, der Tiberius immer freundlich begegnete, ist also vermutlich Livias Zuträger gewesen und wurde nun wegen seines Ungeschicks fallen gelassen. Allerdings habe ich Grund zu der Annahme, dass sich auch hinter der kindlichen Stirn meiner lieben Livilla einige schwer auslotbare Abgründe auftun. Ich traue niemandem mehr außer Minucius Felix, meinem Freigelassenen und Freund aus Kindertagen, den du kennst. Er führt nun auch meine gesamte Korrespondenz.

Der Kaiser fragte mich am Ende seines Schreibens, was ich von einer möglichen Rückkehr meines Stiefvaters Tiberius nach Rom hielte, jener habe eine entsprechende Bitte geäußert. Er werde in diesem Punkt nichts entscheiden ohne meine Zustimmung.

Mit gleicher Post geht ein Brief an den Kaiser ab, in dem ich ihn bitte, seine misstrauischen Vorbehalte gegenüber Tiberius aufzugeben und diesem die Genehmigung zur Rückkehr zu erteilen. Ich bin sicher, dass Tiberius das Leben auf Rhodos zunehmend als lästige Existenz betrachtet, dass er sein Leben nicht dort, sondern in Rom beenden möchte und vielleicht sogar an die Möglichkeit einer dortigen Privatexistenz glaubt. Ich hoffe aber, dass er dort besser am Platz ist als auf Rhodos – und dass er diesen Platz nutzen wird.

Hier aber muss ich mich darauf konzentrieren, den römischen Namen vor weiterem Schaden zu bewahren. Meine erste militärische Herausforderung steht bevor. Der armenische König wird von einem Aufstand bedroht, so dass ich ihm militärisch zu Hilfe kommen werde. Ich will beweisen, dass ich nicht nur für Diplomatie auf dem Euphrat tauge, sondern auch eine feindliche Festung erstürmen kann. Ich werde alles auf eine Karte setzen und es nicht bedauern, wenn dies nur um den Preis des Lebens möglich sein sollte. Dann wäre das Netz, das mich hier umfängt, sofort zerrissen.

Lebe wohl. Dein Sohn Gaius

*

Monate sind vergangen, seit ich diesen Brief erhielt. Aus ihm spricht mein Gaius, wie er leibt und lebt: Auf die ersten Erfahrungen von Niedrigkeit und Perfidie reagiert er, wie ich es befürchtet habe. Aber Empörung, Unsicherheit und der Drang, sich im Feld auszuzeichnen, sind schlechte Ratgeber im Krieg. Gaius neigt dazu, seine Kräfte zu überschätzen. In dieser Verfassung wird er noch weniger bereit sein, Augenmaß zu bewahren. „Alles auf eine Karte zu setzen" bedeutet bei seiner Unerfahrenheit unverantwortliche Tollkühnheit.

Je länger ich warte, desto unruhiger werde ich. Auch Vinicius lässt nichts von sich hören. Zumindest er müsste doch über den Ausgang von Gaius' Feldzug etwas erfahren haben. Warum schreibt er nicht?

*

Er hat geschrieben.

Lucius ist tot.

Vor vier Monaten ist er auf dem nächtlichen Heimweg in Massilia leblos zusammengebrochen. Vinicius erwähnt Gerüchte, dass Lucius zuvor an einer größeren Gesellschaft im Haus des jungen Antonius teilgenommen habe und dort wohl vergiftet worden sei. Bei der Todesnachricht soll mein Vater seinen Schmerz über dieses „grausame Schicksal" laut geklagt haben. Der ganze Palatin sei ein einziges Trauerhaus.

Vielleicht.

Erst Marcellus, dann Nero, nun Lucius. Dieses „grausame Schicksal" trägt, wie es scheint, nicht das hässliche Gesicht einer alten Parze, sondern das schöne, alterslose Antlitz Livias. Bei dem Gedanken an Gaius ergreift mich schiere Panik.

*

Den Göttern sei Dank! Gaius lebt – zwar verwundet, aber er lebt. Was er jedoch vorhat, ist bestürzend.

Gaius an Julia. Thapsakos. Im September des Konsulatsjahres von L. Aelius Lamia und M. Servilius.
Ich schreibe, liebe Mutter, aus zwei Gründen. Zunächst, damit du weißt, dass ich Artagera erobert habe. Allerdings lockte mich der heimtückische Addon unter dem Vorwand, mir geheime Dinge mitzuteilen, in eine Falle und verwundete mich dabei auf eine Weise, die mich vorerst noch auf dem Krankenlager festhält. Meine Leichtgläubigkeit ist unverzeihlich.
Mit umso größerem Grimm eroberte ich die Festung und führte Addon der verdienten Strafe zu. Meine Soldaten riefen mich als Imperator aus. Ich habe die Bewährungsprobe bestanden.
Der zweite Grund meines Schreibens ist Lucius' Tod. Seine Kontakte zu Antonius und dessen Freunden gaben offenbar den Anlass, das Netz zuzuschnüren. Wenn ich statt „Grund" „Anlass" sage, bedarf das dir gegenüber keiner näheren Erklärung. Lucius hat noch kurz vor seinem Tod entsprechende Befürchtungen angedeutet.
Ich ziehe meine Konsequenzen. Ich werde nicht nach Rom zurückgehen. Ich sage mich von allem los, was mein bisheriges Leben bestimmte, und werde in Syrien das Leben eines Privatmannes führen. Lieber im letzten Winkel alt und grau werden als nach Rom zurückkehren!
Meine lamentierende Umgebung versucht, meinen Entschluss als Nervenkrankheit und geistige Verwirrung infolge der

Schmerzen zu erklären. Meine Nerven liegen in der Tat bloß. Aber die Ruhe des Krankenlagers hat den Vorzug, dass man seine Gedanken ordnen und Klarheit gewinnen kann. Sei versichert, dass ich nie bei besserem Verstande war.
Ich weiß, liebe Mutter, dass dies dir und deinen lang gehegten Wünschen einen Schlag versetzen muss. Der Gedanke mag dich trösten, dass sich nur so die Netze zerreißen lassen, die mir hier langsam die Atemluft nehmen, und dass ich auf diese Weise vielleicht dem Schicksal meines Bruders entgehen kann. Hat nicht auch mein Vater Agrippa irgendwann einmal Rom den Rücken gekehrt, um sich in den Osten zurückzuziehen? Erst Agrippa, dann Tiberius, jetzt ich – Agrippa und Tiberius als reife Männer, ich mit zweiundzwanzig Jahren. Was ist das für ein Staat, der seine dienstwilligsten Bürger ins selbstgewählte Exil zwingt?
Lebe wohl und sei bedankt für alles, was du für mich getan hast. Gaius

„Was ist das für ein Staat, der seine dienstwilligsten Bürger ins selbstgewählte Exil zwingt" und – könnte ich hinzusetzen – seine besten Köpfe durch Mord und Verbannung ausschaltet?

Lucius durch Tod.

Gaius durch eigenen Entschluss.

Beider Mutter durch Verbannung.

Es scheint, als ob gerade der Stolz meines Vaters auf das julische Geschlecht diesem zum Verhängnis wird. Gaius' Entschluss, nicht nach Rom zurückzukehren, entspringt hoffnungsloser Enttäuschung. Mein Wunsch, nach Rom zurückzukehren, weicht langsam hoffnungsloser Verzweiflung.

*

Ich will mich nicht den Gefühlen überlassen, die Gaius in die Resignation getrieben haben. Ich darf die Hoffnung nicht aufgeben, dass Gaius, ähnlich wie Tiberius, doch noch anderen Sinnes wird, dass Tiberius nach Rom zurückkehrt, dass in Massilia Antonius und seine Freunde nicht untätig sind.

Unbemerkt von meinen Bewachern bin ich heute im Morgendämmern unterhalb der Villa von einer Klippe ins Meer gesprungen und ein Stück hinausgeschwommen. Zuerst erschrak ich vor dem ungewohnten Salz, das auf den Lippen und in den Augen brannte. Überrollt und herumgewirbelt von der schäumenden Brandung, hatte ich Mühe, im Kampf mit den gewaltigen Brechern Luft zu holen. Aber zum ersten Mal seit meinem Abschied aus Rom empfand ich ein unbändiges Gefühl von Freiheit und Kraft. Und als ich mit tropfenden Haaren und in meiner nassen Tunika die Villa betrat, bereiteten mir die hysterischen Droh- und Entsetzensschreie der eben erst aufgewachten Eunuchen ein anderes, aber ähnlich großes Vergnügen: Wieder einmal hatte ich mich ihren Späheraugen entzogen, und mein eng anliegendes feuchtes Gewand brachte, ähnlich wie bei griechischen Statuen, meine Körperformen offenbar in einer Weise zur Geltung, die meinen fernen Vater empört hätte und die hier den Männern die Augen aus den Höhlen treten ließ.

*

Über ein Monat ist vergangen, während ich mit wachsender Ungeduld auf Nachricht von Gaius gewartet habe. Heute Nacht kam ein umfangreicher Bericht von Vinicius über die jüngsten Ereignisse in Rom. Ich habe sie nur überflogen: über Gaius kein Wort. Von Gaius kein Wort. Die Ungewissheit verfolgt mich nun auch nachts in schrecklichen Träumen.

*

In meiner Enttäuschung und in der nervösen Sorge um Gaius' Schicksal habe ich einige wichtige Informationen in Vinicius' Schreiben übersehen. Tiberius ist wieder in Rom. Gaius' Vermittlung war also erfolgreich. Man rätselt über Tiberius' Motive und Gedanken. Tiberius hält sich strikt an sein Versprechen und die Auflagen meines Vaters und führt am Tiberufer ohne jede politische Aktivität das zurückgezogene Leben eines Privatmannes. Vinicius schreibt: „wie ein lauernder Fuchs." Aber worauf könnte Tiberius lauern? Hat er mich und Gaius mit einer entsagungsvollen Pose getäuscht? Vinicius erwähnt ein Trauergedicht, das Tiberius auf Lucius' Tod verfasst hat. Poesie als Zuflucht? Oder als hintergründige, aber über jeden Verdacht erhabene Freizeitbeschäftigung? Tiberius verheimlicht zwar vieles, aber er lügt nicht.

Eine zweite Bemerkung in Vinicius' Brief hat mich aus meiner Mutlosigkeit gerissen. Bei den Trauerfeierlichkeiten für Lucius hat das Volk in tumultuarischen Sprechchören meine Rückkehr nach Rom verlangt. Mein Vater hat dies umgehend zurückgewiesen: eher kämen Feuer und Wasser zusammen als Julia zurück nach Rom. Daraufhin fand sich nachts an beiden Tiberufern halb Rom ein, um in tiefstem Schweigen brennende Fackeln in das dunkle Wasser zu tauchen. Vinicius schließt seinen Bericht mit den Worten: „Es gab wohl niemanden, der von diesem Liebesbeweis nicht beeindruckt gewesen wäre – außer dem Kaiser. Die Liebe des Volkes bringt nur selten Gewinn – öfter Unheil und Tod."

Ich frage mich: da solche Willenskundgebungen des Volkes kein Naturereignis darstellen, sondern gemeinhin von Drahtziehern vorbereitet werden – wer waren diese? Könnte es sein, dass einflussreiche Köpfe unserer Verschwörung ungeschoren davongekommen und weiterhin aktiv sind? Aber es ist ebenso denkbar, dass die Erregung über den allzu frühen Tod des jugendlichen Lieblings sich in Forderungen Bahn brach, nun solle zumindest die Mutter heimkehren.

Tiberius' Anwesenheit in Rom und solche Straßentumulte – vielleicht entsteht hier eine Spannung, die wieder stärkeren Druck auf Livia und meinen Vater ausübt und meine Sache endlich vorantreibt.

Heute kam der lang ersehnte Brief von Gaius – aber nicht nur von ihm.

> *Gaius an Julia. Im Hafen von Limyra. An den Nonen des März im Konsulatsjahr von Sextus Aelius Catus und Sentius Saturninus.*
> *Die Netze ziehen sich zusammen. Morgen verlässt ein Schiff den Hafen, das mich nach Rom bringen soll. Der Befehl des Kaisers ist stärker als mein Widerstand. Ich füge mich unter der Bedingung, auch in Rom nur als Privatmann leben zu dürfen. Ich werde deshalb morgen nicht den von Misenum geschickten kaiserlichen Schnellsegler besteigen, sondern demonstrativ auf dem Handelsschiff weiterreisen, das ich bereits für die Fahrt nach Limyra entlang der lykischen Küste benutzt habe. Auch für das offizielle Abschiedsessen heute Abend, das mir die Honoratioren der Stadt geben, werde ich nicht die kaiserliche Purpurtoga anlegen, sondern den braunen*

Mantel des Privatmanns. Sobald ich in Rom bin, lasse ich wieder von mir hören.
In Eile. Gaius

Nachtrag:
Ich, Minucius Felix, Freigelassener des verstorbenen Gaius, folge hiermit seiner Bitte, diesen seinen letzten Brief auf dem von ihm beschriebenen Weg zu expedieren, nicht ohne einige Sätze hinzuzufügen.
Man versucht, seinen Tod als Spätfolge seiner Verwundung darzustellen. Aber ich bezeuge: Gaius ist in meinen Armen verschieden. Ich habe nicht nur sein schreckliches Sterben gesehen, sondern auch die Merkmale, die sich an seinem Leichnam zeigten, Folgen eines schnell wirkenden Giftes, das ihm offenkundig während des Abschiedsessens verabreicht wurde und an dem er knapp zwei Stunden später qualvoll erstickte.
Die Einäscherung erfolgte umgehend, bevor ein Arzt hinzugezogen werden konnte. Ich werde die Urne, den Gepflogenheiten entsprechend, nach Rom bringen. Die Entscheidung darüber, ob dies Gaius' Wunsch entsprochen hätte, steht mir nicht zu.
Limyra, am Tag nach Gaius' Tod. Minucius Felix

Mir scheint, dass ich mich nur immer wieder zu neuen Hoffnungen aufschwinge, um dann umso tiefer abzustürzen.

Die laut jammernden Tröstungsversuche meiner Mutter sind mir unerträglich. Seit Marcellus' Tod habe ich gelernt, Gefühlsausbrüchen keinen Raum mehr zu geben. Aber die stumpfsinnigen, teilnahmslosen Gesichter meiner Bewacher bringen mich zur Raserei. Sie alle schickte ich heute früh mit einem einzigen Blick ins Haus zurück, bevor ich stundenlang über die Insel jagte.

Als ich vor Jahren wie in Trance den Fuß auf diese Insel setzte, die wie tot im spiegelglatten Meer lag, war ich betäubt von dem Schlag, der meine Freunde und mich getroffen hatte. Heute erschienen mir die Brecher, die in wilden, vergeblichen Anläufen an der Steilküste emporschlugen, wie ein Spiegel meiner wütenden Verzweiflung.

*

Einige Wochen habe ich gelebt wie Octavia nach ihrem Zusammenbruch – in ähnlicher Erstarrung wie sie, die seit dem verhängnisvollen Lektüreabend im kaiserlichen Haus wie eine wandelnde Tote erschien. Aber ich bin, auch jetzt noch, keine Octavia, und seit heute wirkt das Lebenselixier Hoffnung.

Endlich Hoffnung auf ein Ende meiner Verbannung!

Nach dem Tod von Gaius und Lucius hat mein Vater Tiberius und Agrippa, meinen Jüngsten, adoptiert. Auf Tiberius' wohlwollende Unterstützung meiner Sache darf ich hoffen. Er hat sie mehrfach bewiesen: mit seinem Brief und der Zusendung seiner einstigen Geschenke, mit seinen Bitten für mich und seinen Äußerungen gegenüber Gaius. Die Unterstützung durch Agrippa ist ohnehin sicher.

Aber seltsam erscheint diese erneute Doppeladoption allemal: der sechsundvierzigjährige Tiberius neben meinem gerade einmal fünfzehnjährigen Agrippa, der sein Sohn sein könnte. Dass mein Vater an der Konstruktion einer Doppeladoption festhält, liegt auf der Hand. Aber dass er dabei seine Vorbehalte gegenüber Tiberius aufgegeben hat, lässt sich wohl nur erklären durch entsprechende Vorstöße Livias, die sie allerdings einiges gekostet haben dürften. Doch muss sie dabei auch an ihre Grenzen gestoßen sein. Denn hätte eine Doppeladoption über zwei Generationen hinweg nicht eher die Adoption von Tiberius' Sohn aus seiner Ehe mit Vipsania, des jüngeren, bereits erwachsenen Drusus nahegelegt? Stattdessen wählte mein Vater nicht nur seinen eigenen minderjährigen Enkel, sondern zwang darüber hinaus Tiberius – wohl als Preis für dessen Adoption –, seinerseits den neunzehn Jahre alten Germanicus, den Sohn seines verstorbenen Bruders Drusus, zu adoptieren. Durch dieses Netz von Adoptionen hat mein Vater eindeutig das julische Geschlecht gestärkt. Agrippa ist sein leiblicher Enkel. Und Germanicus ist zwar ein Claudier, über seine Mutter Antonia aber ebenfalls sein Enkel. Germanicus' Verbindung mit den Juliern hat zudem durch seine Ehe mit meiner Agrippina weiteres Gewicht erhalten.

Aber während ich mir diese verwandtschaftlichen Verhältnisse vor Augen führe, überfallen mich neue Ängste. Wenn mein Verdacht stimmt, dass Livia um jeden Preis eine Vermischung von julischem und claudischen Blut verhindern möchte, dann werden Germanicus und Agrippina mit ihren Kindern die Nächsten sein, auf die ihre giftigen Pfeile gerichtet sein werden.

Doch all dies liegt im Dunkel der Zukunft. Ich muss mich auf das Nächstliegende konzentrieren, die Aussicht auf meine Rückkehr nach Rom. Von dort aus lässt sich auch künftigen Gefahren leichter begegnen.

*

Der Herbst fegt mit seinen Stürmen über die Insel. Heute konnte ich zum ersten Mal seit langer Zeit wieder etwas lachen, wenn auch nur kopfschüttelnd. Philetus behauptet, er brauche keinen Schlaf und wolle sich nun auch nachts in dem kleinen Turm oberhalb des Hafens einquartieren. Er will Ausschau nach den Lichtern des Schiffes halten, das demnächst mit Sicherheit erscheinen und uns wieder aufs Festland bringen werde. Notfalls will er es „herbeigucken". Ich warte ebenso ungläubig wie ungeduldig.

*

Ein neues Frühjahr. Philetus beobachtet eifrig das Meer.
Ohne Erfolg.

*

Juli. Nur Zeit für eine kurze Notiz. Ein Schiff nähert sich der Insel. Alles ist in höchster Aufregung. Ich habe mein einziges Gewand angelegt, das einer Kaisertochter nicht ganz unwürdig ist, und versuche mich zusammenzunehmen.

Teil II

Rhegium

(5 bis 14 n. Chr.)

Kapitel XII

Kleinstadtleben

Monatelang bin ich nicht zum Schreiben gekommen. Heute, an einem windigen Dezembertag, finde ich zum ersten Mal wieder Ruhe für mich.

Dem Schiff, das im Juli auf Pandateria angelegt hatte, war ein Zenturio entstiegen, der mir mit knapper Verbeugung und ebenso knappen Worten das Ende meines Inselaufenthaltes meldete.

Philetus strahlte: Er hatte recht behalten!

Glücklich bestiegen wir das Schiff und verfolgten das Ablegemanöver. Während der Schiffsbug langsam aus dem Hafen ins freie Meer stieß, musste ich mich abwenden, um meine Freudentränen zu verbergen.

Aber nach kurzer Fahrt an der kampanischen Küste entlang drehte der Schiffsschnabel auf der Höhe von Ischia nicht, wie erwartet, nach Osten in Richtung Misenum, sondern hielt weiter seinen Südkurs. Ich stellte den Kommandanten zur Rede und erfuhr erst jetzt, dass die Reise nicht zurück nach Rom ging. Mein künftiger Aufenthaltsort sei Rhegium an der Straße von Messina. Also keine Rückkehr, sondern nur eine neue Form der Verbannung – zwar auf dem Festland, aber in einer entlegenen, völlig unbedeutenden Kleinstadt. Was nützten da Verbitterung und Empörung? In ohnmächtigem Zorn sah ich der Ankunft in Rhegium zu.

Ein mittelgroßes Haus wurde mir als Wohnung angewiesen. Ganze sechs Sklaven stehen mir zur persönlichen Verfügung. Allein dieser Umstand zeigt die Einschränkungen, denen ich hier unterliege. Durch jährliche Anweisung meines Vaters und einen Teil meines Eigentums, der mir hier nun endlich wieder zur Verfügung steht, kann ich zwar ein Leben und ein Haus führen, in dem Wein und alltägliche Notwendigkeiten wie Parfüm, Seife und Schmuck wieder erlaubt sind. Aber verglichen mit Rom ist es wahrlich eine armselige Existenz.

Ich darf mich hier frei bewegen, auch gesellige Kontakte knüpfen und Briefe empfangen. Aber welche Bekanntschaften können mich hier schon erwarten? Das öffentliche Leben wird bestimmt durch das Militär: Befehlshaber und Soldaten der hier stationierten Flotte sowie Veteranen, die man in und um Rhegium angesiedelt hat. In beiden Fälle ist die Aussicht auf anregende Gespräche nicht überwältigend; Umgangsformen und Sprache verraten entweder den draufgängerischen Seemann oder den behäbigen, zufriedenen, in Ehren ergrauten Soldaten. Immerhin gibt es den einen oder anderen Flottenkommandanten, der zumindest ein politischer Kopf zu sein scheint.

Man begegnet mir höflich und zurückhaltend. Aber selbst hier und selbst mit meinen dreiundvierzig Jahren treffen mich immer noch die wohlvertrauten Blicke, in denen sich offene Bewunderung und verlegene Gier auf eine so erheiternde Weise mischen. Pandateria hat mich nicht gebrochen.

*

Jetzt bin ich bereits ein dreiviertel Jahr in Rhegium. Je länger ich hier lebe, desto sehnsuchtsvoller denke ich an Rom. Dies hier ist keine Stadt, dies ist eine gesichtslose Ansammlung gleichförmiger Häuser und Lehmhütten. Aus Ziegelhäusern und Hütten bestand auch Rom, bevor mein Vater es in meinen Jugendjahren zu einer weißen Marmorstadt machte. Aber Rom war auch schon vorher mit Leben erfüllt. Statt der provinziellen Stille, die hier über allem liegt, pulsiert in Rom eine faszinierende, ungeheure Spannung – nicht nur zwischen den Reichen und Vornehmen mit ihren Villen auf den römischen Hügeln und den Armen in ihren dunklen Mietskasernen und Straßenschluchten. Rom lebt auch in dem quirligen Gedränge auf dem Forum, den Plätzen, in den Thermen und Theatern, wo sich der Bodensatz und die Elite des Imperiums vermischen. Dort trifft man auf Parther und Germanen, Ägypter, Nubier und Juden, Daker, Sarmaten, Perser – hundert Völker, Sprachen und Trachten. Dazwischen Häuptlinge, Geiseln und Gesandte aus allen Himmelsrichtungen, aus der skythischen Steppe, aus Britannien und Indien, von der kimbrischen Halbinsel und aus Gallien, die alle mit den unterschiedlichsten Geschäften und Aufträgen nach Rom kommen.

Sorglos leben in Rom nur die Reichsten und die Ärmsten – die einen von unermesslichen Besitztümern, die anderen auf Staatskosten. Dazwischen dann das Getümmel derer, die sich lärmend und stoßend den Punkt suchen, von wo aus sie ihre Geschäfte machen und ihren Lebensunterhalt verdienen können.

Horaz floh vor diesem Gewühl in die Stille der Berge. Was gäbe ich darum, wieder eintauchen zu dürfen in dieses Leben! Selbst Aquileia, obwohl vom Militär bestimmt wie Rhegium, zeigte Züge von Urbanität. Aber hier in Rhegium herrschen Mittelmaß und Mittelstand. Manchmal erscheint mir die Einsamkeit der Steilküste Pandaterias leichter zu ertragen als die Einsamkeit zwischen diesen Menschen.

*

Es bedurfte keines besonderen Entgegenkommens, mir die Freiheit zuzugestehen, Briefe zu empfangen. Außer einigen Lebenszeichen meiner Kinder hat sich bisher nichts ergeben. Ohne die diskrete Souveränität, mit der Vinicius seine Verbindungen spielen lässt, wäre ich hier von allem abgeschnitten. Er berichtet jetzt öfter und regelmäßiger über römische Zustände, Vorgänge und manche Hintergründe.

In Rom sieht es nicht gut aus. Das Volk beschwert sich über die finanziellen Belastungen, die die Heeresvermehrung verlangt, und leidet unter Erdbeben, Feuersbrünsten, Tiberüberschwemmungen und Hungersnöten. Man vermutet, dass die Hungersnöte teilweise absichtlich herbeigeführt werden, indem mein Vater Getreidespenden so lange zurückhält, bis die Proteste des erschöpften Volkes nur noch für den Ruf nach Brot reichen. Er scheint sich unsicher zu fühlen, denn das größte Unruhepotenzial – Fremde, Gladiatoren und noch nicht verkaufte Sklaven – hat er hundert Meilen jenseits der Stadtgrenze ansiedeln lassen. Grenzunruhen vor allem in Pannonien und Illyrien heizen die Ängste und die allgemeine Unzufriedenheit weiter an.

Kapitel XIII

Verschwörung der Kinder

Ich hatte in den letzten Monaten gehofft, die Unruhen in Rom könnten unserer Sache nützlich sein. Aber Vinicius' heutiger Brief hat mich nicht nur dieser Hoffnung beraubt. Mein Sohn Agrippa ist aus Rom verbannt worden.

Obwohl mein Vater den jungen Agrippa erst kürzlich unter die Wehrfähigen aufgenommen hat, heißt es, er zeige ein „plumpes, verrohtes, geradezu verblödetes Verhalten" und eine „Sklavengesinnung". In pöbelhaften Wutanfällen gegenüber seiner Stiefmutter und seinem Adoptivvater habe er das väterliche Erbe verlangt, das ihm vorenthalten werde. Mein Vater hat ihn in meine Villa in Boscotrecase am Golf von Neapel verbannt. Es heißt, hier beschäftige er sich nun ausschließlich mit dem Fischfang und nenne sich „Neptun".

Mir erscheint das alles höchst seltsam. Agrippa wird die Beschwerden über seine Benachteiligung im Ton jugendlicher Erbitterung vorgetragen haben, den man, entsprechendes Interesse vorausgesetzt, als „roh" oder „plump" bezeichnen mag.

Aber „verblödet"? Und was bedeuten der Fischfang und der Name des Meeresgottes? Immerhin: Agrippa am Golf von Neapel, in der Nähe von Vinicius und nahe Rhegium. Angesichts dieser Konstellation regen sich nach meinem anfänglichen Schrecken nun doch vorsichtige Hoffnungen.

*

Meiner verehrten, teuren Mutter, Boscotrecase an den Nonen des Oktober im achten Jahr deiner Verbannung.
Vinicius hat dich über mein Hiersein informiert. Deshalb heute nur kurz: Halte dich bereit! Die Freunde in Rom und Massilia sind tätig. Der kleine Hafen, der zu deiner Villa gehört, ermöglicht es mir, als angelnder Tölpel keinen Argwohn zu erregen. Bei den Göttern! Ich habe den Delphin bereits an der Angel, der mich wie weiland Arion über das

Meer in die Freiheit tragen wird. Allerdings nicht singend, sondern kämpfend, so wie einst Sextus Pompeius, der unter dem Namen Neptun den Kaiser mit seiner militärischen Überlegenheit zur See bekämpfte.
Als Sammel- und Stützpunkte unserer Schiffe dienen die Zufluchtsorte unterhalb von Cumae, die schon Pompeius benutzte. Bei klarem Wetter sieht man dort Pandateria, das du nun jedenfalls bereits verlassen konntest.
Die Nähe zu Misenum und Rhegium begünstigt unseren Plan. Einer der in Rhegium stationierten Befehlshaber ist eingeweiht. Man wird dich und mich übers Meer nach Massilia und von dort aus in den Schutz einer in Gallien stationierten Truppe bringen.
Lebe wohl. Neptun

Was für ein Wahnsinnsplan! Mein Sohn ist verständlicherweise aufgebracht durch die schändliche Behandlung, die er erfahren hat. In seinem grob aufbrausenden Zorn ähnelt er Agrippa, seinem Vater, der aber genug Selbstbeherrschung besaß, um sich zu zügeln. Mein Sohn ist weder alt noch erfahren genug, eine solche Befreiung zu dirigieren. Mit welchen Freunden soll denn dieses Wagnis gelingen? Und was soll mir ein sicherer Aufenthaltsort fern von Rom? Den hatte ich auch in Pandateria. Ich kann nur hoffen, dass dieser Plan vereitelt wird.

*

Seit Monaten führe ich äußerlich ein Leben wie bisher und bange innerlich vor der Nachricht, dass ich wieder ein Schiff besteigen soll. Aber mehr noch fürchte ich die Nachricht, dass ich hiervor nicht mehr zu bangen brauche.

*

Seit ich Agrippas Brief erhielt, herrscht hier eine bedrohliche Ruhe: In Rhegium scheint die Zeit stillzustehen, immer neue Unglücksnachrichten kommen aus Rom. Diese Ruhe gleicht der Schwüle vor einem Gewitterausbruch.

*

Das Gefürchtete ist eingetreten. In Rom wurde erneut eine Verschwörung entdeckt, in die meine Familie verwickelt ist. In meiner Tochter Julia wiederholt sich nicht nur der Name, sondern auch das Schicksal ihrer Mutter. Sie wurde – wie könnte es anders sein – wegen Ehebruchs verbannt. Auf die Insel Trimeris vor der apulischen Küste. Für meine sanfte, elegante, an Reichtum und Huldigungen gewöhnte Julia muss eine solche Verbannung noch schwerer zu ertragen sein als für ihre Mutter. Was kann ich von hier aus für sie tun? Wie kann ich sie erreichen? Kann ich sie überhaupt erreichen? Wieder muss ich Vinicius um Hilfe bitten.

Über das Schicksal ihres Mannes Aemilius Paullus, der vor sechs Jahren mit Gaius zusammen Konsul war, weiß man nichts. Er wurde inzwischen wegen Majestätsverbrechen angeklagt. Da nirgendwo die Rede von seiner Verbannung ist, scheint sein Tod gewiss. Im gleichen Zug wurde Agrippa lebenslänglich auf die Insel Planasia verbannt – diesmal sogar ordnungsgemäß durch Senatsbeschluss. Ovid, der größte lebende Dichter, das Idol meiner Jugend, soll ebenfalls in die Verschwörung verstrickt sein. Er musste ins Exil an die Küste des Schwarzen Meeres gehen, ans Ende der römischen Welt, von wo noch niemals jemand zurückgekehrt ist.

Von meinen drei Männern sind zwei tot, der dritte zumindest für das öffentliche Leben so gut wie tot.

Von meinen sechs Kindern sind drei Söhne gestorben, genauer: ermordet; ein Sohn und eine Tochter verbannt.

Frei lebt – wie lange noch? – nur Agrippina. Und auch ihr Schicksal scheint angesichts dieser Reihe beschlossen.

Niobe verwandelte sich in einen weinenden Stein, als sie sah, wie ihre blühenden Kinder dahingerafft wurden. Mir fehlt die Wohltat der Tränen. Ich lebe – aber wozu noch?

*

Ein kurzer, teilnahmsvoller, in seiner Knappheit wohltuender Brief von Vinicius wirft etwas Licht in das Dunkel der Verschwörung meiner Kinder. Julias angeblichem Liebhaber, dem bedauernswerten Decimus Junius Silanus, wurde die kaiserliche Freundschaft entzogen. Mehr nicht. Woraufhin sich der angebliche Ehebrecher, ohne dass ihm ein Haar gekrümmt worden wäre, in ein selbstgewähltes

Exil absetzen durfte. Hier liegt offenbar der Schlüssel für die Aufdeckung der Verschwörung. Vinicius vermutet, dass Silanus ein kaiserlicher Spitzel war, der sich unter dem Vorwand eines Liebesabenteuers an Julia heranmachte (die für dergleichen ja stets empfänglich war), um sich so Zugang zum innersten Zirkel der Verschwörer zu verschaffen. Als Dank für diese Dienste konnte man den Zuträger natürlich nicht gleichfalls verbannen. Also traf ihn pro forma die „kaiserliche Ungnade", so dass er freiwillig, also vorsichtshalber das Exil wählte. Ich bin sicher, dass er nach angemessener Zeit, wenn Gras über die Sache gewachsen ist, zurückkehren, vielleicht dann sogar wieder politisch tätig werden wird.

Auch bezüglich meiner Frage nach Ovids Verstrickung in die Verschwörung hat Vinicius einiges in Erfahrung gebracht. Ovid ist gemeinsam mit Agrippa im Haus von Julia und Aemilius Paullus ein- und ausgegangen. Aemilius Paullus war offenkundig der Drahtzieher der Verschwörung. Man wollte, wie es scheint, die allgemeine Unzufriedenheit nutzen, um meinen Vater zu zwingen, die Rechte der julischen Familie, insbesondere Agrippas, zu wahren und meine Verbannung zu widerrufen. Ovid hat dort unter anderem aus seiner „Liebeskunst" vorgetragen und auch sonst wohl eine ähnliche Rolle gespielt wie auf unseren verschwörerischen Treffen. Seine Verbannung wird allgemein als Strafe für ein ehebrecherisches Verhältnis mit Julia gedeutet. Was für ein Unsinn! Ovid lebte mit seiner Gattin in bestem Einvernehmen, und die kecke Julia soll allenfalls hin und wieder über sein bereits dünn gewordenes Haar gespottet haben.

Mein Vater hat das Leben des Publikumslieblings Ovid wohl aus Angst vor dessen Bekanntheitsgrad geschont – unter der Bedingung, dass dieser eisern über den Grund der Verbannung schweigt. In den neuen Dichtungen, die Ovid weiterhin an seine Freunde in Rom schickt, spricht er jedenfalls nur in verschlüsselten Andeutungen über die Gründe seiner Verbannung. Schuld seien ein „Gedicht" – und ein „Fehler", den er begangen habe, indem er Zeuge von etwas wurde, was er besser nicht gesehen hätte. In Letzterem wittern die Sensationslüsternen mindestens eine frivole Bettszene (mit oder ohne Julia). Aber die kryptischen Äußerungen Ovids, der doch sonst gerade in der Ausgestaltung erotischer Themen nicht zimperlich ist, machen es wahrscheinlich, dass er unwillentlich Zeuge von Maßnahmen wurde, die mit der Verschwörung im Zusammenhang standen. Mein Vater hat jedenfalls die bisher übliche

Begründung „Ehebruch“ nicht anzuführen gewagt. Wie der Dichter aus Rom, sind auch seine Werke aus den öffentlichen Bibliotheken verbannt. In Privathäusern aber zirkulieren sie weiter und erfreuen sich nun, meinem Vater zum Trotz, sogar noch größerer Beliebtheit.

*

Heute, drei Jahre nach unserer Ankunft in Rhegium, ist meine Mutter gestorben. Durch ihr hohes Alter – sie wäre demnächst vierundsiebzig geworden – war sie am Ende fast blind, aber immer noch tätig in unserem kleinen Haushalt und mir eine unersetzliche, liebevolle Stütze in allem, was die Bewältigung des Alltags angeht. Auch sie war eines der vielen Opfer, mit denen mein Vater seinen politischen Aufstieg bezahlt hat.

Auf dem Totenbett warnte sie mich vor dem Sklaven Gelos, den ich bei der Ankunft in Rhegium vorfand und inzwischen seiner Zuverlässigkeit wegen freigelassen habe. Sie konnte keine konkreten Gründe nennen, berief sich aber auf ihr Gefühl und auf ihr bis zum Ende ungewöhnlich feines Gehör. Ich werde dem Tun und Treiben meiner Sklaven mehr Aufmerksamkeit widmen müssen.

*

Nun bin ich bereits über vier Jahre in dieser verwünschten Stadt, und ein Ende meiner Verbannung ist nicht abzusehen. Im Gegenteil: Seit der Entdeckung der zweiten Verschwörung im eigenen Haus greift mein Vater zu Maßnahmen, die selbst hier in Rhegium die Geister aufrütteln. Bücherverbrennungen und Majestätsprozesse sind an der Tagesordnung. Auf die Vernichtung unliebsamer geistiger Produkte folgt die physische Vernichtung der Urheber und ihrer Gesinnungsgenossen. Um dem sicheren Todesurteil zuvorzukommen und der eigenen Familie zumindest das Vermögen zu erhalten, wählen viele den Selbstmord. Ein Fanal ist das Schicksal des Geschichtsschreibers Labienus, der mitten in der Verlesung seiner Werke abbrach mit den Worten: „Das Folgende wird man nach meinem Tode lesen“, um sich dann schweigend im Familiengrab einzuschließen und dort den Hungertod zu erwarten. Aber selbst diese beeindruckende Geste ist vergeblich. Die kaiserliche Zensur wird dafür sorgen, dass „das Folgende“ auch nach Labienus’ Tod nicht gelesen wird. Wir werden dazu übergehen müssen, bestimmte Texte auswendig zu lernen.

Der Senat hüllt sich in Schweigen. Mein Vater hat ihn veranlasst, „in freier Entscheidung“ einem Ermächtigungsgesetz zuzustimmen, das den Kaiser befugt, Senatsbeschlüsse künftig durch das Votum eines von ihm berufenen Ausschusses zu ersetzen, der auf dem Palatin tagt. Begründet wird dies alles mit der wachsenden Schwäche, die es ihm unmöglich mache, das Haus zu verlassen.

Misstrauen, Resignation und Duckmäusertum breiten sich aus. Keiner wagt ein offenes Wort. Lediglich Proculeius, bekannt für seine distanzierte Haltung, hat kürzlich für verstohlenes Gelächter gesorgt. Er hielt sich, als er auf dem Forum dem Largus, einem der kaiserlichen Erfüllungsgehilfen, nicht ausweichen konnte, demonstrativ Mund und Nase zu: in Gegenwart solcher Leute sei nicht einmal mehr freies Atmen möglich.

Aber auch an den Grenzen brodelt es, besonders in Germanien. Der Feldherr Quinctilius Varus ist abkommandiert, um östlich des Rheins für Ordnung zu sorgen. Meine hiesigen militärischen Gesprächspartner zweifeln jedoch, ob ausgerechnet Varus mit der ihm eigenen hochfahrenden Beschränktheit der richtige Mann für diese Aufgabe ist.

*

Eine schier unglaubliche Nachricht hat mich heute erreicht. Mein Vater verfolgt Angehörige seines eigenen, julischen Geschlechts mit tödlichem Hass. Die prächtige Villa meiner Julia wurde dem Erdboden gleichgemacht. Er lehnt es ab, ihr kürzlich geborenes Kind, mein Enkelkind, seinen eigenen Urenkel, anzuerkennen, so dass gemutmaßt wird, dieses Kind sei vielleicht die Frucht von Julias Ehebruch mit Silanus. Aber selbst dies würde nichts an der Tatsache ändern, dass in den Adern dieses Kindes julisches Blut fließt.

Sein Zorn muss ungeheuer sein, denn er spricht von Agrippa, Julia und mir nur als von drei „Krebsgeschwüren“ oder „Eiterbeulen“. Dem Volk, als es kürzlich wieder meine Begnadigung und die meiner Kinder verlangte, hat er verbittert „ebensolche Frauen und Töchter“ gewünscht – und hinzugesetzt: „Wäre ich doch ehe- und kinderlos geblieben!“ Mit diesem Homerwort soll er in letzter Zeit häufiger sein Unglück beklagt haben.

Als seine Ehe hat er stets nur diejenige mit Livia, nie die vorhergehende mit Scribonia bezeichnet, als seine Kinder seine drei verstorbenen oder verbannten Adoptivsöhne. Vielleicht steht hinter der Verwünschung seiner Ehe und seiner Kinder eine schreckliche späte, viel zu späte Erkenntnis?

Ich setze meine Hoffnung nur noch auf den Tod meines Vaters und auf Tiberius' Regierungsantritt. Ich schäme mich nicht für solche „vatermörderischen" Wünsche. Sie spiegeln nur die allgemeine Stimmung.

Kapitel XIV

Dichter und Tyrann

„Wenn der goldene Angelhaken abreißt, kann kein Fang den Verlust wettmachen."

Diese Einsicht hat meinen Vater nicht davor bewahrt, ihr zuwiderzuhandeln. Varus ist mit seinen drei Legionen in einen germanischen Hinterhalt geraten. Das gesamte Heer wurde vernichtet: Soldaten, Tross, Schätze. Varus und die Truppenkommandanten, die sich selbst den Tod gaben, sind dem Schicksal zuvorgekommen, das die gefangenen Offiziere erleiden mussten. Die Germanen schlachteten sie auf grausige Weise zu Ehren ihrer Götter ab. Die Katastrophe hat sich bereits im letzten Herbst ereignet, aber Einzelheiten haben erst jetzt, im Frühjahr, die Südspitze der Halbinsel erreicht.

Es heißt, mein Vater sei außer sich. Zum ersten Mal glaube ich es. Tagelang hat er nichts zu sich genommen, die Haare nicht mehr geschoren und immer wieder wie von Sinnen den Kopf gegen die Wand gestoßen mit dem Ruf: „Varus, gib mir meine Legionen wieder!"

Das ungläubige Entsetzen, das hier in Rhegium herrscht, teile ich nicht, wohl aber die Trauer des Imperiums und die Verzweiflung meines Vaters. Ich erinnere mich an einen sehr persönlichen Moment, in dem es ihm einmal entfuhr: „Alleinsein ist genauso furchtbar wie die Gesellschaft anderer." Aber Mitleid mit ihm hege ich nicht: Die für die Verteidigung des Imperiums erforderlichen Truppen hat er durch feindliche Kräfte jenseits der Grenzen eingebüßt, die erhofften Erben und leiblichen Nachkommen aber durch feindliche Kräfte im eigenen Haus verloren – oder selbst aus dem Haus getrieben.

*

Der Frühling, der achte nach meiner Ankunft in Rhegium, hüllt alles in ein neues, helles Licht. Die Zeit, die sich in Pandateria staute, verfliegt hier. Nicht, weil ich so viel zu tun hätte, sondern weil es nichts zu tun gibt. Ich kann mich hier frei bewegen, aber die örtliche und geistige Enge und die Ferne von Rom beschränken alles, was ich bin und will.

Ich bin jetzt vierundfünfzig Jahre alt. Meine Haare sind inzwischen ebenso weiß wie die meines Vaters, als ich ihn vor vierzehn oder fünfzehn Jahren zum letzten Mal sah. Er war damals schon ein alter Mann. Wie mag er jetzt aussehen?

Wenn ich nur einmal aus Rhegium hinauskäme, um in das berauschende Leben am Golf von Neapel einzutauchen! Wenn ich nur einmal wieder vom Kapitol auf das Forum hinunter blicken könnte!

Meine Hauptbeschäftigung besteht im Warten und in den Gesprächen mit einigen, meist recht gut informierten Schiffskommandanten und Militärs. Sie haben ihre Frauen ob ihrer nautischen Pflichten zu Hause gelassen und genießen die Gegenwart der Kaisertochter, deren Nimbus als Ehebrecherin und deren offenbar immer noch attraktive Erscheinung für sie doppelt interessant sind. Und ich genieße den Austausch mit politisch interessierten Gesprächspartnern – und ihre völlig unpolitischen, bewundernden Blicke.

*

Neben der Korrespondenz mit Vinicius wechsele ich Briefe mit Agrippina. Sie geht von einer Schwangerschaft zur nächsten. So wie Julia vor ihrer Verbannung bestimmte Wesenszüge ihrer Mutter in höchster Perfektion spiegelte, erkenne ich auch in Agrippina manche eigene Seiten wieder, vor allem in ihrem Familienstolz und ihrer Fruchtbarkeit. Aber ihre Briefe enthalten oft unweiblich-hochfahrende, allzu direkte Äußerungen, die ich ihr vorsichtig vorhalte, um sie zu warnen. Sie erscheint mir wie ein seltener, stolzer Vogel, der seine Kreise unter lautem Rufen und kräftigem Flügelschlagen in der Nähe von Netzen zieht, die er nicht bemerkt oder verachtet – bis er mit gebrochenen Flügeln in ihnen hängen bleibt.

Agrippina hält sich zurzeit mit Germanicus und den Kindern bei den Truppen am Rhein auf und erfreut sich großer Beliebtheit.

*

Der achte Winter in Rhegium. Ovid hat veranlasst, dass mir einige seiner Werke geschickt wurden. Er hat also wenigstens immer noch Kontakt zu Freunden in der Heimat. Die kalten Tage nutze ich, um mich nach langer Zeit wieder mit Genuss und Bewunderung in seine Verse zu vertiefen. Vor allem aber suche ich nach Stellen, die den Zorn des Kaisers hervorgerufen und die Verbannung des Dichters begründet haben könnten.

Seine „Liebeskunst“ kann nicht, wie viele behaupten, das „Gedicht“ sein, das ihm nach seinen eigenen Worten die Verbannung einbrachte.

Zwar muss jeder, der das Kaiserpaar und die Zustände am kaiserlichen Hof kennt, ganze Passagen als verschleierte Kritik verstehen. Zum Beispiel das Spiel mit dem Namen des Apollo: Ganz ungeniert stellt Ovid die gängigen Ergebenheitsadressen auf den Kopf, wenn er erklärt, Inspiration durch Apollo (sprich: Auflagen der kaiserlichen Zensur) habe er nicht nötig – die eigene Lebenserfahrung sei ihm Ausweis genug für den Wahrheitsanspruch seiner Dichtung. Und aus der Inschrift des delphischen Apolloheiligtums „Erkenne dich selbst“ macht er eine hinreißend frivole Devise für das Liebesspiel.

Doch alles dies war lange bekannt – und das mindestens schon acht Jahre vor seiner Verbannung, ohne dass mein Vater eingegriffen hätte. Eher schon könnte Ovids Tragödie „Medea“ der Stein des Anstoßes gewesen sein. So, wie ich Livia kenne, hat sie das Bild einer Frau nicht gleichgültig gelassen, die, getrieben von Hass und Rachegelüsten und um ihren Mann an der empfindlichsten Stelle zu treffen, seine (und ihre) Kinder umbringt.

Aber auch in seinen „Metamorphosen“, die Ovid unmittelbar vor seiner Verbannung in einer theatralischen Geste verbrannt hat (selbstverständlich nicht ohne die Gewissheit, dass bereits genügend Abschriften kursierten!), gibt es „Mütter, die für ihre Stiefkinder entsetzliche Gifte mischen“.

Dies ist nicht mehr nur ironisches Spiel mit mythologischen Motiven. Dies ist Hochverrat mit dichterischen Mitteln. Welche Genugtuung: trotz aller Bemühungen ist es meinem Vater nicht gelungen, die Literatur zur Magd der Politik zu machen.

*

Während ich Ovid lese, steigen die Erinnerungen an die Abende und Nächte im Haus des Maecenas auf, an denen ich teilnahm, so oft ich in Rom weilte. Maecenas war ja ein Meister im Aufspüren und Ermutigen junger Talente, die er in den Kreis seiner Gäste und Freunde einführte. Zu diesem Kreis gehörten von ihm persönlich ausgewählte Leute ohne Rücksicht auf Geburt, Stand oder äußere Verhältnisse. Es zählten allein die Begabung und die Frage, ob der Betreffende in diesen Kreis passte. In seinem gastlichen Haus auf dem Esquilin versammelte er Menschen von Bildung und Takt, den geistigen Adel der Zeit. Da Maecenas aber auch ein enger Freund meines Vaters war, kreisten die Gespräche nicht selten um die Rolle und Aufgabe des Dichters. Wie lebt ein Künstler und Intellektueller in einem politischen System, das ihm Grenzen setzt? Einige sprachen schon damals ungeschützt von „Tyrannis".

Als ich hinzustieß, hatten sich drei Lager gebildet, die jeweils von einem der drei Großen, Vergil, Horaz und Ovid, angeführt wurden.

Vergil, der Staatsdichter, erschien als lebendes Beispiel für den Frieden, den der Intellektuelle mit dem Herrscher schließen kann, wenn dieser ihm zumindest in künstlerischen Fragen freie Bahn lässt, ihm vielleicht künstlerische Entfaltung sogar erst ermöglicht. Vergil stand deshalb für den hohen Ton und das Pathos des staatstragenden Dichters.

Horaz, den Maecenas mit ehrenvollen Angeboten immer wieder beharrlich bedrängte, sein Talent in den Dienst des Kaisers zu stellen, und der dies immer wieder beharrlich ablehnte, Horaz stellte den Gegenpol zu Vergil dar. Er, der sich bereits in den Bürgerkriegen von keiner der streitenden Parteien hatte vereinnahmen lassen, brauchte auch für seine Dichtung Distanz. Die Ruhe, die er auf seinem Landgut fand, diente zugleich der Erholung und der Abkehr vom politischen Getriebe. Für Horaz diente die Poesie als Zuflucht.

Ovid aber vertrat den Typ des unabhängigen, scharfzüngigen Intellektuellen, der sich mitten ins Geschehen und das gesellschaftliche Leben seiner Zeit begibt, um gerade hierdurch seinen eigenen Ton zu finden: den funkelnden Witz und die ironische Distanz, die ihm das Leben in der Tyrannis dadurch ermöglichen, dass er diese bloßstellt. Der erhabene Stil ertönte bei Ovid als Parodie – bis ihn der Arm des Tyrannen ergriff und dorthin versetzte, wo der kritische Geist nicht mehr schaden kann.

Aber die Nachwelt wird mit Ovids Augen auf den blicken, der vergeblich versuchte, ihn zum Schweigen zu bringen.

Oder auch nicht.

Wer kann verhindern, dass der Tyrann kritische Geister ein für allemal zum Schweigen bringt? Wie können ihre Stimmen zur Nachwelt reden, wenn diejenigen nicht mehr leben, die diese Schriften im Gedächtnis bewahren? Vielleicht werden spätere Zeiten zwar noch wissen, dass Ovid eine „Medea“ geschrieben hat, nicht aber mehr deren Inhalt kennen?

Was wird mit meinen Aufzeichnungen geschehen?

Kapitel XV

Tod des Augustus

Mein Vater ist tot. Jeder hat mit diesem Ereignis gerechnet. Ich habe sogar darauf gehofft. Jetzt ist es eingetreten, und keiner mag daran glauben. Über vierzig Jahre Alleinherrschaft sind zu Ende.

Für mich werden sich endlich die Tore wieder öffnen, die mein Vater zugeschlagen hat. Mit seinem Tod ist auch seine väterliche Gewalt über mich erloschen. Vielleicht lässt nun auch Livia, wenn sie endlich ihren Sohn auf dem Stuhl meines Vaters sehen wird, in ihrer Härte mir gegenüber nach. Aber selbst wenn sie von ihrem Hass nicht ablässt, wird Tiberius, anders als sein verstorbener Adoptivvater, Ernst machen mit der Rückkehr zu einer Staatsform, in der die Freiheit des Geistes und des Wortes wiederhergestellt wird. Dies bedeutet nicht nur für mich den Beginn eines neuen Lebens. Auch für Agrippa und Julia könnte jetzt das Ende der Verbannung näher rücken.

*

Eine Woche nach der Todesnachricht befindet sich ganz Rhegium im Ausnahmezustand. Zunächst waren alle Läden und Tavernen geschlossen. Jetzt können sie kaum die hin- und her wogenden Menschenmassen fassen. Tag und Nacht qualmen auf den Altären Opfergaben. Es wimmelt von den widersprüchlichsten Gerüchten über die Umstände des Todes.

Auf dem Totenbett hat er sich, wie berichtet wird, kosmetisch herrichten, die Haare frisieren und die eingefallenen Wangen röten lassen, um dann seine Freunde aufzufordern, die Komödie, die er so gut gespielt habe, zu beklatschen. So ist er sich bis zum Schluss treu geblieben. Der Staatsschauspieler hat die Wahrheit unter einer kosmetischen Maske ausgesprochen.

In Rhegium hält man sich aber mit dieser seltsamen Szene nicht lange auf. Viel interessanter sind die Gerüchte um die Ursache und Folgen seines Todes.

Zum einen heißt es, mein Vater sei in Nola friedlich in Livias Armen gestorben mit dankbaren Worten für die lange, glückliche Ehe.

Dann die gegenteilige Version: er habe von seinem Lieblingsbaum Feigen gepflückt, die Livia vorher vergiftet habe.

Einmal heißt es, er habe mit dem herbeigeeilten Tiberius lange unter vier Augen gesprochen und die Herrschaft vertrauensvoll in dessen Hände gelegt.

Dagegen wollen einige aber, als Tiberius das Zimmer verließ, den Todkranken haben seufzen hören: „Du armes römisches Volk, zwischen welchen Kinnbacken wirst du zermalmt werden!"

Auch wenn diese Sorge meines Vaters kein Geheimnis war, erscheint die dritte Version denn doch reichlich abenteuerlich: Livia, habe, um die Übertragung der Regierungsgewalt an Tiberius sicherzustellen, den Tod des Kaisers unter allerlei Tricks so lange verheimlicht, bis Tiberius aus Illyrien in Nola eingetroffen war, und dann die angebliche Szene unter vier Augen arrangiert.

An all diesen Spekulationen beteilige ich mich nicht. Von hier aus lässt sich nicht erkennen, was Wahrheit oder Lüge ist. Meine sonst recht gut informierten Gesprächspartner plagen zurzeit ohnehin ganz andere Sorgen: Das Trinkwasser für die hier stationierten Schiffe soll endlich dieselbe Qualität haben wie das Wasser der Piscina Mirabilis in Misenum, weshalb man sich stundenlang hingebungsvoll in technische Quisquilien vertieft. Aber wer will es ihnen verdenken? In der allgemeinen Unsicherheit zieht jeder den Kopf ein und versucht nur das Nötigste zu tun – und dabei seinen eigenen Vorteil zu verfolgen.

*

Ich scheue mich und zögere, das Schreckliche hinzuschreiben – als wenn es dadurch ungeschehen gemacht werden könnte.

Agrippa wurde auf Planasia ermordet. Laut offizieller Mitteilung aus dem Kaiserhaus entsprechend einem Befehl meines Vaters, den dieser unmittelbar vor seinem Tod gegeben haben soll.

Ich kann das nicht glauben. Mein Vater mag zunächst gehofft haben, ich hätte ihm, Phoebe vergleichbar, durch meinen Tod manches erspart. Er mag auch vielleicht den Tod meiner Tochter Julia, sogar den Tod Agrippas gewünscht haben. Aber nie hätte er die Ermordung eines Adoptivsohns und Enkels veranlasst. Er hat jetzt aus seiner direkten Nachkommenschaft keinen Erben mehr.

Agrippa, das Abbild seines von mir geliebten Vaters, Agrippa, mein ungezähmter, trotziger, in vielem noch so kindlich tatendurstiger Sohn, Agrippa, mein letzter, nun ebenfalls ermordeter Sohn.

Welch vielversprechende, eigenwillige Kraft lag in ihm. Diese Kraft konnte jetzt nur gewaltsam gebrochen werden – auf „kaiserlichen Befehl", wer auch immer sich hinter diesem Namen verbergen mag.

Wenn ich an meine Familie denke, blicke ich, ohne die Wohltat der Tränen, schaudernd auf einen Leichenberg.

*

Der lange Brief, den Vinicius heute schickte, enthält die Antworten auf manche Fragen der letzten Wochen. Vinicius ist gleich nach Rom gereist, um dort an den Trauerfeierlichkeiten und anschließenden Staatsakten teilzunehmen. Dabei hat er einiges über die Vorgeschichte und Hintergründe der Ermordung Agrippas herausgefunden. Selbst aus dem Bericht dieses welterfahrenen Lebemanns spricht kaltes Entsetzen.

Mein Vater hat unmittelbar vor seinem Tod heimlich, ohne Livias Wissen, Agrippa in Planasia aufgesucht. Er muss also – wie auch immer – erkannt haben, dass hinter der grausamen Behandlung seines Enkels Livias Machenschaften standen. In Planasia ist es unter Tränen und liebevollen Umarmungen zu einer bewegten Versöhnungsszene zwischen Großvater und Enkel gekommen. Agrippas Rückkehr ins großväterliche Haus wurde beschlossen.

Begleitet wurde mein Vater nur von Fabius Maximus, der auch zum Freundeskreis um Ovid, Julia und Aemilius Paullus gehörte und nach wie vor mit Ovid in Verbindung stand. Der Besuch meines Vaters in Planasia mag deshalb eine ganze Reihe von Gründen gehabt haben. Maximus hat dann wohl seiner Gattin Marcia von der Reise erzählt, denn kurz nach der Rückkehr gab Maximus sich den Tod, für den sich bei seiner Bestattung Marcia laut klagend die Schuld gab. Marcia aber ist eine enge Freundin Livias. Die Version vom vergifteten Feigenbaum erscheint hiernach keineswegs mehr so unglaubwürdig.

Der Militärtribun, der den Mordauftrag ausgeführt hatte, meldete Tiberius in Gegenwart einiger Senatoren den Vollzug des Befehls. Tiberius erklärte daraufhin, nicht er habe den Auftrag gegeben, sondern der verstorbene Kaiser. Angesichts der Verlegenheit des

Tribunen und der bestürzten Gesichter der Anwesenden verkündete er, er werde die Sache vor dem Senat gerichtlich klären lassen. Bis heute schweigen Tiberius und Livia. Sie meiden die Öffentlichkeit, und niemand wagt es, Tiberius an seine Ankündigung zu erinnern.

Ich glaube Tiberius, dass nicht er diesen Befehl gegeben hat. Aber ich bin sicher, dass es nicht mein Vater war. Alles spricht dafür, dass Tiberius wieder einmal seine Mutter deckt.

*

Tiberius hat als Erbe und Vollstrecker des kaiserlichen Testaments zwei Schreiben geschickt. Das erste trägt die Überschrift: „Bestimmungen aus dem Testament des vergöttlichten Imperators Caesar Augustus, seine Tochter Julia betreffend."

> *Die Verbannung meiner Tochter Julia und ihrer Tochter Julia soll in der bisherigen Form bestehen bleiben. Weder meine Tochter noch meine Enkelin sollen nach ihrem Tod in dem von mir erbauten Mausoleum beigesetzt werden.*

Jetzt hat mir mein Vater das Letzte genommen, was mir seit meinem Sturz und in all den Jahren der Verbannung als Hoffnung geblieben war: die Aussicht auf ein Grab im Kreis der Meinen, an der Seite Agrippas und meiner Söhne. Immer, wenn ich das Mausoleum mit einer Aschenurne betrat, stärkte mich das Bewusstsein: Hier werde auch ich einmal meine Ruhe finden. Mit dieser Bestimmung nimmt er allem, wofür ich herhalten musste, all meinen angeordneten und verhinderten Ehen, den Sinn.

Aber mein Vater hat hiermit nicht nur *meine* Hoffnungen zerstört, sondern auch seine eigenen. Was für ein Widersinn! Sein gewaltiges Mausoleum, errichtet als Stätte des ruhmvollen Gedenkens an die Dynastie der Julier, versperrt er nun derjenigen, die mit ihren Söhnen und Töchtern diese Dynastie überhaupt erst begründet hat. In seinem unversöhnlichen Hass auf Tochter und Enkelin hat er aus dem Fundament seines Lebenswerks nun die entscheidenden Steine selbst herausgebrochen.

Kapitel XVI

Tiberius

Schmerz und Fassungslosigkeit angesichts dieser endgültigen Verstoßung durch meinen Vater hatten mich zunächst gehindert, das zweite Schreiben zu lesen.

Tiberius an Julia.
Sei gegrüßt.
Der vergöttlichte Caesar hat testamentarisch über sein Vermögen verfügt. Es fällt zu einem Drittel an seine Gattin, zu zwei Dritteln an mich, seinen Adoptivsohn und designierten Nachfolger.
Hinsichtlich deiner Anteile am väterlichen Vermögen sowie der finanziellen Mittel, die dir bisher zugeflossen sind, liegt von dem Verstorbenen keine Verfügung vor.
Qui tacet consentire videtur.
Der vergöttlichte Caesar hat dich weder nach unserer Eheschließung noch nach unserer Scheidung aus seiner väterlichen Gewalt entlassen. Deshalb und um sein Schweigen in dieser Sache zu ehren, sehe ich mich genötigt, nach der bestehenden Rechtslage zu verfahren. Deine bisherigen Anteile sind demnach ab sofort als Teil des Vermögens des Kaisers zu betrachten.
Lebe wohl.
Tiberius Caesar

Der Inhalt dieses perfiden Schreibens ist vermutlich das Werk Livias, die Formulierung reinster Tiberiusstil. Wer oder was zwingt ihn, einer Rechtslage zu folgen, die sich daraus ableitet, dass *keine* Verfügung meines Vaters vorliegt? Als er mir seine Geschenke nach Pandateria nachsandte, handelte er sogar gegen die bestehende Rechtslage. Wenn er wollte, könnte er also auch jetzt großzügig verfahren.

Und mein Vater? Wenn er es gewollt hätte, hätte er mir die zur Verfügung gestellten Mittel auch schon vorher entziehen können.

Ausdrücklich hat er – schlimm genug – bestimmt, dass meine Verbannung „in der bisherigen Form“ weiterbestehen soll. Zur bisherigen Form gehören aber auch die für die bisherige Lebensführung erforderlichen Mittel. Wenn er in diesem Punkt keine neuen Anweisungen gegeben hat, ist das nur logisch.

Tiberius' scheinbar pietätvolle Textauslegung ist eine ungeheuerliche Manipulation, die mich in die Knie zwingen soll. Er gibt sich, wie schon nach Agrippas Ermordung, als treuer Vollstrecker des väterlichen Willens, weil dieser sich nicht mehr artikulieren kann. Dass Tiberius sich dabei „genötigt“ sieht, will ich gern glauben, nur dass das ihn nötigende Gesetz in diesem Fall vermutlich bekannte weibliche Züge trägt.

Aber was nützen alle diese Überlegungen? Ich besitze zwar inzwischen in Form von Geschenken ein geringes eigenes Vermögen. Vor allem die Kostbarkeiten, die Tiberius mir nach Pandateria nachschickte, werden für eine gewisse Zeit reichen. Aber wie und wovon soll ich auf Dauer hier meinen ohnehin bescheidenen Lebensstil bestreiten?

*

Mich lässt die Frage nicht los, ob die Auszüge aus dem Testament meines Vaters überhaupt echt sind.

Vielleicht hat Livia die letzten Stunden des Sterbenden oder die kurze Zeitspanne zwischen seinem Tod und der Übergabe der Regierungsgeschäfte an Tiberius genutzt, um in dem Testament Ergänzungen oder Streichungen vorzunehmen? Sie hätte sich damit durchaus als würdige Nachfolgerin meines Vaters erwiesen. Glaubhafter Überlieferung zufolge ist er seinerzeit ja gleich zweimal so verfahren: als er das Testament Caesars präsentierte, das ihn als Erben auswies, und als er sich widerrechtlich in den Besitz von Antonius' Testament setzte, um den Senat durch den Vortrag bestimmter Passagen zum Krieg gegen Antonius aufzuhetzen.

Aber es gibt niemanden, der in Rom dieser Sache nachgehen könnte.

*

Tiberius' erste Regierungshandlungen zeigen, dass er versucht, den politischen und persönlichen Einfluss seiner Mutter zurückzudrängen. Obwohl oder gerade weil er weiß, dass er seine jetzige Position seiner Mutter verdankt, will er endlich nicht mehr der ewige Zweite sein. Und er scheint Ernst machen zu wollen mit den republikanischen Vorstellungen seiner frühen Jahre. Er will offenbar die von ihm gehasste Weiberherrschaft beenden und die Senatsherrschaft erneuern. Obwohl er sich sonst peinlich genau an das Testament meines Vaters hält, lehnt er beispielsweise den Titel „Augustus" ab, den mein Vater ihm übertragen hat – dies sei kein vererbbarer Titel, sondern ein verliehener Beiname. Deshalb untersagt er auch Livia, den Titel „Augusta" zu führen, den mein Vater ihr testamentarisch vererbt haben soll. Ihre giftige Empörung hierüber hat meinen Verdacht bestärkt, dass das veröffentlichte Testament Bestimmungen enthält, die mit der Regierungsform und den Grundsätzen meines Vaters nicht zu vereinen sind.

Könnte vielleicht Tiberius' feindselige Haltung mir gegenüber gemildert werden, wenn es ihm gelingen sollte, Livias Herrschsucht tatsächlich in die Schranken zu weisen?

In Vinicius' Augen ist Tiberius' Zurückhaltung freilich reine Pose, um als der gegen seinen Willen zur Herrschaft Gedrängte zu erscheinen. Vinicius hält ja auch die Version für zutreffend, nach der mein Vater vor seinem Tod in einem Vieraugengespräch Tiberius in die Geheimnisse seiner Herrschaft eingeweiht habe. Und dazu gehört nun einmal die Bescheidenheitsgeste, mit der man zu Beginn der Herrschaft alle angebotenen Ämter zurückweist. Das mag durchaus so sein.

Aber vielleicht sind Tiberius' Zögern und seine Selbstbescheidung dem Senat gegenüber nicht nur Pose und Ritual, sondern echt? Seine Gedanken zu verbergen ist ihm so zur zweiten Natur geworden, dass keiner weiß, was von seinen Worten und Gesten in Wahrheit zu halten ist. Warum sollten andererseits die Senatoren, an die Alleinherrschaft gewöhnt, nun plötzlich an Aufrichtigkeit glauben, zumal bei einem so undurchsichtigen Charakter wie Tiberius?

Denn auch wenn Vinicius recht hätte, wäre Tiberius nicht der geeignete Mann, die machtpolitischen Finessen eines Augustus zu kopieren. Dazu fehlen ihm Charisma und Autorität. Wo mein Vater seine Gegner mit lächelndem Gesicht zum Schweigen brachte, arbeitet Tiberius mit „zermalmenden Kinnbacken".

Noch aber kann ich mir nicht vorstellen, dass diese Kinnbacken auch mich zermalmen wollen.

*

Mein vorsichtiges Aufatmen war voreilig. Wie ich soeben beim Besuch eines Schiffskommandanten erfuhr, erscheint Tiberius neuerdings in einer neuen Rolle und verstrickt sich hierbei in ein unauflösliches Dilemma. Der Senat fordert ihn auf, sein ewiges Zögern aufzugeben und endlich die Zügel der Alleinherrschaft zu ergreifen. Tiberius muss, will er glaubhaft bleiben, dem Senat willfahren und damit genau das tun, was seinem Ideal der Senatsherrschaft widerspricht.

Nur so lässt sich vielleicht ein unbegreiflicher Vorfall erklären, bei dem Tiberius nun erstmals als rücksichtsloser Alleinherrscher aufgetreten ist. Er veröffentlichte einen „verräterischen Brief" seines verstorbenen Bruders Drusus: Überlegungen, wie man Augustus zur Wiederherstellung der republikanischen Freiheit „zwingen" könne. Damit will er wohl ein Zeichen setzen, dass er Hochverrätern, ohne Ansehen der Person, keine Gnade erweisen wird.

Aber abgesehen von dem Verrat, mit dem Tiberius hier seinen toten Bruder denunziert, wird jetzt natürlich die Frage laut, was solche Überlegungen in einem vertraulichen brüderlichen Brief wohl über dessen Adressaten sagen. Für mich, die die ungewöhnlich vertrauensvolle Zuneigung der beiden Brüder in Aquileia miterlebte, ist dieser Vorgang doppelt unbegreiflich.

Tiberius will offenbar jetzt auch damit in die Fußstapfen seines Adoptivvaters treten, dass er gegen seine eigenen Familienmitglieder zu wüten beginnt.

*

Ein unglaubliches Gerücht hält ganz Rhegium in Atem: Agrippa lebt und rückt mit einer täglich wachsenden Anhängerschar auf Rom vor, um Tiberius zu einem Machtkampf herauszufordern. In meiner wachsenden Verdüsterung wage ich es nicht, diesen Nachrichten Glauben zu schenken, und kreise trotzdem um dieselben Fragen und unvernünftigen Hoffnungen:

Agrippa hatte Freunde und Verbündete in allen Teilen des Landes, die sich sofort um ihn scharen würden, wenn er lebte. Wäre es möglich, dass der Militärtribun, der den kräftigen Agrippa, wie es heißt, nur mit größter Anstrengung erwürgen konnte, eine Tat berichtete, die er gar nicht beging? Weil er dem körperlich Überlegenen nicht gewachsen war, dies aber nicht zu gestehen wagte? Oder weil er, bestochen durch Agrippas Freunde, sein Opfer entkommen ließ und durch seine Vollzugsmeldung die Befreiungsaktion deckte? Ist es wirklich Agrippa? Oder wagt hier jemand in seinem Namen diesen Einsatz für die julische Familie?

*

Der falsche Agrippa war ein enger Freund meines Sohnes, der diesem an Gestalt so weit ähnelte, dass er, unterstützt durch eine entsprechend üppige Haar- und Barttracht, für einige Wochen dessen Rolle spielen konnte. Seine Quartiere in den Ortschaften bezog er stets im Schutz der Dunkelheit, nach Einbruch der Nacht, und verließ sie noch vor Tagesbeginn, immer umringt und gedeckt von seinen Vertrauten. Er hatte einen gewaltigen Zulauf und wurde bereits umjubelt als künftiger Kaiser. Ein bewährter Spitzel hat sich dann unter die Gefolgschaft gemischt und den falschen Agrippa Tiberius in die Hände gespielt.

Der Gefangene soll auf Tiberius' Frage, wie er zu der Rolle des künftigen Kaisers gelangt sei, mit dem Mut des Gescheiterten geantwortet haben: „Auf dieselbe Weise wie du." Womit er wohl so viel meinte wie: nach dem Tod der legitimen leiblichen Erben des Kaisers.

Noch während er abgeführt wurde, soll er gedroht haben, Agrippas Familie habe in Rom und jenseits des Tyrrhenischen Meeres noch viele einflussreiche Freunde. Über sein weiteres Schicksal, auch über seine Identität ist nichts bekannt. Tiberius hat den jungen Mann wohl sofort hinrichten lassen.

Clementia, Gnade – so lautete Caesars „neue Art zu siegen". Die neueste lautet: Vernichtung des Gegners und der Erinnerung an ihn.

*

Tiberius' neuem Kurs ist nun auch Sempronius zum Opfer gefallen. Der Kreis schließt sich. Ich bin jetzt die einzige Überlebende unserer

Verschwörung. Ein Kapitän, dessen Schiff von Afrika gekommen ist, hat heute Näheres berichtet.

Sempronius hat, als er am Ufer von Cercina, wo er seit vierzehn Jahren als Verbannter lebte, das sich nähernde kaiserliche Schiff erblickte, sofort gewusst, was dies bedeutete, sich nach Hause begeben, von seiner Gattin Alliaria verabschiedet und sich dann von den Häschern widerstandslos und schweigend ermorden lassen.

Tiberius hatte immer ein gutes Gedächtnis. Aber kann Sempronius' Brief, der vor fast zwanzig Jahren mit abschätzigen Bemerkungen über Tiberius meine Scheidung vorantreiben sollte, diesen tödlichen Hass erklären?

Durchaus. Tiberius lebte auch früher in der ständigen Furcht vor Anschlägen und Verschwörungen. Vermutlich haben die Erfolge und Drohungen des falschen Agrippa diese Furcht verstärkt.

Ich beginne, diese Furcht zu fürchten.

*

Vielleicht tue ich Tiberius mit meinen Verdächtigungen doch unrecht. Livia macht sich zur Herrscherin Roms. Sie trägt Tiberius zum Trotz den Namen Augusta und soll von manchen Senatoren bereits als „Mutter des Vaterlandes", von einigen sogar schamlos als „Vater des Vaterlandes" tituliert werden. Tiberius versucht zwar, diesen Auswüchsen zu begegnen, und hat ihr den von ihr beanspruchten Vortritt in Staatsgeschäften untersagt. Aber die Lenkung der häuslichen Geschäfte kann er ihr nicht verbieten. Und worin unterscheiden sich noch häusliche und öffentliche Angelegenheiten, seit mein Vater sein Privathaus zum Vesta-Tempel gemacht hat? Ich jedenfalls, die Tochter ihres verstorbenen Ehegatten, gehöre für Livia mit Sicherheit zu den „häuslichen Angelegenheiten".

*

Gelos ist verschwunden. Er hat sich ohne Abschied abgesetzt – zu seiner Mutter, wie mir eine der Sklavinnen vertraute. Dabei erfuhr ich, dass diese Frau eine Freigelassene von Livia ist. Der Argwohn meiner Mutter war also wohl doch nicht unbegründet. Ich muss davon ausgehen, dass Livia in all den Jahren stets bestens im Bilde war über alles, was hier getan und gesprochen wurde.

Mich schüttelt der Zorn über meine Ahnungslosigkeit, mein Vertrauen und Gelos' Undankbarkeit. Ich bin voller böser Ahnungen.

*

Heute Morgen wachte ich ungewöhnlich früh auf. Statt des üblichen Trällerns und Rumorens herrscht Totenstille. Ich rufe nach den Sklavinnen. Niemand erscheint. Ich suche ungläubig in allen Räumen. Niemand ist zu sehen. Als ich die Flügel des Eingangstors öffne, pralle ich im Gegenlicht der blendenden Morgensonne gegen den Brustpanzer eines Zenturios, der mir mit ausgestreckten Armen den Weg versperrt: „Kaiserlicher Befehl!"

Ich herrsche ihn an, meine Sklaven hätten mich verlassen, ich müsse mir das Lebensnotwendige jetzt selbst beschaffen.

Er erklärt, ich dürfe das Haus nicht verlassen. Jeder gesellige Kontakt sei verboten.

Wovon ich denn dann leben solle?

„Vier Unzen Brot, eine Unze Käse und einen Krug Wasser wird der diensttuende Bewacher täglich vor dieses Eingangstor stellen."

Ich hatte nicht einmal Zeit, den Türklopfer zu ergreifen. Er drängte mich ins Haus und ließ hinter mir die Torflügel krachend ins Schloss fallen.

Dies ist also das Ende. Mit niemandem zu sprechen, niemanden zu sehen, ohne Sklaven, Gefährten, Gesellschaft zu leben, wäre schon schlimm genug. Aber Tiberius will mich nicht nur geistig, sondern auch körperlich verhungern lassen. Oder richtiger: mir gerade nur so viel Nahrung zukommen lassen, dass es zum Sterben nicht reicht, aber die Kräfte mich langsam verlassen. Ein Plan, der seiner würdig ist!

Während man in Rom meinem vergöttlichten Vater Altäre errichtet und im Mars-Tempel sein goldenes Abbild auf einem Ruhebett aufbahrt, soll seine Tochter unbemerkt aus dieser Welt verschwinden. Würde dies in Rom bekannt, das Volk würde Tiberius und seine Mutter hinwegfegen.

Wie konnte ich mich so täuschen? Woher diese Unmenschlichkeit eines Mannes, der sich sonst durch Mitleid, Großzügigkeit und Hilfsbereitschaft auszeichnete: gegenüber seinen Soldaten im Feld, gegenüber Kranken und Notleidenden in Aquileia wie in Rhodos? Kann der Besitz der Herrschaft einen Menschen so verändern – einen Menschen, der es sich sonst zur Pflicht machte, vor jeder Tat sein Gewissen zu prüfen, ob das Geplante zu verantworten sei?

Aber Tiberius verfolgt jeden, der ihn durchschaut, mit tödlichem Hass. Er weiß, dass ich seine geheimsten Gedanken kenne. Aber auch er kennt meine ehrgeizigen, verschwörerischen Pläne. Dies und mein julisches Geschlecht verurteilen mich zum Tode.

Als unser Lehrer Tiberius einmal einen „mit Blut getränkten Lehmkloß" nannte, meinte er damals nur dessen rhetorische Fähigkeiten. Er wusste nicht, wie treffend dieses Bild auch in anderer Beziehung sein würde.

Tausende gefallener Soldaten. Tausende Ermordeter, Verbannter, Verhungerter, in den Selbstmord Getriebener – Senatoren, Ritter, Geschichtsschreiber, Philosophen und Dichter, Familienväter und -mütter. Unter der Herrschaft des „Friedensfürsten" und im Zeichen des „Friedensaltars" unablässige Kämpfe an den Grenzen des Reiches. Innerhalb des Reiches im Namen der angeblich wiederhergestellten republikanischen Freiheit Zensur und Terror, Angst und Heuchelei – ist dies der Preis, ist dies die Kehrseite – oder ist dies das wahre Gesicht unseres gepriesenen „goldenen Zeitalters"?

Meine Hoffnung gilt jetzt Germanicus. Er ist äußerlich das Abbild von Jullus und seinem Großvater Antonius. Julisches Blut fließt in seinen Adern. Zum gefährlichen Rivalen für Tiberius machen ihn vor allem sein Pflichtbewusstsein, seine Bildung und sein offenes, gewinnendes Wesen, seine Beliebtheit und sein Charisma. Nicht nur ich – alles hofft auf Germanicus als den ersehnten Herrscher Roms.

*

Am Ende meines Lebens frage ich mich, was das Beste in diesem Leben war.

Die Begegnung mit zwei Männern, die mein Vertrauen und meine Achtung nie enttäuscht haben und denen ich das Gute verdanke, das mein Leben geprägt hat: Agrippa eine glückliche Ehe mit fünf Kindern und den Genuss eines Lebens im Glanz, im Dienst und im Zentrum der Macht, Vinicius die Unempfindlichkeit gegen Kleingeisterei und Kleinmütigkeit und den Sinn für alles, was dem Leben Schönheit, Grazie und Kultiviertheit verleiht.

Wir sind nur noch wenige. Viele sind durch Zufall, die Tüchtigsten durch Tod, Intrigen und Verfolgung ausgeschaltet worden. Tiberius' Befehl erspart mir ein Greisenalter und ein Leben, das unter seiner und Livias Tyrannis elender wäre als der Tod.

Aber mich bekümmert, dass ich den Tod nicht wie Labienus bei den Meinen suchen kann. Das Mausoleum meines Vaters ist mir versperrt. Welche Grabstätte wird meine Asche aufnehmen? Wird es überhaupt einen Gedächtnisort geben? Es bleibt nur das, was das Gedächtnis der Nachwelt festhält.

Philetus kennt die Stelle, an der ich diese Papiere verstecke. Er wird dort auch die Geschenke finden, die Tiberius mir einst machte. Ich brauche sie nicht mehr.

Nur noch das Fläschchen aus Bergkristall, das ich seit meiner Abreise aus Rom bei mir trage.

Die Reste, die ich auf einem Tisch fand, einen halben Laib Brot, zwei blauglänzende Weinreben und einen Krug mit Wein habe ich eben unter den erstaunten Blicken des Zenturio auf die oberste Treppenstufe vor dem Eingangstor gestellt.

*

Alle Fenster sind weit geöffnet. Ich will mein Leben nicht in einem dunklen Kerker beenden. Zum ersten Mal bin ich frei von väterlichen und ehelichen Zwängen. Selbst ein Tiberius kann mich nicht mehr hindern, mich von einem Leben in Unfreiheit durch eigenen Entschluss zu befreien.

Nachwort

Den Anstoß zu diesem Buch gaben zunächst zwei sehr unterschiedliche Gefühle: Unmut und Mitgefühl. Unmut darüber, dass die damaligen politischen Drahtzieher mit dem von ihnen verordneten Geschichtsbild, das ihre teilweise kriminellen Machenschaften verschleiern sollte, die historische Überlieferung vielfach bis heute prägen; Mitgefühl mit den fast vergessenen Opfern dieser Machenschaften, vor allem mit Julia und ihren Kindern.

Das aber reizte meine kriminalistische Spürlust. In den antiken Quellen häufen sich an bestimmten Stellen verdächtig auffällige Überlieferungslücken oder verschüttete Zusammenhänge. Offenbar sollten alle Erinnerungen an Julia, die nicht der offiziellen Version der „schamlosen Ehebrecherin" entsprachen, ausgelöscht werden. Und was Augustus, dem Vater dieses „Krebsgeschwürs", dieser „Eiterbeule", noch nicht gelungen war, das besorgten nach seinem Tod Livia und Tiberius. Umgehend „sichteten" und „ordneten" sie Archive und Bibliotheken.

Es ging mir also darum, weiße Flecken und Ungereimtheiten der Überlieferung mit den unbezweifelbaren, bekannten Fakten in einen plausiblen Zusammenhang zu bringen: Warum spielt beispielsweise der Tod des einzigen Kindes von Julia und Tiberius, eines Kindes, dem doch im familiären Machtpoker des Kaiserhauses eine wichtige Rolle zukam, in der historischen Überlieferung so gut wie keine Rolle? Und warum zogen sich Julia und Tiberius im Folgenden fast zeitgleich und auf so rätselhafte Weise aus der aktiven Politik zurück? Was stand vermutlich tatsächlich hinter dem sogenannten „Julia-Skandal"?

Streng quellengestützt und mit „gebundener Fantasie" habe ich bisher rätselhafte oder verschleierte Vorgänge so rekonstruiert, dass sie zumindest so hätten stattfinden *können*. Alle Vorgänge und handelnden Personen sind, bis auf die beiden Sklaven Philetus und Phylax, historisch belegt, die Aussprüche oder Gespräche entweder wörtlich überliefert oder so formuliert, dass sie der überlieferten Denkweise und Haltung der jeweiligen Akteure entsprechen.

Manche Vorstellungen der damals führenden Gesellschaftsschicht mögen uns heute fremd vorkommen. Umso erstaunlicher erscheinen die Aktualität vieler gesellschaftspolitischer Probleme und die Zeitlosigkeit machtpolitischer Mechanismen.

Allen, die zum Entstehen dieses Buches beigetragen haben, möchte ich auch hier herzlichen Dank sagen: Hans Joachim Gehrke und Michael Zahrnt für wichtige fachliche Hinweise. Freunden und Kollegen für Kritik und freundschaftliche Unterstützung. Cornelius Hartz für sein anregendes Lektorat. Und schließlich dem Verlag, der es ermöglicht, dass Julias Schicksal nun auf eine Weise lebendig werden kann, die auch der Genugtuung darüber dient, dass nicht *alle* Versuche, unser Gedächtnis zu manipulieren, von Erfolg gekrönt sein müssen.

Zeittafel

v. Chr.

63	* C. Octavius (seit 44 „Octavianus“, seit 27 „Augustus“).
58	* Livia.
44	Ermordung Caesars und testamentarische Adoption Octavians. Im Folgenden: Kampf um Caesars Erbe zwischen den Rivalen Octavian, Antonius und Sextus Pompeius.
41/40	Octavian heiratet Scribonia.
39	* Julia. Octavian scheidet sich von Scribonia und heiratet Livia.
31	Die von Agrippa befehligte römische Flotte besiegt bei Actium Antonius und Kleopatra. Daraufhin Selbstmord der beiden in Alexandria.
29	Siegesfeierlichkeiten und Triumphzug Octavians in Rom.
27	Octavian legt alle Ausnahmegewalten nieder („Wiederherstellung der Republik“). Auf Bitten des Senats übernimmt er den Beinamen „Augustus“ (der Erhabene) und die geschickt verschleierte Alleinherrschaft (zunächst „Prinzipat“ = „Herrschaft des ersten Mannes“, dann unter seinen Nachfolgern „Kaiserherrschaft“).
25	Julia heiratet Marcellus.
23	Krisenjahr in Rom. Augustus, lebensgefährlich erkrankt, erklärt Agrippa zu seinem Nachfolger. Tod des Marcellus.
21	Julia heiratet Agrippa (Geburt der Kinder: Gaius 20, Julia d. J. 19/18, Lucius 17, Agrippina 14/13, Agrippa Postumus 12)
17	Augustus adoptiert seine beiden Enkel Gaius und Lucius.
17–13	Agrippa und Julia im Osten.
12	Tod des Agrippa. Tod der Octavia.

11	Julia heiratet Tiberius.
10	Geburt des gemeinsamen Kindes Nero.
9	Einweihung der Ara Pacis an Livias Geburtstag. Tod des Nero.
8	Tod des Maecenas.
6	Tiberius geht ins freiwillige Exil nach Rhodos. Beginn der Verschwörungspläne von Julia und Jullus.
2	Augustus feiert als „Vater des Vaterlandes“ sein 25-jähriges Regierungsjubiläum. Verbannung Julias nach Pandateria und ihre Scheidung von Tiberius.
1	Gaius geht in kaiserlicher Vertretung in den Osten, Lucius nach Massilia.

n. Chr.

2	Tod des Lucius in Massilia. Tiberius’ Rückkehr nach Rom.
4	Tod des Gaius in Limyra. Augustus adoptiert Tiberius und Agrippa Postumus. Julias Übersiedlung nach Rhegium.
ca. 6	Agrippas Verbannung nach Boscotrecase.
7/8	Verschwörung der Kinder. Agrippa verbannt nach Planasia, Julia d. J. verbannt nach Trimeris, Ovid verbannt nach Tomi.
9	Niederlage des Varus im Teutoburger Wald.
14	Tod des Augustus, Regierungsantritt des Tiberius. Agrippa wird auf Planasia ermordet, der „falsche Agrippa“ hingerichtet. Tod der Julia in Rhegium.

Personenverzeichnis

Aeneas

Held der „Aeneis“, des von Vergil verfassten „Nationalepos“ der Römer, und mythischer Stammvater der Römer. Er ist der Sohn der Göttin Venus und des Trojaners Anchises. Er flieht mit dem Vater und seinem Sohn Julus aus dem brennenden Troja und findet nach langen Irrfahrten am Tiberufer in Latium eine neue Heimat für sich und seine Nachkommen. Das göttliche Erbe seiner Mutter lebt auch in seinem Sohn, dem Ahnherrn des julischen Geschlechts, das seit Caesar seinen göttlichen Ursprung herausstreicht.

Agrippa (64–12 v. Chr.)

Studienfreund und Kampfgefährte des Augustus. Erfolgreicher Organisator und Oberbefehlshaber über die römischen Streitkräfte, heiratet nach seiner Scheidung von Marcella d. Ä. Julia und hat mit ihr fünf Kinder.

Agrippina

Die jüngste Tochter Julias, verheiratet mit Germanicus und Mutter zahlreicher Kinder, vertritt nach Germanicus' Tod die Herrschaftsansprüche des julischen Hauses in Rom auf offensive Weise. Sie wird von Tiberius nach Pandateria verbannt und dort im Folgenden von Tiberius' Häschern ermordet, wobei sie sich so heftig wehrt, dass ihr ein Auge ausgeschlagen wird.

Marcus Antonius (82–30 v. Chr.)

Jullus' Vater, stärkster Rivale des Augustus im Kampf um Caesars Erbe. Nach dem endgültigen Bruch lässt er sich von Augustus' Schwester Octavia scheiden und baut mit der ägyptischen Königin Kleopatra seine Herrschaft im Osten des Reiches aus. Nach der Niederlage bei Actium begeht er zusammen mit Kleopatra Selbstmord.

Augustus (63 v. Chr.–14 n. Chr.)

Großneffe und Adoptivsohn Caesars, Geburtsname: Gaius Octavius, später „Octavian“. Er beendet die nach Caesars Ermordung ausgebrochenen Bürgerkriege und führt seit 27 v. Chr. den Titel „Prinzeps“ („Erster Bürger“) und den Beinamen „Augustus“ („der Erhabene“). Durch geschickte Häufung republikanischer Ämter und Amtsbefugnisse (z. B. Konsul, Oberpriester und Sittenrichter) gewinnt er die faktische Alleinherrschaft über das

Römische Reich. Seine Nachfolger nennen sich nach Augustus' Adoptivvater „Kaiser".

Apollo
Griechisch-römischer Gott des Maßes, des Lichts, der Weissagung und der Künste, Schutzgott der Musen. Verehrt wird er vor allem im Orakelheiligtum in Delphi.

Cato d. Ä. (234–149 v. Chr.)
Führender Politiker Roms, bekannt für seine sparsame Lebensführung im Sinne der altrömischen Tugenden.

Censorinus
Berater des jungen Gaius bei dessen Reise in den Osten. Er endet dort, fast zeitgleich mit Lollius, vermutlich durch Selbstmord.

Claudia Livilla
Livias Enkelin und Tochter von Drusus d. Ä und Antonia d. J., in erster Ehe mit Gaius verheiratet, dann mit Drusus d. J.

Dido
Im Aeneas-Mythos die Königin von Karthago, die sich in Aeneas verliebt und sich, als dieser sie heimlich verlässt, aus Schmerz tötet.

Dionysos (lat. Bacchus)
Griechischer Gott des Weines und der rauschhaften Ekstase.

Gaius (20 v. Chr.–4 n. Chr.)
Ältester Sohn von Julia, aus ihrer Ehe mit Agrippa.

Germanicus (15 v. Chr.–19 n. Chr.)
Erfolgreicher, charismatischer Feldherr, wird von Tiberius aus Germanien abgerufen und nach Kleinasien geschickt, wo er vergiftet stirbt. Der des Giftmordes beschuldigte Statthalter, ein Günstling des Tiberius, entzieht sich dem drohenden Prozess in Rom durch Selbstmord. Seine Frau, eine enge Freundin Livias, kann erst nach deren Tod verurteilt werden.

Horaz
Römischer Dichter, verfasst u. a. politisch-moralische und Augustus verherrlichende Gedichte, entzieht sich aber letztlich trotz der Förderung durch Maecenas den lockenden Angeboten des kaiserlichen Hofes.

Jullus Antonius
Sohn von Antonius und Fulvia, wird als Liebhaber Julias und Kopf der Verschwörung gegen Augustus 2 v. Chr. getötet.

Livia Drusilla (58 v. Chr.–29 n. Chr.)
Aus ihrer ersten Ehe mit Tiberius Claudius Nero stammen ihre

zwei Söhne, die claudischen Brüder Tiberius und Drusus. 39 v. Chr. heiratet sie in zweiter Ehe den jungen Octavian. Als Tiberius nach dem Tod des Augustus dessen Nachfolger wird, verschärfen sich die Spannungen zwischen Mutter und Sohn bis hin zum offenen Bruch.

Marcus Lollius

Tiberius-feindlicher Begleiter und Berater des jungen Gaius auf dessen Reise in den Osten. Er begeht dort wegen des Verdachts des Verrats und der Bestechlichkeit Selbstmord.

Maecenas

Studienfreund, Kampfgefährte und Ratgeber des Augustus. Großzügiger Förderer literarischer Talente am kaiserlichen Hof („Mäzenatentum").

Marcellus

Octavias einziger Sohn und Augustus' einziger Neffe, den dieser frühzeitig als seinen Nachfolger aufbaut. Er wird Julias erster Ehemann.

Octavia

Schwester des Augustus, bemüht sich um Vermittlung und Aussöhnung zwischen ihrem Bruder und ihrem zweiten Mann Antonius. Nachdem dieser sich im Banne der ägyptischen Königin Kleopatra von ihr hat scheiden lassen, lebt sie bis zu ihrem Tod 12 v. Chr. hochgeehrt im kaiserlichen Haus.

Octavian Siehe Augustus.

Ovid (43 v. Chr.–17 n. Chr.)

Julias Lieblingsdichter, bewundert für seine geistvoll-erotischen Dichtungen und die ironisch-anspielungsreiche Gestaltung mythologischer Themen. Er stirbt nach zehnjähriger Verbannung in Tomi am Schwarzen Meer.

Philetus

Julias treuer Sklave, Bruder von Phylax *(nicht historisch).*

Phoebe

Julias Vertraute und Freigelassene, wird im Zusammenhang mit der Verschwörung 2 v. Chr. erhängt aufgefunden.

Phylax

Vinicius' Sklave, Bruder von Philetus *(nicht historisch).*

Mucius Scaevola

Held der römischen Frühgeschichte. Er wird ergriffen, als er den etruskischen König Porsena, der Rom belagert, zu ermorden versucht. Um den König vom Durchhaltevermögen und Todesmut der Römer zu überzeugen, lässt er seine rechte Hand im brennenden Feuer rösten – woraufhin der König die Belagerung aufgibt.

Scribonia

Julias Mutter, von der Augustus sich in Julias Geburtsjahr scheiden lässt, um Livia zu heiraten. Sie begleitet Julia freiwillig in die Verbannung und stirbt hochbetagt in Rhegium.

Sempronius Gracchus

Freund Julias und Mitverschwörer, muss nach Aufdeckung der Verschwörung in die Verbannung nach Cercina gehen, wo ihn Tiberius nach seinem Regierungsantritt ermorden lässt.

Sextus Pompeius (69–35 v. Chr.)

Sohn des Caesar-Gegners Pompeius Magnus, beherrscht im Kampf gegen Octavian zeitweise das gesamte westliche Mittelmeer. Von Agrippa besiegt, wird er in Milet ermordet.

Tiberius (42 v. Chr.–37 n. Chr.)

Wird als ältester Sohn Livias aus deren erster Ehe der dritte Ehemann Julias und Augustus' Nachfolger auf dem Kaiserthron. Angesichts immer schwererer Differenzen mit dem Senat und seiner Mutter zieht er sich 26 n. Chr. auf die Insel Capri zurück, wo er enttäuscht, verbittert und vereinsamt stirbt.

Tiberius Claudius Nero

Livias erster Ehemann und Vater ihrer zwei Söhne Tiberius und Drusus, tritt widerspruchslos seine hochschwangere Frau an Octavian ab.

Velleius Paterculus

Tiberius-freundlicher Geschichtsschreiber und Berater des jungen Gaius bei dessen Reise in den Osten.

Vergil (70–19 v. Chr.)

Römischer Dichter, verfasst nach dem Vorbild von Homers „Ilias“ und „Odyssee“ die „Aeneis“. Er genießt bei Augustus höchstes Ansehen.

Lucius Vinicius

Reicher Villenbesitzer in Baiae, erst Julias Liebhaber, später ihr verlässlicher Freund.

Vipsania

Tochter Agrippas und erste Frau von Tiberius. Die glückliche Ehe wird geschieden, damit Tiberius Julia heiraten kann. Eine spätere zweite Ehe verzeiht ihr Tiberius nicht.

Glossar

Ara Pacis Lat.: „Friedensaltar“, ein Altar, den Augustus am 30. Januar 9 v. Chr. zu Ehren von Livias Geburtstag einweiht. Der Bildfries auf zwei einander gegenüberliegenden Seiten zeigt die kaiserliche Familie bei einer Opferzeremonie. Alle wichtigen Personen lassen sich identifizieren – bis auf Julia. Die meisten Forscher vermuten sie in einer weiblichen Gestalt auf der Augustus gegenüber liegenden Seite. Bezeichnenderweise fehlt dieser Figur der Kopf – Zufall oder Absicht?

Atrium Innenhof einer römischen Villa.

Exedra Halbrunde (Aussichts-) Terrasse.

Iden Tag des römischen Kalenders: der 13. Tag eines Monats (im März, Mai, Juli und Oktober der 15. Tag). Berühmt wurden die Iden des März: das Datum der Ermordung Caesars.

Kalenden Tag des römischen Kalenders: der erste Tag eines Monats.

Kline Bett, (Speise-) Liege.

Konsul Einer der beiden ranghöchsten Beamten der Republik, die im Auftrag des Senats tätig werden.

Kurie Sitzungssaal des Senats auf dem Forum („Rathaus“).

Nonen Tag des römischen Kalenders: der fünfte Tag eines Monats (im März, Mai, Juli und Oktober der siebente Tag) = der neunte Tag vor den Iden.

Parzen Die der drei uralten Schicksalsgöttinnen, die die Fäden der Menschenleben spinnen und am Ende mit ihrer Schere abschneiden.

Pater Familias Das Oberhaupt der römischen Familie. Er besitzt die unbeschränkte Machtbefugnis über Leben und Tod der Familienmitglieder, die er aber in deren Interesse höchstens in Ausnahmefällen nutzt.

Pax Augusta Lat.: „Augustus-Frieden“, der offizielle Name für die Friedensordnung, die Augustus im Römischen Reich ausruft – während die Erobe-

	rungs- und Verteidigungskriege an den Grenzen unvermindert weitergehen.
Peristyl	Von Säulen umgebener Hof.
Plebs	Die nichtadeligen Bürger Roms, seit Augustus das besitzlose stadtrömische Proletariat.
Prätor	Zweithöchster Amtsträger in der Republik, zuständig für das Gerichtswesen.
Prinzeps	„Der Erste unter Seinesgleichen", republikanischer Titel für einzelne, durch Familientradition oder Autorität herausragende Persönlichkeiten. Seit 27 v. Chr. offizieller Titel des Augustus.
Qui tacet consentire videtur.	Lat.: „Wer schweigt, scheint zuzustimmen." Bis heute gültiger römischer Rechtssatz.
Rostra	Halbkreisförmige Rednertribüne auf dem Forum. Ihren Namen hat sie von erbeuteten Schiffsschnäbeln, die ihre Frontseite schmücken.
Senat	Das höchste beratende (Kontroll-) Organ der Republik, besteht aus ehemaligen Prätoren und Konsuln, die ihm durchweg bis ans Lebensende angehören – ein „Rat der Alten" (von lat. *senex*: „Greis").
Senatus Populusque Romanus (SPQR)	Lat.: „Senat und Volk von Rom", die beiden Säulen, auf denen die ungeschriebene Verfassung der römischen Republik beruht.
Sesterz	Römische Währung, 1 Sesterz = 4 Asse entspricht etwa dem Gegenwert eines großen Brotes. Da ein Handwerker ca. 2½ Asse pro Tag verdient, entsprechen die 400 Sesterzen, die Augustus bei Agrippas Leichenfeier an jeden Bürger verteilt, einem Verdienst von ca. 6 Monaten.
Silen	Weinseliger, dickbäuchiger Begleiter des Bacchus/Dionysos in der Mythologie.
Triclinium	Speisezimmer.
Vestalin	Jungfräuliche Priesterin der Vesta. Sie hütet das heilige Feuer, das Roms Bestand und Wohlergehen garantiert.
Volkstribun	Politischer Vertreter der Plebs, der mit seinem Veto die Magistratsbeschlüsse aushebeln kann.

Literatur

M. H. Dettenhofer, Herrschaft und Widerstand im augusteischen Principat. Die Konkurrenz zwischen res publica und domus Augusta. Historia Einzelschriften 140, Stuttgart 2000

E. Fantham, Julia Augusti. The emperors daugther. New York 2006

A. Ferril, Augustus and his daugther. A modern myth. Studies in Latin Literature and Roman History. II. Coll. Latomus 168, Brüssel 1980, 332–46

L. Friedländer, Darstellungen aus der Sittengeschichte Roms. Leipzig [10]1922

D. Gall, Die Literatur in der Zeit des Augustus. Darmstadt 2006

G. Grimm, Zum Bildnis der Julia Augusti. MDAI (R) 80, 1973, 279–82

G. Herbert-Brown, Decoding Tacitus (Ann. I 53). The roll of Julia in Tiberius' Retirement to Rhodes. Studies in Latin Literature and Roman History IX. Coll. Latomus 244, Brüssel 1998, 347–78

R. Hochhuth, Livia und Julia. Demontage der Geschichtsschreibung. München 2005

H. U. Instinsky, Augustus und die Adoption des Tiberius. Hermes 94, 1966, 324–43

D. Kienast, Augustus. Princeps und Monarch. Darmstadt [3]1999

R. Klein, Principat und Freiheit. Wege der Forschung 85, Darmstadt 1969

W. K. Lacey, 2 BC and Julia's Adultery. Antichthon 14, 1980, 127–40

B. Levick, Tiberius' Retirement to Rhodes. Coll. Latomus 31, Brüssel 1976, 301–39

J. Lindersky, Julia in Regium. Zeitschrift für Papyrus und Epigraphik 72, 1988, 181–200

Chr. Meier, Res Publica Amissa. Frankfurt [2]1988

ders. Die Ohnmacht des allmächtigen Diktators Caesar. Frankfurt 1980, 225–87

E. Meise, Untersuchungen zur Geschichte der Julisch-Claudischen Dynastie. München 1969

W. Schmitthenner (Hg.), Augustus (Wege der Forschung CXXVIII). Darmstadt 1969

W. Schmitthenner, Octavian und das Testament Caesars. München [2]1973

W. Stroh, Ovids Liebeskunst und die Ehegesetze des Augustus. Gymnasium 86, 1976, 323–325

R. Syme, History in Ovid. Roman Papers, Oxford 1978, 193–98

Ders. The crisis of 2 BC. Roman Papers, Oxford 1984, 912–30

Ders. History or Biography. The Case of Tiberius Caesar, ebd. 937–52

Ders. Die römische Revolution. Stuttgart 2003

J. H. Thiel, Kaiser Tiberius 1–3. Mnemosyne II 1935, 245–70 Mnemosyne III 1936, 177–218. Mnemosyne IV 1937, 17–42

A. J. Woodman, A death in the first act: Tacitus, Annals I 6. Papers of the Leeds international Latin seminar 8, 1995, 257–73

P. Zanker, Augustus und die Macht der Bilder. München [4]2003

Das julisch-claudische Kaiserhaus

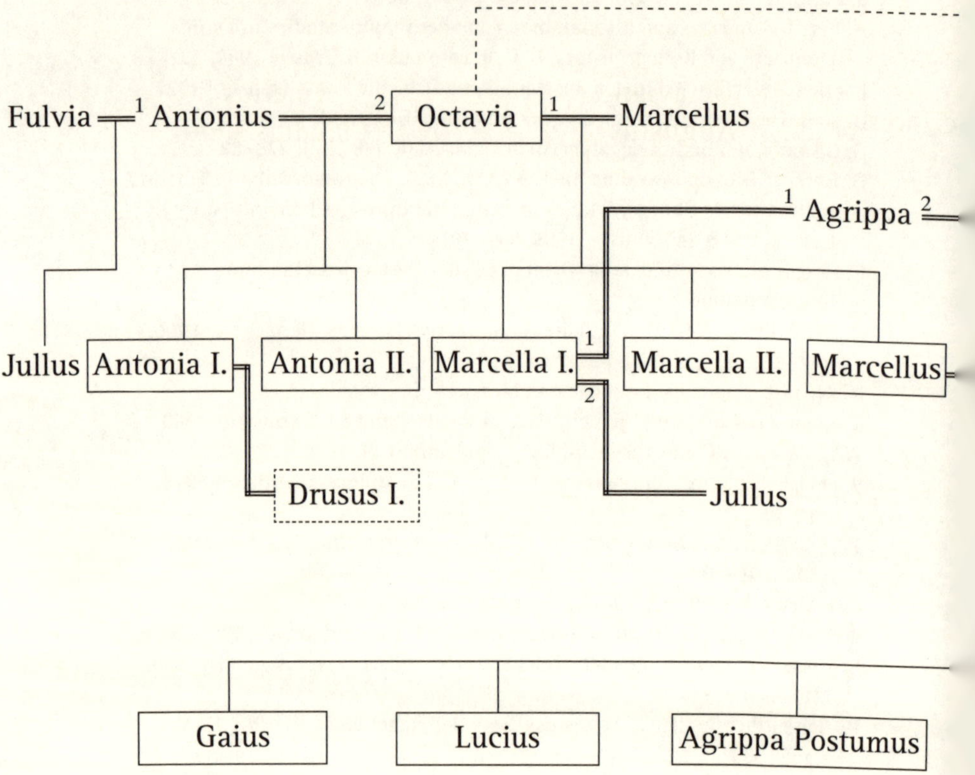

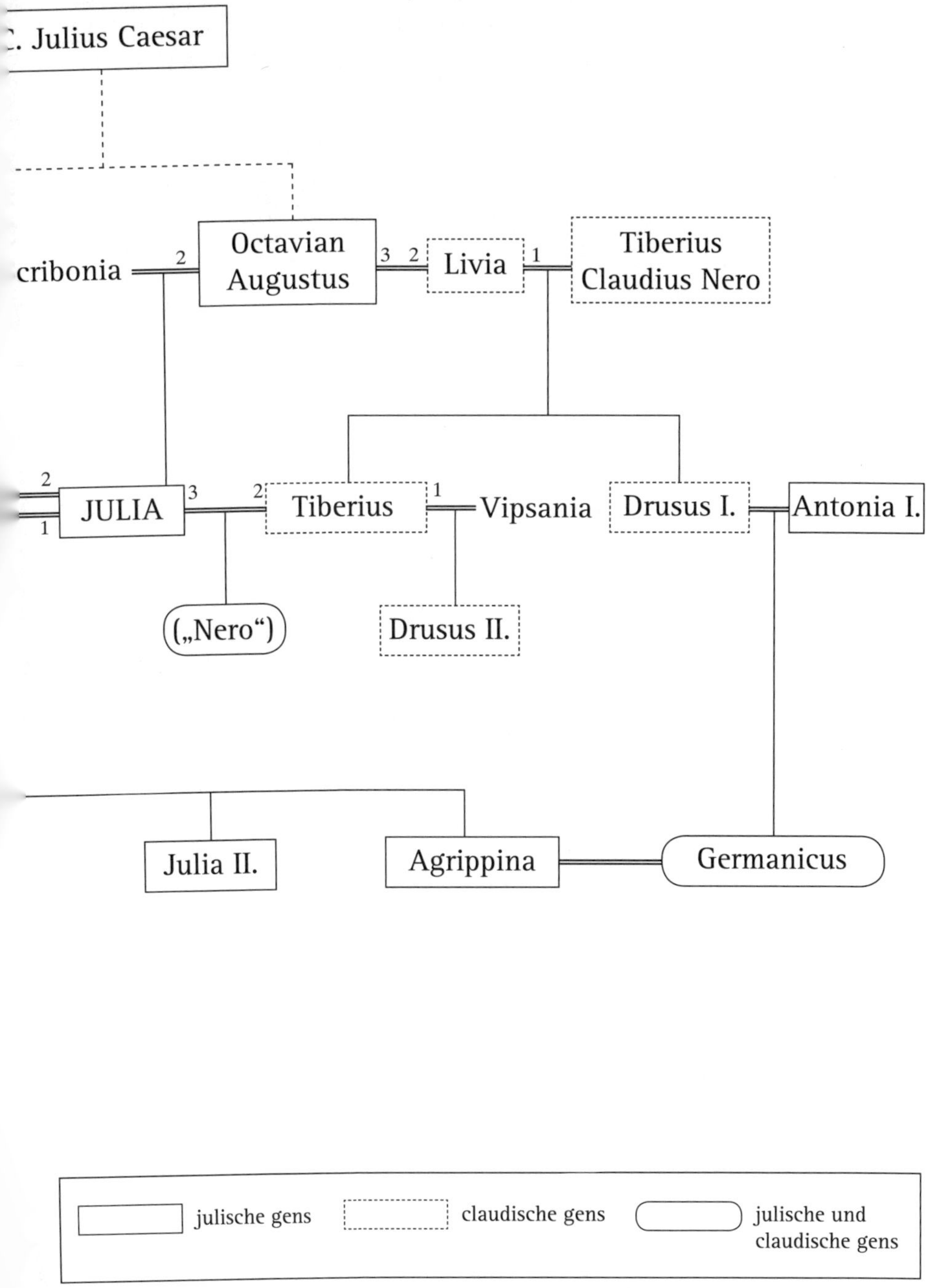
C. Julius Caesar
cribonia
Octavian Augustus
Livia
Tiberius Claudius Nero
JULIA
Tiberius
Vipsania
Drusus I.
Antonia I.
(„Nero“)
Drusus II.
Julia II.
Agrippina
Germanicus
julische gens
claudische gens
julische und claudische gens